불편한
편의점

불편한 편의점

김호연 장편소설

나무옆의자

차례

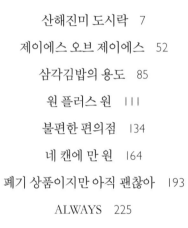

산해진미 도시락

염영숙 여사가 가방 안에 파우치가 없다는 걸 알았을 때 기차는 평택 부근을 지나고 있었다. 문제는 어디서 그것을 잃어버렸는지 도무지 기억이 나지 않는다는 것이었다. 파우치를 잃었다는 현실보다 감퇴되는 기억력이 그녀를 더욱 불안하게 만들었다. 어느새 식은땀을 흘리며 그녀는 자신의 지난 행적을 필사적으로 떠올려보았다.

서울역에서 KTX 기차표를 끊을 때까지는 분명 파우치를 지니고 있었다. 그러니 파우치에 든 지갑에서 카드를 꺼내 표를 끊을 수 있었겠지. 이후 대합실 TV 앞에 앉아 24시간 뉴스 채널을 보며 30여 분간 기차를 기다렸다. 탑승하고는 가방을 안은 채 잠시 잠이 들었고 깨어나 보니 모든 것은 그대로였다. 방금 전 휴대폰을 꺼내려고 가방을 열었을 때 안에 있어야 할 파우치가 없는 것에 소스라 치게 놀랐을 뿐이었다. 지갑, 통장, 수첩 등 자신의 가장 중요한 것 들이 담긴 파우치가 없다는 것에 그녀는 숨이 막힐 지경이었다.

염 여사는 자신이 타고 있는 기차의 속력에 뒤지지 않게 두뇌를 가동해야 했다. 차창 밖으로 빠르게 지나가버리는 풍경을 되돌리 기라도 할 듯 기억을 리와인드했다. 혼잣말에다 다리를 떨며 골몰 해 있는 그녀의 행동에 옆자리 중년 사내가 헛기침을 했다.

그녀의 몰입을 방해한 건 옆자리 사내의 헛기침이 아니라 가방 안에서 울린 휴대폰 착신 음악이었다. 아바의 노래였는데 곡명이 떠오르지 않았다. 「치키티타」였나 「댄싱 퀸」이었나……. 아이고 준 희야, 할머니가 진짜 치매 오려나 보다.

염 여사는 떨리는 손으로 가방 안 휴대폰을 꺼내고 나서야 곡명이 「땡큐 포 더 뮤직」이라는 것을 기억해냈다. 동시에 낯선 02 번호로 전화가 오는 것을 확인했다. 그녀는 심호흡을 한 뒤 전화를 받았다.

"여보세요?"

상대방은 대답이 없었다. 다만 주변의 소음이 공공장소임을 짐 작게 했다.

"누구세요?"

"염……영숙……이에요?"

사람의 목소리라기엔 너무나 거칠고 불분명했다. 마치 겨울잠을 끝낸 곰이 동굴에서 나와 처음 입을 열면 나올 법한 소리였다.

"예. 그런데요."

"지갑……요."

"맞아요. 주우신 분인가요? 어디시죠?"

"……서울."

"서울 어디요? 혹시 서울역 아닌가요?"

"그쵸. 서울……역."

그녀는 안도의 한숨을 휴대폰 옆으로 내쉰 뒤 목청을 가다듬었다.

"지갑 찾아주셔서 고맙습니다. 그런데 제가 지금 기차 안이고요, 다음 역에 내려 바로 돌아갈 테니까 좀 보관해주시거나 어디 맡겨주실 수 있나요? 사례는 제가 가는 대로 해드릴게요."

"여기 있죠. ……갈 데도…… 없죠."

"그래요? 알겠어요. 서울역 어디서 만날까요?"

"고, 공항철도 가는 길…… GS편의점……요."

"고맙습니다. 빨리 갈게요."

"천천히…… 와요."

"알겠어요. 고맙습니다."

전화를 끊고 나자 기분이 묘했다. 휴대폰 너머로 들리는 동물의 음성 같은 어눌한 말투는 그가 노숙자임을 확신케 했다. 무엇보다 '갈 데도…… 없죠'라는 말뜻으로 보나, 공중전화가 분명한 02 번호로 보나 그는 휴대폰이 없는 노숙자가 분명했다. 염 여사는 잠시 긴장하지 않을 수 없었다. 지갑을 돌려준다는데도 뭔가 불안하고 다른 걸 요구할까 두려움이 번졌다.

하지만 전화까지 해 지갑을 순순히 돌려준다고 호의를 베푸는 사내가 굳이 해코지를 할 것 같진 않았다. 사례비로 지갑 속 현찰 4만 원을 건네면 충분할 듯했다. 마침 천안에 정차할 거라는 안내방송이 나왔다. 염 여사는 휴대폰을 가방에 넣고 자리에서 일어났다.

돌아가는 기차가 수원을 지날 즈음 다시 휴대폰이 울렸다. 「땡큐 포 더 뮤직」의 가사를 치매 예방하듯 되뇌며 액정을 확인하니 아까와 같은 번호였다. 염 여사는 불안한 기분을 애써 억누르며 전화를 받았다.

"……저요."

사내의 웅크린 듯한 목소리가 들려왔다. 염 여사는 변명하는 학생을 상대할 때처럼 목소리에 힘을 주었다.

"말씀하세요."

"저…… 선생님. 배가 고파서요……."

"그래서요?"

"편의점…… 도시락…… 아, 안 돼요?"

순간 염 여사의 마음에 미열이 일었다. '선생님'이라는 호칭과 '도시락'이라는 단어가 그녀를 한결 너그럽게 만들어주는 걸 느낄 수 있었다.

"그러세요. 도시락 사 드시고요, 목마를 테니 음료수도 같이 사 드시고 계세요."

"고, 고마워요."

전화를 끊고 얼마 지나지 않아 휴대폰에 결제 문자가 떴다. 이건 마치 편의점 계산대 앞에서 전화한 게 아닌가 할 정도로 재빠른 시간이었다. 많이도 배고픈 걸 보니 그의 정체는 서울역의 맹주, 비둘기의 친구, 노숙자가 확실했다. 자세히 살펴보니 'GS 박찬호 투 머치 찬 많은 도시락 4,900원'이라 떠 있었다. '음료수는 안 사 먹은 거 보니 염치는 있나 보군.' 염 여사는 혹시 모르니 누군가를 불러야 할까 고민했던 마음을 접고 그와 단둘이 만나기로 했다. 일흔에, 치매 염려 증상이 있다고는 하나 여전히 그녀는 자신의 위엄을 믿었다. 교단에서 정년을 맞을 때까지 한 번도 비굴하게 굴지 않고 당당히 온갖 학생들을 상대했던 자신을 믿기로 했다.

서울역에 도착하고 바로 공항철도로 내려가는 에스컬레이터를 발견했다. 에스컬레이터로 내려가자 전방 오른편에 GS편의점이 있었고, 곰의 목소리를 지닌 사내가 도시락에 얼굴을 묻은 채 그 앞에 웅크리고 있었다. 다가갈수록 분명해지는 그의 실체에 그녀는 다시 긴장의 끈을 움켜쥐었다. 대걸레같이 떡이 져 있는 장발의 사내는 얇은 스포츠 점퍼와 더러워져 베이지색인지 갈색인지 모를 면바지를 입고 있었다. 그런 그가 매우 정성스러운 젓가락질로 도시락 속 비엔나소시지를 집어 먹고 있었다. 확실히, 노숙자다. 염 여사는 마음을 다잡고 다가갔다.

그때였다. 세 명의 낯선 사내가 도시락을 먹고 있는 그를 향해 달려들었고, 염 여사는 놀라서 다가가던 발걸음을 멈출 수밖에 없었다. 세 명의 하이에나 같은 사내들 역시 노숙자임이 분명했는데, 그들은 도시락 사내를 누르고 뭉갠 채 무언가를 뺏기 위해 안간힘을 써댔다. 그녀는 주위를 돌아보며 발을 동동 굴렀지만, 지나는 사람들은 노숙자들의 흔한 다툼으로 여기고 힐끔대기만 할 뿐이었다.

사내는 먹던 도시락을 떨군 채 온몸을 공처럼 웅크리고 방어했다. 하지만 결국 놈들에 의해 목이 졸리고…… 팔이 들리며…… 지키고 있던 물건을 빼앗기고 말았다. 안절부절못하며 살피던 염 여사의 시야에 놈들이 빼앗은 물건이 확 들어왔다. 자신의 분홍색 파우치였다!

도시락 사내를 떼어내듯 발로 몇 번 밟은 뒤 노숙자 셋이 자리를 뜨기 시작했다. 염 여사는 손발이 떨려 어찌할 바를 모른 채 주저앉았다. 그때 사내가 반격하듯 일어나 파우치를 쥔 놈을 향해 온몸을 던졌다.

"끄아아웅!"

괴성과 함께 사내가 놈의 다리를 붙잡고 넘어뜨렸다. 놈을 짓누르며 다시 파우치를 빼앗은 사내를 곧 다른 녀석들이 덮쳤다. 순간 염 여사의 눈에 불이 들어왔다. 그녀는 벌떡 일어나 그들을 향해 뛰어나가며 목에 핏대를 세웠다.

"야 이놈들아! 그거 놓지 못해!!"

그녀의 고함과 돌진에 녀석들이 멈칫했다. 달려간 그녀는 가방을 들어 맨 앞 녀석의 머리를 내리찍었다. 끄윽. 놈이 고통스러워하자 다른 녀석들이 일어나 뒷걸음질 치기 시작했다.

"도둑이야! 내 지갑 훔쳐 간다!! 이놈들이다!!"

염 여사의 앙칼진 외침에 사람들이 멈춰서 관심을 주기 시작하자 녀석들이 하나둘 몸을 돌려 달아나기 시작했다. 오직 도시락 사내만이 품 안에 파우치를 끌어안은 채 웅크리고 있었다. 그녀는 사내에게 다가갔다.

"괜찮아요?"

사내가 고개를 들어 염 여사를 올려다보았다. 맞아서 부은 눈두덩이, 코피와 콧물이 섞여 나오는 코, 수염으로 가려진 입이, 마치 사냥을 나갔다 다쳐 돌아온 원시인처럼 보였다. 사내는 그제야 자신을 공격하던 놈들이 사라진 것을 깨달은 듯 서서히 몸을 일으켜 앉았다. 염 여사 역시 손수건을 꺼내 그런 사내 앞에 웅크리고 앉았다.

순간 노숙자 특유의 퀴퀴하고 역한 냄새가 코에 훅 들어왔다. 염 여사는 숨을 참으며 그에게 손수건을 건넸다. 사내는 고개를 저은 뒤 점퍼 소매로 슥 코를 문질렀다. 그녀는 행여 파우치에 사내의 피와 콧물이 묻을까 염려가 드는 스스로에게 짜증이 일었다.

"진짜 괜찮아요?"

사내가 고개를 끄덕이곤 염 여사를 살폈다. 유심히 살피는 사내의 눈빛에 그녀는 잠시 자신이 무얼 잘못한 거라도 있나 걱정이 들었고 어서 자리를 뜨고 싶은 마음이 앞섰다. 그래, 이제 파우치를 돌려받아야 했다.

"고마워요. 그거 챙겨줘서."

사내가 자신의 왼팔로 감싼 파우치를 오른손으로 집더니 그녀에게 건넸다. 그런데 염 여사가 파우치를 받으려는 순간 사내가 다시 그것을 자기 품으로 회수했다. 놀란 그녀를 꼼꼼하게 살피며 그가 파우치를 열었다.

"뭐 하는 거예요?"

"주인…… 맞아요?"

"그럼요. 내가 주인이니까 알고 온 거잖아요. 아까 나랑 통화한 거 기억 안 나요?"

터무니없는 그의 의심에 염 여사는 기분이 나빠지려 했다. 사내는 가타부타 말없이 파우치를 뒤져 지갑을 찾았고, 거기서 신분증을 꺼내 살폈다.

"주민번호……요."

"아니, 내가 지금 거짓말하는 거 같아요?"

"확실해야 해요. ……이거 주인…… 돌려줄 채, 책임이 있어요."

"거기 주민등록증에 내 사진 붙어 있잖아요. 비교해봐요."

사내는 맞아서 부은 눈을 끔뻑이며 주민등록증과 염 여사를 번갈아 살폈다.

"사진…… 안 같아 보여요."

황당함에 염 여사는 자기도 모르게 혀를 찼다. 화도 나지 않았다.

"오래, 오래됐어요. 사진."

사내가 덧붙였다. 오래된 사진이지만 분명 염 여사의 얼굴이고 알아볼 만도 한데, 아마도 건강상태를 반영하는 듯 사내의 시력에 문제가 있는 것 같았다. 혹은 그녀가 정말 몰라보게 늙었거나.

"주민번호…… 마, 말해봐요."

휴. 염 여사는 짧은 한숨을 쉰 뒤 사내를 향해 또박또박 말했다.

"오이공칠이오-××××××, 됐어요?"

"마, 맞다. 확실히 해야죠. ……그쵸?"

사내가 동의를 구하는 눈짓과 함께 주민등록증을 지갑에 넣고 다시 파우치에 담아 건넸다. 염 여사는 파우치를 받았다. 한바탕 소동이 정리되는 기분이 들자 사내에게 고마움이 물결치기 시작했다. 다른 노숙자들에게 맞아가면서까지 파우치를 지킨 것부터, 주인에게 잘 돌려주기 위해 꼼꼼하게 확인을 한 것까지, 사실 어지간한 책임감이 아니면 할 수 없는 행동이기 때문이었다.

그때 사내가 끙, 소리를 내며 일어섰다. 염 여사도 자리에서 일어나 서둘러 지갑에서 현찰 4만 원을 꺼냈다.

"여기요."

건넨 돈을 보고 사내가 망설이는 게 느껴졌다.

"받아요."

사내는 현찰로 손을 뻗는 대신 점퍼로 손을 넣어 정체를 알 수 없는 휴지 뭉치를 꺼냈다. 그걸로 코피가 흐르는 코를 훔쳤다. 그러고는 돌아서 걷기 시작했다. 사례비를 쥔 손이 민망해진 그녀는 한동안 사내를 바라보았다. 그는 웅크리고 도시락을 먹던 편의점 앞으로 허우적허우적 걸어가더니 몸을 숙였다. 그녀는 사내를 뒤따라갔다.

편의점 앞. 아까 먹던 도시락이 뒤집어진 광경을 보며 사내는 혼잣말을 하고 있었다. 뒤이어 탄식하는 소리도 들렸다. 한동안 그의 뒷모습을 살피던 염 여사가 몸을 숙여 등을 두드렸다. 사내가 돌아보자 그녀는 주눅 든 학생을 다독일 때의 표정을 지어 보였다.

"아저씨. 나랑 잠깐 어디 가요. 예?"

서부역 방면으로 나오며 사내는 잠시 멈칫했다. 마치 자연의 품을 떠나 아스팔트 위 트럭에 올라타길 거부하는 초식동물 같았다. 염 여사는 재촉하듯 손짓을 해 결국 그를 서울역 역사에서 빠져나오게 했고, 함께 갈월동 길을 걸었다. 사내는 염 여사의 속도에 맞춰 몇 보쯤 간격을 두고 뒤를 따랐고, 그녀는 잰걸음으로 갈월동을 지나 청파동을 향해 나아갔다. 늦가을 은행나무 가로수에서 떨어진 열매가 사내와 비슷한 냄새를 풍기고 있었다. 염 여사는 왜 대뜸 그를 데리고 나왔는지에 대해 생각해보았다.

사례를 거부한 사내에게 어떻게든 보상하고 싶었다. 사내가 필사적으로 자신의 파우치를 지킨 것에 대한 보상이자, 노숙자임에도 올바른 행동을 한 걸 지지해주고 싶었다. 오랜 시간 교단에 서 있으며 몸에 밴, 학생들의 행동에 대한 피드백이 여기서도 발휘된 것이 사실이다. 무엇보다 염 여사는 모태 신앙으로 생애 전부를 크리스천으로 살아왔고, 먼저 선한 사마리아인의 모습을 보여준 노숙자 사내에게 자신 역시 선한 사마리아인이 되고 싶었다.

15분쯤 걸었을까, 서부역 뒤편의 칙칙한 거리가 끝나고 세련된 큰 교회 빌딩이 눈에 들어왔다. 여대 앞인지라 청바지에 점퍼를 입은 여학생들이 깔깔대며 지나갔고, 방송을 통해 유명해진 분식집 앞에는 사람들이 줄지어 서 있었다. 염 여사가 뒤를 돌아보자 사내는 두리번대며 거리 풍경을 살피기에 여념이 없었다. 그녀와 사내를 피해 가는 사람들도 있었다. 그녀는 자신과 사내의 조합이 사람들에게 어떻게 보일지 궁금하기도 하고 걱정이 되기도 했다. 이곳 청파동이 바로 자신의 동네이기 때문이었다. 그리고 자신의 매장이 자리한 곳이기도 했다.

숙명여대 방향으로 접어든 염 여사는 사내를 꼬리처럼 매단 채 골목을 두어 번 지나 작은 삼거리에 다다랐다. 삼거리로 갈라지는 모퉁이에 자리한 편의점. 그곳이 염 여사가 소유한 작은 사업체였고, 사내에게 다시 도시락을 제공할 수 있는 공간이었다. 편의점 문을 열고 염 여사가 사내에게 들어오라고 손짓했다. 사내는 쭈뼛거리다가 그녀의 뒤를 따랐다.

"어서 오세요. 아, 오셨어요?"

아르바이트생 시현이 휴대폰을 내려놓으며 염 여사에게 미소로 인사했다. 염 여사도 미소로 답하는데 순간 시현의 표정이 뜨악해지는 게 보였다.

"괜찮아, 손님이야."

손님이라는 말에 사내를 살피는 시현의 표정이 더 일그러졌다. 염 여사는 그녀가 어른이 되려면 한참은 멀었다 생각하며, 사내의 팔을 끌고 도시락 진열대로 향했다. 사내는 눈치가 빠른 건지 아니면 아무 생각이 없는 건지 묵묵히 염 여사를 따랐다.

"마음껏 골라요. 먹고 싶은 거."

"?"

"여기 내가 운영하는 편의점이니까 눈치 보지 말고 마음껏."

"그럼…… 음…… 엥?"

입맛을 다시던 사내가 갑자기 입을 벌린 채 멍해졌다.

"왜요? 먹고 싶은 게 없어요?"

"박찬호…… 도시락…… 없어요…….'

"여긴 GS편의점이 아니에요. 박찬호 도시락은 GS에서만 팔거든
요. 여기도 맛있는 거 많아요. 한번 골라봐요."

"……박찬호가, 도시락도 잘해요…….'

사내의 라이벌 편의점 도시락 타령에 기가 막힌 염 여사는 앞에
있는 제일 큰 도시락을 집어 들이밀었다.

"이거 먹어요. 산해진미 도시락. 이거 반찬도 많고 좋아."

도시락을 받아 든 사내는 신중하게 반찬의 가짓수를 세어보았
다. 12찬이다. 그거면 노숙자에겐 수라상이다, 이 녀석아. 염 여사
가 도시락을 탐구하듯 살피는 사내를 보며 속엣말을 했다. 확인이
끝났는지 사내는 고개를 들고 그녀에게 꾸벅 인사했다. 그러고는
마치 자기 지정석인 양 가게를 나가 야외 테이블로 향했다.

녹색 플라스틱 야외 테이블은 금세 사내의 작은 식탁이 되었다.
사내는 마치 귀중품을 다루듯 도시락 뚜껑을 연 뒤 정성을 들여 젓
가락을 갈라 두 개로 만든 후 밥을 한술 떠 입에 넣었다. 염 여사는

사내의 행동 하나하나를 살피다 돌아서 컵된장국을 하나 집어 와 계산대에 올렸다. 시현이 바로 알아채고 바코드를 찍었고 염 여사는 된장국에 온수를 부은 뒤 수저를 챙겨 밖으로 나갔다.

"같이 먹어요. 국물이 있어야 좀 낫지."

염 여사가 내려놓은 된장국과 그녀의 얼굴을 번갈아 살피던 사내는 수저를 건넬 새도 없이 들어 한 모금 마셨다. 그는 뜨거움 따위 잊은 듯 된장국의 반을 후루룩 마신 뒤 고개를 끄덕이곤 다시 젓가락질을 했다.

편의점으로 들어가 종이컵에 물을 따라 온 염 여사는 그것을 사내의 옆에 내려놓은 뒤 맞은편에 앉았다. 그녀는 사내가 도시락 먹는 걸 바라보았다. 겨울잠을 자고 나와 배고픈 건지 겨울잠을 자기 위해 영양을 채워야 하는 건지, 아무튼 꿀통 파먹는 곰 꼴이다. 노숙자라면 하루 세 끼 온전히 먹기도 힘들 텐데, 덩치는 또 왜 저렇게 좋은 걸까? 그녀는 노숙자가 살이 찌는 게 빈곤층의 비만율이 높은 것과 같은 이치가 아닐까, 생각했다. 아니면 너무 허겁지겁 먹어서 그럴지도 모르겠다.

"천천히 먹어요. 아무도 안 뺏어 먹으니까."

사내가 볶음김치 국물을 입에 묻힌 채 염 여사를 올려다보았다. 아까의 경계 어린 눈빛이 아닌 고분고분한 표정이다.

"맛있어⋯⋯요."

사내가 옆에 둔 도시락 뚜껑을 보고는 다시 덧붙였다.

"진짜 사, 산해진미⋯⋯."

사내는 말을 끝맺는 대신 고개 숙여 꾸벅 인사를 하곤, 다시 된장 국을 들어 마셨다. 제법 안정감 있게 행동하는 걸 보니 허기를 채워 정신이 든 듯했다. 남은 어묵볶음을 젓가락질하는 그를 보며 염 여 사는 묘한 만족감을 느꼈다. 얼마 안 남은 어묵볶음을 집요하게 집 으려 하는 그의 안간힘에서 삶의 숭고함을 엿보았기 때문이다.

"앞으로 배고플 때 이리로 와요. 언제라도 도시락 먹고 가요."

사내가 젓가락질을 멈추더니 눈을 똥그랗게 뜨고 그녀를 응시 했다.

"알바들에게 말해둘 테니 돈 낼 거 없이 그냥 먹으면 돼요."

"폐, 폐기된 거 말이죠?"

"아니 새거 먹어요. 왜 폐기된 거를 먹어요."

"알바들…… 폐기된 거 먹어요. 나 그거…… 아주 최고예요."

"우리 편의점은 폐기된 거 안 먹여요. 알바한테도, 당신한테도. 그러니까 제대로 된 거 먹어요. 내 그리 말해둘 테니까."

사내가 잠시 어리둥절해하더니 다시 꾸벅 인사를 하고 어묵볶음 조각을 집으려 애썼다. 염 여사는 진작 가져온 수저를 그제야 그에 게 건넸다. 그가 수저를 받더니 침팬지가 스마트폰을 보듯 잠시 멈 칫했다. 하지만 곧 한 번 배운 자전거 타기를 시간이 지나도 몸이 기억하는 것처럼 수저로 어묵볶음 조각을 긁어모아 담았다. 그런 뒤 만족스럽게 그것을 입으로 가져갔다.

깔끔하게 비운 플라스틱 도시락에서 고개를 든 사내가 염 여사 를 보았다.

"잘…… 먹었습니다. 고맙습니다."

"나야말로 파우치 지켜줘 고마워요."

"그게…… 원래, 두 놈이 챙겼어요."

"두 놈요?"

"예…… 그래서 나 두 놈 혼내고 뺏었어요…… 그 지갑 든 거……."

"그럼 내 파우치를 훔친 놈들에게서 댁이 그걸 굳이 뺏었다는 거예요? 나한테 돌려주려고?"

사내가 고개를 끄덕이며 염 여사가 떠다 준 종이컵의 물을 마셨다.

"두 놈이면…… 나 이겨요. 셋은…… 힘들어. 걔들…… 다음에 따로 나한테 혼나요."

말을 마친 사내가 서울역 상황을 떠올리다 분이 나는지 이를 드러냈다. 누런 이와 그 사이에 낀 고춧가루가 염 여사의 눈살을 찌푸리게 했지만, 자신의 힘을 과시하는 그의 모습에서 생기가 느껴져 기분이 풀렸다.

사내가 남은 물을 마시고 주위를 살폈다.

"근데…… 여기…… 어디죠?"

"여기? 청파동. 푸른 언덕."

"푸른…… 언덕…… 좋네요."

사내가 우거진 수염 속 입꼬리를 올리곤 도시락과 된장국 용기를 집어 들고 일어났다. 자연스러운 행동인 양 재활용통에 그것들을 버린 사내는 염 여사 앞에 와 점퍼에서 다시 휴지 뭉치를 꺼내 입을 닦았다. 그러고는 90도로 몸을 숙여 인사한 뒤 편의점을 등졌다.

염 여사는 퇴근하는 직장인처럼 서울역 방향으로 걸어가는 사내의 뒷모습을 바라보다가 편의점으로 들어왔다. 그녀가 들어오자마자 시현이 호기심 어린 눈으로 이것저것 묻기 시작했다. 염 여사는 파우치를 잃어버렸다는 걸 깨달은 기차 안 상황에서부터 지금까지의 일을 털어놓았다. 그런 염 여사의 이야기에 시현은 신기함과 걱정이 반반 섞인 어머, 어머, 추임새를 연신 터뜨렸다.

"재밌는 사람이야. 경우가 있어서 노숙자라고는 믿기지가 않네."

"제가 보기엔 그냥 노숙잔데…… 지갑에 혹시 없어진 거 있나 보세요."

염 여사가 파우치를 열고 살폈다. 모든 게 그대로다. 시현을 향해 그것 보라는 듯 웃던 염 여사가 문득 지갑에서 신분증을 꺼내 들어 보였다.

"달라 보이니?"

"똑같으신데요? 흰머리 조금 빼곤 하나도 안 늙어 보이세요."

염 여사는 직접 주민등록증의 증명사진을 자세히 들여다보았다. 확실히 증명사진과 지금의 자신은 꽤 달라 보였다.

"분하지만 그 사람 말이 맞네."

"예?"

"경우가 있어. 시현이 넌 배려가 있고."

염 여사는 시현에게 앞으로 그 덩치 큰 노숙자 사내가 오면 도시락을 주라고 한 뒤 알바 모두에게 전하라고 지시했다. 시현은 마뜩잖은 표정을 지어 보이면서도 편의점 단톡방에 염 여사의 지시사항을 올리기 시작했다. 염 여사는 흡족한 표정으로 편의점을 돌아보았다. 그러다 금세 풀이 죽었다. 노숙자 사내가 도시락을 먹는 동안 왔다 간 손님이 전혀 기억나지 않았다. 정말로 치매일지도 모른다는 걱정에 침이 다 쓰게 느껴졌다. 그럼에도 선행을 받았고, 베풀었다. 이 정도면 괜찮은 하루였다고 생각하기로 했다.

"그런데 부산 안 가세요?"

"아이고 내 정신 봐."

아직 하루는 끝나지 않았다. 늦게라도 오늘 밤까진 부산에 도착해야 했다. 사촌 언니의 장례식이 있었고, 간 김에 며칠 더 부산에서 보낼 계획이었다.

염 여사는 파우치를 가방에 잘 집어넣고 다시 서울역으로 향했다.

부산에서 닷새간 일을 보고 돌아온 염 여사가 편의점에 들렀다. 그녀가 들어왔을 때 시현은 커플 손님의 음료 계산을 하며 눈으로 인사를 했다. 그리고 커플 손님이 나가자마자 계산대를 나와 그녀를 향해 다가왔다. 안부 인사와 편의점엔 별일 없었냐는 문답이 오가고 나자 시현이 기다렸다는 듯 염 여사 옆에 착 붙어 말했다.

"사장님. 그 사람 매일 하루도 안 빼놓고 왔어요."

"누구 말이냐…… 아, 노숙자 사내?"

"예. 매일 제 시간에 와서 도시락 하나씩 꼬박 먹고 갔어요."

"다른 알바들 타임에는 안 왔다더냐?"

"예. 제 시간에만 왔더라고요."

"그럼 그 사람이 너 좋아하는 거 아니니?"

염 여사의 짓궂은 농담에 시현이 질색하는 표정을 지으며 눈을 흘겼다. 염 여사는 웃으며 농담이라는 말로 시현의 투정을 받아주었다.

"근데요 사장님. 생각해보니까 제 시간에만 오는 게, 저녁 여덟 시 폐기 시간 맞춰 오는 거더라고요."

"뭐? 새거 주라고 했잖니?"

"말했죠. 근데 새거 드시라 해도 곧 죽어라 폐기 도시락 먹겠다고 우기더라고요."

"그래도 내가 새거 주겠다고 말했는데…… 성의 없게 되잖아."

"사장님. 그게 쉽지 않은 게요, 그 사람 웅얼웅얼거리며 계속 카운터 앞에서 우겨대면요, 일단 냄새가 나요. 편의점에 큰 똥이 하나 놓여 있는 꼴이라고요. 심지어 그 사람이 카운터에 있는 거 보고 들어오던 손님이 나간 적도 있다고요. 어쩌겠어요? 빨리 치우려면 그 사람 원하는 대로 빨리 줘서 내보내는 방법밖에 없더라고요. 게다가 내보내고 나선 환기도 시켜야 하고요."

"휴. 알겠다."

"제가 보기엔 작정한 거라니까요. 어떻게 귀신같이 알았는지 도시락 폐기 시간 딱 맞춰 오더라니까요."

"……경우가 있어. 역시."

"어제는 좀 늦길래 어디 아픈가 걱정이 다 되더라고요."

시현이 혀로 입술을 쓸며 정말 걱정하는 모습을 보이자 염 여사는 헛웃음이 나왔다. 키만 크고 빼짝 마른 몸에 마음까지 여린 시현을 볼 때마다 염 여사는 바람에 정신없이 흔들리는 가게 홍보 풍선인형이 떠오르곤 했다.

"시현이 너 그렇게 착해서 어떻게 세상을 살려 그러니."

"사장님이야말로 노숙자한테 도시락을 맨날 주실 순진한 생각을 하시다니…… 그 사람이 불쑥 동료들까지 데려오면 어쩌려고 그러셨어요."

시현이 되받아친다. 아무렴 풍선인형도 탄력이 있다.

"그럴 사람은 아니더라."

"에이. 어떻게 그걸 다 아세요?"

"내가 사람 보는 눈은 있어. 그러니 너도 고용한 거 아니냐."

"역시 대단하세요."

존재하지 않는 막내딸 같은 시현과의 대거리는 늘 즐겁다. 염 여사는 어서 시현이 공무원 시험에 합격해 당당히 이곳을 뜨기를 바라면서도 한편으로는 편의점을 떠날 그녀를 생각하니 서운함이 벌써 뭉게뭉게 일었다.

딸랑. 방울 소리와 함께 손님이 들어오고 시현이 인사와 함께 카운터로 돌아갔다. 염 여사는 편의점을 돌아보며 남은 도시락을 살폈다. 조만간 도시락 폐기 시간에 한번 나와보기로 마음을 먹었다.

이름도 모르는 노숙자 사내의 이름을 묻기 위해.

그날 밤, 집에 와 TV를 보며 까무룩 잠이 들었던 염 여사는 전화 벨 소리에 깼다. 액정을 보니 '아들'이란 단어가 떠 있었고 시간은 자정을 막 지나고 있었다. 그 두 가지 조합이 주는 부담에 배 속에서 신물이 올라오는 걸 느끼며 전화를 받았다. 역시 취기 가득한 목소리가 휴대폰 너머에서 들려왔다. 아들은 그녀가 부산에 다녀온 줄도 몰랐고 그녀의 생일이 내일인 것도 몰랐다. 그럼에도 염 여사를 사랑한다고, 사랑함에도 효도를 잘 못 해 죄송하다고 말했다. 반복된 레퍼토리의 결말은 역시 '편의점의 상태'에 대한 존재론적인 질문이었다. 염 여사는 네가 신경 쓸 것 없다고 말했다. 아들의 대답은 늘 그렇듯 장사가 안 되는 편의점을 정리해 자신의 사업에 필요한 자금을 대면, 어머니가 더 여유 있고 평온하게 사실 수 있다는, 뜬구름 잡는 소리였다. 참다못한 염 여사는 세게 던지고 말았다.

"민식아. 가족한테 사기 치는 거 아니다."

"엄마. 엄마는 왜 나를 못 믿어요? 아들이 정말 그럴 사람이야?"

"역사 교사로 정년을 보낸 내가 한마디 하자면, 국가고 사람이고 다 지난 일을 가지고 평가받는 거란다. 네가 그동안 한 짓들을 떠올려봐라. 너는 너 자신을 믿을 수 있니?"

"휴. 엄마 나 외로워. 누나도, 엄마도, 왜 날 더 외롭게 하는 거야? 가족이? 대체 왜?"

"술주정하는 거면 전화 끊어라."

"엄마—."

전화를 끊고 염 여사는 주방으로 향했다. 심장이 기름 튀는 불판에 올려진 것처럼 아팠다. 통증이 지글거리는 소리를 내며 가슴 전체를 압박해왔다. 그녀는 냉장고를 열고 캔맥주를 따서 벌컥벌컥 들이켰다. 가슴의 불을, 심장의 고통을 끄기라도 할 기세로 마시다 보니 사레가 들려 캑캑거려야 했다. 술 취한 아들의 흰소리를 잊기 위해 술을 마시는 자신의 모습이 한심했다.

어떡해야 할지 정말 모르겠다.

깔끔한 판단력과 결단력으로 지금까지 인생을 무난하게 살아왔다고 생각했다. 하지만 자식의 문제는 늘 그녀를 고장 난 저울로 만들었다. 편의점을 정리해 아들놈의 사업인지 사기인지를 돕는다고 치자, 잃는다고 치고. 그럼 무엇이 이어질까? 그건 아마 남은 유일한 재산인 이 방 두 개 빌라겠지. 청파동 언덕에서 20년째 빛바랜 채 서 있는 구옥 빌라의 3층. 염 여사의 마지막 터전까지 빨리고 나서야 아들은 실패를 멈출지도 모르겠다.

인정하기 싫지만 아들은 못난이에 준사기꾼이다. 며느리 역시 그걸 알게 되었는지 결혼 후 2년이 되어갈 즈음 부랴부랴 이혼했고, 그때는 며느리의 야멸찬 결정에 분노했지만…… 결국 잘못은 대부분 아들에게 있다는 걸 인정할 수밖에 없었다. 이혼 후 3년간 아들은 남은 재산마저 다 털어먹고 초라한 꼴이 되었다. 이럴 때 유일하게 도울 수 있는 엄마인 나는, 나는 무얼 하고 있는 걸까? 서울역 노숙자의 끼니는 걱정하면서, 집 나가 술 취해 허덕이고 있는 아들은 왜 못 챙기는 걸까?

염 여사는 맥주를 마저 비운 뒤 식탁에서 곧장 기도를 드리기 시작했다. 할 수 있는 것은 기도와 간구뿐이었다.

생일을 맞아 염 여사는 딸과 사위 그리고 무한한 행복인 손녀 준희와 함께했다. 이번엔 딸네 가족이 청파동으로 오지 않고 자신들 동네의 주상복합건물 내 한우 집으로 그녀를 초대했다. 딸의 동부이촌동 하이에코빌리지와 염 여사의 청파동 빌라는 같은 용산구에 자리하지만 하늘과 땅만큼의 간극이 있다. 용산구가 바야흐로 서울에서 강남 3구 다음으로 부동산이 비싼 동네가 되었지만 염 여사의 청파동은 여전히 언덕의 오밀조밀 빌라와 대학 하숙촌이 자리한 서민 동네다. 딸과 사위는 늘 은행이 집주인이라며 말을 돌리지만 야무지게 돈을 모아 준희가 중학교에 갈 때쯤이면 강남의 알짜배기 땅으로 진군하는 걸 목표로 하고 있다. 염 여사는 자신의 보수적인 경제관념과는 다른, 공격적이고 야심 찬 재테크와 살림을 보이는 게 딸의 능력인지 사위의 재주인지 가끔 궁금했으나, 그 모든 게 두 사람에게 시너지로 작용한다는 걸 이해하게 되었다. 결혼한 뒤로 딸은 점점 딸 같지 않아 보이고 사위는 더욱 사돈댁 사람 같아 보였다. 다행이라면 아들처럼 다투고 이혼하는 것보단 죽이 맞아 잘 사는 딸네 가족이 그나마 덜 걱정된다는 것이다. 하지만 염 여사는 대화의 방향이나 결, 모든 것이 달라진 딸과의 관계가 용산에서 강남으로 넘어갈 때쯤이면 그 물리적 거리만큼이나 더 멀어질 거라는 걸 어렴풋이 느끼는 중이었다.

그런 와중에 한우라니, 비싼 집으로 소문난 이곳을 엄마의 생일이라고, 장모의 생일이라고 이렇게 모시다니……. 솔직히 감동보다는 부담이 앞서는 게 사실이다. 그동안 딸네 가족은 늘 숙대 입구의 한 돼지갈빗집에서 염 여사의 생일을 챙겨왔기 때문이다. 불편한 마음으로 앉아 있던 염 여사는 손녀 준희를 보며 웃음을 머금었다. 물론 준희는 스마트폰으로 유튜브를 보느라 할머니의 눈길은 신경도 쓰지 않지만, 그래도 좋을 따름이다. 사위와 딸은 자기들대로 적립식이니 보장식이니 금융상품 얘기를 하는데 알아들을 길이 없고, 어서 한우가 나와 음식에만 집중하고 싶었다. 오늘은 내 생일. 즐길 자격이 있는 건 나 자신뿐이라고 그녀는 생각했다.

음식이 나왔다. 염 여사는 사위가 구워주는 고기를 자신의 입으로 가져가는 데 주력했다. 딸은 준희를 챙겼고 사위는 부지런히 고기를 구웠다. 마침내 딸이 맥주를 따라준 뒤 건배하고는 기다렸다는 듯 입을 열었다.

"엄마. 준희 이번에 태권도 학원 다니기로 했거든."

"여자애가 태권도까지 뭘 또……."

"아니, 배우신 분이 왜 이럴까? 엄마, 태권도 배우는 데 남녀가 어딨어? 준희 저번에 남자애한테 맞고 왔단 말이야. 태권도 배워서 함부로 구는 놈들한테 맞서겠다고 준희가 먼저 얘기한 거라고."

딸의 말이 맞다. 염 여사는 구태의연했던 자신의 생각이 민망했고, 어쩔 수 없이 표정이 굳어졌다. 사위가 눈치를 보는 가운데 딸이 맥주잔을 비웠다. 염 여사는 서둘러 준희를 돌아보며 표정을 풀었다.

"준희야, 태권도 배우고 싶어?"

"응."

준희는 유튜브에서 눈도 안 떼고 답했다.

"그래서 말인데, 엄마 동네에 좋은 태권도장이 있다네. 사범이 아주 괜찮다고 하더라고. 국가대표상비군 경력에 젊고, 마인드도 좋고…… 여기 동촌맘카페에서 아주 소문났더라고."

"동촌맘카페?"

"동부이촌동 엄마들 모임이야. 인터넷에 있어."

"그럼 그 사범은 멍청한 거 아니니? 돈 되는 동부이촌동으로 도장을 옮겨야지, 청파동 골목에 눌러 있으면 어떡해."

"그 사범도 그러려고 하지. 근데 여기가 좀 비싸잖아. 아무튼 이 동네 들어오길 기다릴 순 없고 준희를 거기 보내야 해서, 엄마 도움이 좀 필요할 거 같아."

부드럽기 그지없는 한우가 갑자기 이빨에 걸린 듯 잘 씹히지 않았다. 염 여사는 당연히 준희와 함께하는 시간이 싫지 않다. 하지만 그 시간을 자신이 선택할 수 없다는 점이 마음에 걸렸다.

딸은 태권도장과 바이올린 학원 사이에 비는 준희의 두 시간을 염 여사가 챙겨주길 바랐다. 덧붙여 학원 셔틀버스가 애매하기에 바이올린 학원은 염 여사가 직접 버스를 태워 데려다줘야 했다. 은퇴한 노인이자 딱히 일과가 없어 보이는 할머니가 손녀의 두 시간

남짓을 챙겨주는 게 어려운 일은 아니다. 하지만 염 여사에게도 일과는 있다. 편의점도 수시로 점검해야 하고, 교회 봉사도 해야 하며, 치매 예방을 위한 영단어 필사도 매일 해야 한다. 하지만 그런 염 여사의 일과는 딸이나 손녀의 일과 겹치면 후순위로 밀리는 게 당연한 것이 되고 만다.

염 여사는 딸의 요청을 수락할 수밖에 없었다. 수고비 언급은 없었지만 사위와 딸이 알아서 챙겨줄 거라는 믿음을 지닌 채 두말없이 수락했다.

버스를 타고 홀로 돌아오는 길에 염 여사는 편의점 직원들을 떠올렸다. 지지리도 말 안 듣는 아들놈과 오지게도 잘난 딸년보다 요즘은 함께 일하는 직원들이 가족 같고 편하다. 이렇게 말하면 딸은 또 직원들을 가족같이 대하면 악덕 업주니 옳지 않다느니 따지겠지만, 사실이 그런 걸 어쩌랴. 직원들에게 날 가족같이 생각해 달라는 것도 아니고, 내가 직원들을 가족같이 여겨 무리한 업무를 부탁하는 것도 아니다. 염 여사는 지금 가까이 의지할 수 있는 사람들이 편의점 직원들이기에 그런 생각을 하는 거라고 스스로를 다독였다.

오전에 편의점을 책임지는 오 여사는 동네에서 20년을 알아온 친구이자 같은 교회 성도이기도 하다. 실제로 그녀는 염 여사를 친언니처럼 따르고 지난 시간 함께 고락을 나누지 않았던가. 오후의 시현은 딸 같기도 하고 조카 같기도 한 게 늘 챙겨주고 싶게 만든다. 일한 지 1년이 다 되어가지만 가끔 계산을 틀리는 것 빼고는 말썽 하나 피운 적이 없다. 무엇보다 뻔질나게 사람이 들고 나는 편의점 알바 자리를 1년간 채워준 것만 해도 업어줄 지경이다. 그런 면에서 오픈 즈음부터 편의점의 밤을 책임지고 있는 성필 씨 역시 그녀에게는 일등 공신이다. 50대 중반의 성필 씨는 2년 전 편의점을 오픈한 뒤 수시로 그만두는 야간 알바 때문에 골치가 아프던 차에 제 발로 온 복덩이였다. 편의점 부근 반지하에 사는, 두 아이를 둔 가장인 그는 종종 담배를 사 가던 동네 아저씨였다. 그런 그가 야간 알바 구인 전단을 붙이자마자 자신도 일할 수 있느냐고 물어왔다. 그는 마침 실직 상태였고 재취업이 어려운 상황이라 야간 알바라도 해서 생활비를 벌어야 한다고 힘주어 말했다. 염 여사는 가장의 간절함이 느껴지는 그에게 기존 시급에 5백 원을 더 얹어주었다. 마침 새로 들어선 정부가 가파르게 최저시급을 올렸기에, 성필 씨는 200만 원이 넘는 월급을 받아갈 수 있었다. 그로부터 1년 반, 낮과 밤이 바뀌어 가장 힘들다는 편의점 야간 알바 자리를 그가 지켜주었다.

가족 같다는 느낌은 이런 것이다. 사장의 입장에서라면 그들이 계속 편의점에서 일해주기를 바라는 게 맞다. 그럼에도 취준생인 시현과 재취업이 목표인 성필 씨가 뜻을 이룰 기회를 얻는다면, 염 여사는 기쁜 마음으로 그들을 보내주겠다 마음먹고 있었다. 심지어 시현에게는 괜찮은 일자리를 소개해준 적도 있었다. 비록 그녀가 하루 만에 못 버티고 돌아와서 망정이었지. 편의점으로 돌아와 "아직은 직장인이 될 준비가 덜 됐나 봐요"라면서, 다시 일하고 싶다던 시현의 모습이 생생하다.

주말 알바는 숙대 학생들이 채워주었고, 주중 구멍 나는 시간은 교회 청년회 학생들을 투입했다. 짧게 하루 이틀 용돈을 버는 걸 선호하는 알바 인력풀이 생기자 염 여사가 땜빵 할 일이 줄어들었고, 사람 쓰는 일이 가장 큰일이라는 자영업자의 고민에서 한숨 돌릴 수 있게 되었다. 가족 같은 고정 직원들과 아직 때가 덜 묻은 대학생 알바들이 염 여사를 사장님이라 부르며 편의점을 지켜주는 것이 그녀는 늘 신기하고 고마웠다.

고로 문제는 딱 하나였다. 장사가 잘 안 된다는 것.

염 여사는 교사 연금으로 자기 몸 하나는 건사하고 살 수 있었다. 편의점을 차린 건 남편의 유산을 어떻게 처리할까 고민하던 중 편의점을 세 개 운영하는 남동생의 조언을 받아들여서였다. 남동생은 편의점으로 돈을 벌려면 매장이 최소 세 개는 되어야 한다면서 계속 확장해 나갈 것을 강조했지만, 염 여사는 이곳 하나만 운영하는 것으로도 충분했다. 자신은 연금으로 살고 이 매장으로 편의점 식구들 생계가 해결된다면 그것으로 그만이다. 처음부터 그럴 줄은 몰랐지만 이제 오 여사와 성필 씨는 이 편의점이 아니면 생계가 해결되지 않는 상황이고, 시현 역시 공무원 시험 준비에 드는 돈을 여기서 충당하고 있기 때문이었다. 그렇게 평생 사장이나 자영업과는 거리가 멀었던 염 여사가 편의점 경영에 신경을 쓰게 된 것은, 이 사업장이 자기 하나만을 위한 것이 아니라 직원들의 삶이 걸린 문제라는 걸 깨닫고 나서부터였다.

처음에는 제법 장사가 잘되었지만 6개월 뒤에 100미터도 안 떨어진 곳에 각각 다른 브랜드의 편의점 두 개가 더 생겼고, 그 두 곳이 미친 듯이 경쟁을 하기 시작했다. 양쪽에서 서로 질세라 공격적인 이벤트를 걸어대니 상대적으로 조용한 염 여사의 편의점은 한물간 듯 매출이 줄었고, 지금에 이르렀다.

염 여사는 편의점으로 돈을 왕창 벌고 싶다는 생각은 없었다. 다만 매출이 줄어 망한다면 직원들이 갈 곳이 없어지는 것이 걱정될 뿐이다. 하지만 이토록 경쟁이 심한 줄은 몰랐고 언제까지 버틸 수 있을지도 알 수 없었다.

다음 날 염 여사는 도시락 폐기 시간에 맞춰 편의점으로 나왔다가 노숙자 사내가 야외 테이블을 청소하고 있는 모습을 목격했다. 가을 저녁의 쌀쌀함이 느껴지는 가운데 사내는 수그린 채 담배꽁초와 종이컵, 맥주 캔을 주섬주섬 줍고 있었다. 굼뜬 움직임으로 집어 든 쓰레기들을 분리수거함으로 가져가 신중히 살핀 뒤 분리하는 모습은 꽤 근사해 보였다. 그때 시현이 도시락을 들고 나와 야외 테이블에 내려놓으며 사내에게 기척을 했다. 돌아본 사내는 데면데면 목례를 하고 시현도 목례를 하고 돌아서다가 지켜보는 염 여사와 딱 마주쳤다.

"어머, 오셨어요?"

"도시락 챙겨드리는 거니?"

"예. 청소도 저분이 도와주시니까…… 고맙잖아요."

시현이 빙긋 웃고는 편의점 안으로 들어갔고, 노숙자 사내가 염 여사의 시선에 다시 들어왔다. 노숙자 사내도 그녀를 보고 꾸벅 인사한 뒤 도시락 뚜껑을 열었다. 염 여사는 말없이 그의 앞에 가 마주 앉았다. 도시락은 레인지에 데웠는지 김이 올라오고 있었고, 사내는 염 여사가 신경 쓰이는 듯 잠시 뜸을 들이다가, 그녀가 손으로 식사하라는 시늉을 하자 젓가락을 들었다. 그런 뒤 점퍼 주머니에서 녹색 병을 꺼내는 게 아닌가.

소주가 반쯤 든 녹색 병의 뚜껑을 딴 사내는 치우다 남은 종이컵에 술을 따랐다. 염 여사는 딱히 제지하지 않고 그가 반주와 함께 도시락을 해치우는 걸 바라봤다. 곧 사내도 그녀를 불편해하지 않으며 식사에 열중했다.

사내가 도시락과 소주를 모조리 해치울 즈음 염 여사는 편의점으로 들어가 캔커피 두 개를 가지고 나왔다. 다시 맞은편에 앉은 뒤 캔커피를 건네자 사내가 반색을 했다. 고개를 숙이고 커피를 따 꿀물 마시듯 그가 들이켰다. 염 여사도 마셨다. 늦가을의 스산한 기운이 따뜻한 캔커피에 녹는 기분이었다. 여름에는 맥주를 마시는 손님들이 떠들거나 담배를 피워대 민원도 들어오고 쓰레기도 함부로 버려 관리가 힘들지만, 편의점 야외 테이블은 확실히 동네의 쉼터이자 작은 여유가 있는 곳이다. 그녀가 수차례 민원과 직원들의 불평에도 이곳을 없애지 않은 이유였다.

"날이…… 춥죠?"

유령이 옆에서 휘파람 소리라도 낸 듯 염 여사는 놀라서 사내를 처다보았다. 식사 내내 한 마디도 없기에 그가 대화를 싫어하는 걸로 여긴 그녀는, 이름을 묻는 것도 포기한 참이었다. 그런데 먼저 안부를 물어주니 다시 흥미가 돋았다.

"그러네요. 날이 추워질 텐데…… 그쪽은 계속 서울역에 있을 거예요?"

"추워지니까…… 더 거기 있어야죠."

뭐지? 지난주에 만났을 때보다 말투가 한결 안정적이다. 편의점에 와 도시락을 먹으며 사회화가 이루어진 건지도 모르겠다. 염 여사는 이참에 사내에 대해 궁금한 것을 최대한 많이 묻기로 마음먹었다.

"하루에 이거 한 끼 먹는 게 다예요?"

"종교행사 가…… 점심 먹는데…… 찬송가 시켜 싫어요."

"하긴, 좀 그렇죠. 그런데 집이 어디예요? 돌아갈 생각은 안 해봤어요?"

"……몰라요."

"그럼 그쪽 이름이라도 알 수 있을까요?"

"몰라요."

"자기 이름도 모른다고요? 나이는요? 전에 뭐 하고 살았어요?"

"모, 몰라요."

"휴."

말은 텄는데 답은 모르쇠다. 이러면 묵비권과 뭐가 다른가? 눈치가 빠른 염 여사조차도 사내가 진짜로 자기 이름을 모르는 건지, 모르는 척하는 건지 가늠이 되지 않았다. 하지만 그녀는 포기하지 않기로 했다. 교감을 하려면 어떻게든 서로의 호칭을 정리해야 했다.

"그럼 내가 그쪽을 어떻게 불렀으면 좋겠어요?"

사내가 대답 대신 서울역 쪽으로 시선을 돌렸다. 돌아가고 싶은 건가? 자신이 아는 유일한 공간으로. 그때 그가 고개를 돌려 염 여사를 정면으로 응시했다.

"독……고……."

"독고?"

"독고…… 다들…… 그렇게 불러요."

"성이 독고예요, 이름이 독고예요?"

"그냥…… 독고."

염 여사는 한숨을 쉰 뒤 고개를 끄덕였다.

"알겠어요, 독고 씨. 매일 잊지 말고 오도록 해요. 엊그제는 늦게 왔다고 해서 걱정했어요."

"그, 그러지…… 마요…… 신경 쓰지 마요."

"사람이 늘 제시간에 오다 늦으면 신경이 쓰이지 어떻게 안 쓰여요. 그러니까 매일 늦지 말고 와요. 와서 도시락도 먹고 지금처럼 운동 삼아 여기 청소도 도와주고 그러면 좋잖아요."

"호, 혹시 지갑…… 잃어버리면…… 얘기해요."

"응?"

"제가 또 찾아드리게. 제가…… 보답할 게 없으니까……."

"독고 씨 경우 바른 줄 알았더니…… 그쪽 도움 받으려고 일부러

지갑을 잃어버리라고요?"

"아뇨…… 잃어버리면 안 되고…… 아무튼 뭐든…… 도울 거 있으면…… 말해요."

염 여사는 기특한 마음과 허탈한 기분이 동시에 들었다. 고양이 손이라도 빌려야 할 정도로 도움이 절실하진 않다. 아니면 그에게도 우리 편의점이 한심해 보이는 걸까? 그녀는 독고 씨를 똑바로 바라보며 대화를 마무리하기로 했다.

"독고 씨. 먼저 스스로를 도우세요."

그가 면구스러운 표정을 지으며 고개를 숙였다. 뭐 이런 걸로 주눅이 들 것까지야.

"그리고 도시락을 먹게 해주는 건 독고 씨를 조금이라도 돕고 싶어서예요. 그러니 여기서 소주를 먹는 걸 가만둘 순 없어요."

"……."

"도시락은 안주가 아니라 끼니예요. 독고 씨가 술 취하는 걸 내가 도울 순 없습니다."

"한 병…… 가, 간에 기별도 안 가는데……."

"어쨌든! 난 원칙이 있는 사람이에요. 이 야외 테이블은 내 소유고, 여기서 소주는 허락할 수 없으니 그렇게 알아요."

독고 씨가 말없이 침을 삼켰다. 뒤이어 소주병으로 시선을 옮기더니 가만히 집어 들었다. 염 여사는 그가 그걸로 공격이라도 하는 게 아닌가 잠시 긴장했다. 하지만 그는 소주병을 빈 도시락 용기 위에 얹은 뒤 일어나 어슬렁어슬렁 분리수거 공간으로 이동했다. 염 여사는 조용히 안도의 한숨을 쉬었다. 돌아온 독고 씨는 예의 그 점 퍼에서 알 수 없는 휴지 뭉치를 꺼내 테이블을 닦은 뒤 그녀에게 꾸 벅 인사를 했다.

염 여사는 독고 씨라 불리는 사내의 멀어져 가는 뒷모습을 눈으 로 배웅했다. 독고. 홀로 고독하다는 뜻일까? 아니면 독거인으로 살아서 독고라 불리게 된 걸까? 이름만큼이나 쓸쓸한 그의 뒷모습 을 그녀는 당분간 신경 쓰지 않기로 했다.

"사장님, 죄송하지만 급하게 그만두어야 할 것 같습니다."

그날 시현과 수다를 떨며 편의점의 저녁 시간을 지키던 염 여사 는, 막 출근한 성필 씨의 말에 당황하지 않을 수 없었다. 그는 얼마 없는 머리숱을 손으로 쓸어대며 아는 분을 통해 중소기업 사장의 운전기사 일을 얻었다고 했다. 사흘 안에 출근해야 하는 상황이라 갑작스럽게 일을 그만둘 수밖에 없다며, 사람 좋은 얼굴에 미안함 을 담아 양해를 구했다.

야간 알바는 편의점에서 가장 힘든 시간대여서 인력 역시 구하 기 어려웠다. 지난 1년 반 동안 성필 씨가 묵묵히 지켜준 덕에 별다 른 걱정 없이 밤을 보냈는데…… 다시 이 자리가 비게 된다. 구할 순 있어도 금방 그만두는 바람에 수시로 땜빵을 서야 한다. 안정적 인 야간 알바를 구할 때까지 앞으로 한동안 그렇게 보낼 생각을 하 니 염 여사는 벌써부터 머리가 지끈거렸다.

염 여사는 성필 씨가 재취업으로 편의점을 떠날 때 기쁘게 응원해주기로 마음먹었던 것을 떠올렸다. 그녀는 성필 씨에게 그동안 편의점의 밤을 잘 지켜줘 걱정 없이 지낼 수 있었다고 덕담을 건넨 뒤, 보너스를 챙겨주겠다고 덧붙였다. 성필 씨는 감동한 표정을 지으며 남은 사흘도 마저 애쓰겠다고 답했다.

"사장님 좀 멋진데요."

성필 씨가 조끼를 챙겨 입으러 창고에 간 사이 시현이 엄지를 치켜세우며 말했다.

"시현이 너도 합격만 해. 합격만 하면 출근 정장은 내가 사주마."

"진짜요? 비싼 거 사도 돼요?"

"신입이 비싼 옷 입고 출근하면 찍혀. 무난한 걸로 사줄게. 그니까 공부 열심히 해."

"예."

"아, 그나저나 당장 야간 알바를 구해야지. 너 친구들 중에 노는 애들 좀 알아봐라. 나도 교회 청년회에 말해놓을 테니까."

"저 커미션 주는 거죠?"

"그래. 대신 못 구하면 네가 야간 알바 하는 거야."

"그건 싫어요!"

"사흘 안에 사람 못 구하면 너 아니면 내가 해야 해. 오 여사는 아들 때문에 안 되고 우리밖에 더 있니? 그럼 이 할머니가 야간에 여길 지키며 물건 진열 다 할 수 있겠니? 어떻게 생각하니?"

염 여사가 일장 연설을 하자 시현이 애매한 표정을 지으며 눈을 굴렸다.

"알아볼게요. 노는 애들은 많아요."

"짱 좋은 사장님 있다고 해."

"그럼요."

염 여사는 쏟아지는 물품 박스를 보며 한숨이 절로 나왔다. 장사도 안 되면서 발주 욕심은 왜 이리 냈는지, 그녀는 스스로를 원망하며 출입문 앞에 쌓여가는 박스를 옮기기 시작했다. 배송 매니저는 출입문까지만 배송해준다. 여기서부터 창고까지는 편의점 직원이 직접 옮겨야 한다. 몇 차례 나르는 것만으로도 다리가 떨렸다. 염 여사는 마지막 박스를 쌓아놓고 가는 배송 매니저의 뒷모습을 보며 한숨을 내쉬었다.

성필 씨가 일을 그만둔 지도 일주일, 역시 야간 알바는 쉽게 구해지지 않았다. 처음 사흘은 몇 달 뒤 입대를 앞둔 교회 청년이 자원했지만, 고작 며칠 일하고는 부모님이 반대한다는 뻔한 거짓말을 남기고 꽁무니를 빼고 말았다. 그 녀석, 그래서는 군대에서 어떻게 버틸까 걱정이 되기도 했지만 사실은 편의점의 밤이 더 걱정이었다.

이후 사흘째 염 여사가 밤을 새우며 근무 중이다. 시현은 '마침' 특강이 생겨서 새벽부터 노량진으로 가야 한다며 잔뜩 미안해만 했다. 얄미운지고! 진짜로 열심히 공부하는지 문제라도 출제해 확인하고 싶은 심정이었다. 아닌 게 아니라 역사 선생 출신인 염 여사는 공무원 시험에 나오는 역사 문제는 눈 감고도 풀 수 있었고, 그 분야에 대해서는 시현에게 도움을 줄 수도 있었다. 하지만 시현은 선생님보다는 사장님으로 염 여사를 대하고 싶다며 한사코 거절했다. 어쩌면 시현은 공부보다는 편의점 알바로 용돈을 벌며 시간을 축내고 있는지도 모르겠다.

또 남 걱정을 하고 있다. 당장 야간 알바를 구해야 하는 게 내 문제다. 낮에는 아들에게 전화를 걸었다가 울화만 치밀고 말았다. 아들놈은 1) 자기가 백수인 줄 아냐면서, 2) 설령 백수가 맞더라도 나 같은 고급 인력이 편의점 야간 알바나 할 순 없다며, 3) 그러게 편의점을 팔지 않고 왜 그 고생을 하냐며, 4) 이참에 팔고 자신의 새 사업에 투자하고 쉬시라는, 실로 도움은커녕 우는 사람 뺨 때리는 발언을 쏟아냈다. 염 여사는, 너는 편의점에서 껌 하나 못 얻어먹을 거라고 선언한 뒤 전화를 끊었다. 그리고 맥주를 한 캔 다 마신 뒤 쓰러져 잠들었다가 알람 소리에 일어나 시현을 교대해주러 편의점으로 온 것이다. 아들놈 때문에 술이 늘어간다. 교인으로서 이래도 되는 걸까? 하나님은 왜 아들과 골칫거리를 주고 또 술도 주시는 건지…… 염 여사는 도무지 알 수 없었다.

창고로 물품 박스를 다 옮기고 검수까지 마치고 나자 자정이 지났다. 이제는 발주한 물건을 진열해야 했다. 그래서 다시 꼬박 세 시간을 더 도토리 나르는 다람쥐처럼 창고와 진열대, 워크인을 오갔다. 끝나고 나니 새벽 네 시. 그녀는 카운터에 상체를 기댄 채 감기는 눈에 힘을 주며 하품을 했다. 그나마 손님이 없어서 다행이지 안 그랬으면 큰일 날 뻔했다는 생각이 들었다. 하지만 손님이 없어 다행이라는 생각, 그것은 어떤 식으로든 가게가 망할 징조이지 않은가.

그때 딸랑 소리와 함께 요란한 욕설을 앞세운 일군의 무리가 편의점으로 들어왔다. 20대 초반의 취기 가득한 여자아이 둘과 역시 술 취한 남자애 둘이었다. 노란색과 보라색으로 염색한 두 여자아이는 연신 욕설을 섞으며 자기들끼리 떠들었고, 남자애들은 음흉함과 허세가 섞인 말투로 그 아이들의 비위를 맞춰주고 있었다. 아무리 봐도 숙대생은 아니고 남영역 쪽 술집에서 한잔하고 넘어온 아이들인 듯싶었다.

"아이 씨발, 여기 붕어싸만코 없잖아!"

"아냐 여기 있잖아. 떡붕어싸만코!"

"떡 싫다고. 존나 싫다고!"

"바보야. 그럼 떡 없는 붕어싸만코 실컷 찾아. 난 비비빅 먹을 거야!"

"니네 싸만코가 뭔 뜻인지 아냐? 싸고 양도 많고거든!"

"뭐래. 아직도 싸만코 찾아? 아 근데 왜 비비빅 없어? 팥 먹고 싶은데 씨."

주저리주저리 떠들며 욕하는 그들의 모습에 염 여사의 미간이 절로 찌푸려졌다. 참아야 한다. 취한 애들한테 뭐라 말해봐야 들어먹을 것도 아니고.

"여기 바밤바 있다. 바밤바나 처먹어!"

"바보야. 바밤바는 밤이고! 나 팥 먹고 싶다고!!"

"팥 먹고 싶음 팥빙수 먹어. 여기 있네!"

"개추운데 뭔 팥빙수야. 이런 팥, 빙신아!"

"뭐야? 이 씨발이 뭐래? 아 니미—."

"이봐요, 학생들!!"

도저히 참다못한 염 여사가 소리쳤다. 뒤이어 남의 매장에서 함부로 욕하지 말고 빨리 사서 집에 가라는 말을 마구 쏘아붙였다. 결국 욱하고 말았다. 욕하는 아이들에게 알레르기 증세를 보이는 그녀는 그들의 저속한 발언을 더 이상 참을 수 없었다. 하지만 그들은 염 여사의 학생도, 단정한 청년들도 아니었다. 오히려 술 취한 불량배라 할 수 있었고, 급기야 염 여사를 향해 인상을 구긴 채 다가오는 네 명의 마귀가 되어 있었다. 긴장한 염 여사는 침을 꿀떡 삼켰다.

앞서 다가온, 머리를 노랗게 염색한 여자애가 바닥에 침을 뱉었다.

"할매. 할매 구미호야? 목숨 몇 개 있어?"

"너희들이 먼저 소란 피웠잖니. CCTV에 다 나올 거야."

염 여사는 애써 평정심을 유지하며 경고했다. 그때 보라색 여자애가 염 여사 앞에 들고 온 붕어싸만코를 부서질 듯 내려놓았다.

"계산이나 해. 확 붕어눈깔 만들어버리기 전에!"

두 여자애는 깔깔 비웃으며 염 여사에게 당장이라도 손찌검을 날릴 태세였고, 사내애 둘은 뒤에서 이 광경을 보며 실실거리고 있었다. 순간 염 여사도 독이 올랐다. 염 여사는 물러나지 않기로 했다.

"너희들에게 안 팔아. 나가. 안 그러면 경찰 부를 테니까."

그러자 노란 여자애가 붕어싸만코 하나를 집어 들더니 염 여사의 머리를 톡 쳤다. 순식간에 벌어진 일에 염 여사는 눈만 똥그랗게 뜨고 어찌할 바를 몰랐다.

"할매. 할매 아까 뭐랬어? 이봐요 학생들? 우리가 어딜 봐서 학생이야? 씨발 꼰대들은 걸핏하면 젊은 사람 다 학생이래. 나 학교 안 다니거든. 나 할매 같은 선생 죽빵 날려 퇴학당했거든!"

노란 여자애가 다시 붕어싸만코로 염 여사의 볼을 치려는 순간, 염 여사가 여자애의 손목을 꽉 잡아버렸다.

"너 혼나볼래 진짜!"

염 여사는 있는 힘을 다해 여자애의 손목을 꽉 잡았다. 노란 여자애는 기성을 지르며 반항했지만 그녀의 악력을 이기지 못했다. 오히려 염 여사가 손을 놓자 반항하던 힘을 어쩌지 못하고 털썩 주저앉았다. 그 모습에 보라색 아이가 염 여사의 어깨를 틀어쥐었고, 염 여사는 반사적으로 여자애의 머리채를 잡아 붕어싸만코가 놓인 계산대 위로 눌렀다.

"붕어눈깔로 만든다고? 그게 어른한테 할 소리니?"

염 여사는 보라색 여자애의 발악에도 한동안 그녀의 머리를 흔들어 혼을 쏙 빼준 뒤 놓아주었다. 곧 여자애는 정신이 다 나간 표정으로 가쁜 숨을 내쉬며 기침을 캑캑 해댔다. 그러자 사내놈들의 표정이 험악해졌다. 염 여사는 서둘러 유선 전화기의 수화기를 내려놓았다. 이대로 놔둔 채 시간이 흐르면 가까운 지구대로 자동으로 연결이 된다.

"노인네가 진짜 뒤지려고 환장했나!"

사내애 하나가 포스기를 부술 듯 달려들었다. 놀란 염 여사가 계산대 끝으로 물러났다. 그러자 녀석은 피식 웃으며 수화기를 들더니 유선 전화기에 올려놓았다.

"누군 편의점 알바 안 해본 줄 아나? 수화기 왜 내려놓는데? 경찰 불러 뭐 할 건데?"

실수였다. 수화기를 내려놓기보다 포스기 긴급 버튼을 눌렀어야 했다. 녀석은 다시 한번 히죽이고는 일행에게 외쳤다.

"야! 처발러! CCTV 녹화기 챙기면 돼. 돈도 챙기고!"

염 여사는 등골이 차가워지는 걸 느끼며 꼼짝할 수 없었다. 사내 놈들이 흥분한 채 괴성을 지르기 시작했고 여자애들은 포스기에 달려들었다. 겁에 질린 염 여사는 어찌할 바 모른 채 손만 떨고 있었다.

그때 딸랑 소리와 함께 문이 열리며 누군가 들어왔다.

"야…… 이…… 개자식들아!"

천둥이 치는 것 같은 목청이었다. 사내애들과 여자애들의 시선이 한순간에 문으로 향했다. 염 여사 역시 간신히 고개를 들어 보니, 독고 씨였다. 분명 독고 씨였다.

"어른한테 이…… 이게 무, 무슨 짓이야!"

쩌렁쩌렁 소리치는 독고 씨는 웅얼거리며 말하던 노숙자 사내도, 엉거주춤 움직이던 병든 곰 같은 모습도 아니었다. 염 여사는 구원의 군대가 강림한 듯 독고 씨를 보며 감탄할 따름이었다. 하지만 젊은 불량배들의 눈에는 독고 씨가 결코 그렇게 보이지 않는 듯

했다.

"뭐야 이 개뼉다구는! 앗, 냄새."

"이 새끼 노숙자 아냐? 씨발 드러. 재수 좆같네."

사내애들이 동시에 독고 씨에게 달려들었다. 독고 씨는 그들을 상대로 몸으로 버텼다. 말하자면 문을 막아선 채 둘의 공격을 온몸으로 받아내는 것이었다. 사내애들은 독고 씨가 방어로 일관하자 더욱 거칠게 주먹질을 했다. 반면 독고 씨는 이제 공처럼 몸을 말고는 문 앞에 웅크린 채 미동이 없었다.

한동안 악다구니와 구타가 계속되던 중 사이렌 소리가 울려왔다. 여자애들이 먼저 눈치를 챘고 사내애들도 당황한 게 역력해 보였다. 그들은 독고 씨를 밀치고 나가려 했지만 문 앞에 거대한 장애물처럼 버티고 있는 그를 밀어내지 못한 채 코를 틀어쥘 따름이었다.

"아이 씨발 비켜! 비키라고!! 이 똥 같은 새끼야!!"

놈들의 발악은 제복 사내 둘이 나타나자 마침내 멈췄다. 그제야 염 여사는 가쁜 심장을 진정시킬 수 있었다. 느릿느릿 일어나 경찰들에게 문을 열어주는 독고 씨의 커다랗고 듬직한 등이 눈에 들어왔다. 순간 고개를 돌린 독고 씨가 그녀를 향해 찡그린 미소를 지어 보였다. 처음으로 보는 웃는 그의 얼굴은 눈가에서부터 흘러내린 피로 범벅이 되어 있었다. 그럼에도 독고 씨는 아랑곳없이 피 묻은 웃음을 지어 보였다.

경찰서에선 녀석들의 부모 중 하나인 중년 사내가 도착해 붓고 깨진 독고 씨의 얼굴을 보고는 금전 합의를 제안했다. 놀랍게도 독고 씨는 돈 대신 다른 걸 요구했다. 그는 술이 덜 깬 채 앉아 있는 네 녀석에게 다가가 양손을 들라고 했다. 녀석들은 처음엔 주저했지만 중년 사내가 윽박지르자 곧바로 초등학생들이 벌서듯 양팔을 위로 들어야 했다.

남대문경찰서를 나온 염 여사는 독고 씨와 함께 새벽의 남대문시장으로 걸었다. 하나둘 장사를 준비하는 상인들을 스쳐 지나 골목 안 해장국집으로 향했다. 독고 씨는 얼굴에 반창고를 붙인 채로 씩씩하게 선지해장국을 입안으로 욱여넣었고, 그녀는 안쓰럽고 답답한 표정으로 수저를 뜨는 둥 마는 둥 했다.

"요즘 애들이 얼마나 무서운데 그렇게 덤벼들면 어떡해요?"

"나…… 둘은 상대할 수 있다고…… 그랬잖아요."

반창고가 훈장이라도 되는 듯 만지작거리며 독고 씨가 이를 드러냈다. 염 여사는 무어라 더 말하려다가 자기야말로 요새 애들한테 덤벼들었다는 걸 깨달았다. 그녀는 쓴웃음을 짓고는 독고 씨를 응시했다.

"고맙네요."

"바, 밥값…… 한 건가요?"

"그럼. 근데 어떻게 마침 온 거예요?"

"어르신…… 밤에 일한다는 거…… 들었어요. 잠도 안 오고…… 걱정도 돼서…… 갔죠."

"휴. 난 그쪽이 더 걱정되네요."

독고 씨는 민망한지 머리를 긁적이고는 다시 수저질을 했다.

"독고 씨가 당당히 나서길래 소싯적에 싸움이나 좀 한 줄 알았어요. 그런데 그렇게 맞고만 있을 줄은 몰랐네. 마침 순찰차가 왔으니 망정이지 크게 다칠 수도 있었다고요."

"경찰…… 내가 불렀죠."

"응?"

"부, 부근에…… 공중전화…… 있어요. 애들 시비 거는 거 보고…… 신고하고 온 거예요……. 그럼 좀…… 맞다 보면…… 경찰이 구해주니까……."

순간 염 여사의 입이 떡 벌어졌다. 독고 씨는 경우만 바른 게 아니라 머리도 좋다. 무엇보다 날 위해 그렇게 순찰도 돌고 대신 맞아도 줬다. 순식간에 감탄과 감동이 염 여사의 머릿속에 뭉게뭉게 차올랐다. 그녀는 다시 아무렇지도 않게 머리를 벅벅 긁으며 해장국을 먹는 독고 씨를 살폈다.

"소주 한 병 시켜줘요?"

독고 씨의 작은 눈이 커졌다.

"……진짜요?"

"근데 이게 마지막 술이에요. 이거 먹고 술 끊는 조건으로 우리 가게 일 좀 봐줘요."

독고 씨의 커다란 머리가 갸우뚱거렸다.

"제, 제가……요?"

"독고 씨 할 수 있어요. 곧 날 추워질 텐데 밤에도 따뜻한 편의점에 머물고 돈도 벌고 얼마나 좋아요."

염 여사는 독고 씨의 눈을 똑바로 응시하며 답을 기다렸다. 독고 씨는 시선을 피한 채 곤란한 듯 광대를 연신 씰룩이다가 작은 눈을 돌려 그녀를 살폈다.

"저한테 왜…… 잘해주세요?"

"독고 씨 하는 만큼이야. 게다가 나 힘들고 무서워 밤에 편의점 못 있겠어요. 그쪽이 일해줘야 해요."

"나…… 누군지…… 모르잖아요."

"뭘 몰라. 나 도와주는 사람이죠."

"나를 나도 모르는데…… 믿을 수 있어요?"

"내가 고등학교 선생으로 정년 채울 때까지 만난 학생만 수만 명이에요. 사람 보는 눈 있어요. 독고 씨는 술만 끊으면 잘할 수 있을 거예요."

한동안 독고 씨는 자신의 수염을 쓸어대며 입술을 조물딱거렸다. 갑작스러운 제안이긴 하지만 거절당하면 마음이 불편할 것 같았다. 독고 씨에게 손으로 수염 그만 만지작대고 어서 말하라고 독촉하고 싶은 마음이 끓어올랐다.

그때 결심한 듯 독고 씨가 염 여사를 응시했다.

"그럼…… 한 병 더요……. 한 병만 먹고 끊는 건 좀…… 억울해서……."

"그러도록 해요. 밥 먹고 나면 내가 가불해줄 테니 사우나 가 씻고 머리도 깎고 옷도 사 입고, 응? 그러고 나서 저녁에 편의점으로 와요."

"……고마워요."

염 여사는 소주 두 병을 주문했다. 곧 나온 소주 한 병을 그녀가
직접 뚜껑을 따 독고 씨에게 따라줬다. 그리고 자신의 소주잔도 채
웠다.

두 사람은 건배로 고용 계약을 마무리 지었다.

제이에스 오브 제이에스

　시현의 수많은 알바 인생의 종착점이 편의점이 된 것은 어쩌면 자연스러운 결과였다. 그녀 자신이 편의점 애용자이기도 했고, 그동안 여러 알바를 거치며 겪은 일들이 편의점 업무 곳곳에 녹아 있었기 때문에 쉽게 적응할 수 있었다. 뷰티 스토어에서 배운 접객과 계산대 업무 노하우는 편의점에서의 업무와 거의 비슷했고, 배송 회사에서 맡아 하던 소화물 분류 업무 역시 편의점 물품 진열과 비슷한 편이었다. 프랜차이즈 커피숍에서는 '제이에스JS'라 불리는 진상들을 응대하는 매뉴얼을 익힌 바 있고, 갈빗집에서는 자기가 구운 고기가 탄 걸 종업원 탓으로 돌리는 제이에스를 겪으며 멘탈도 단련했다.

　편의점은 이 모든 업무와 상황과 제이에스가 적당히 맞물려 돌아가는 구조다. 1년 전 시현은 지금 이 편의점에 들어와 반나절 만에 인수인계를 마쳤고, 이후 지금까지 매일 오후 두 시에서 열 시까지 여덟 시간을 일하며 공무원 시험을 준비하는 중이었다. 1년간 안정적으로 일할 수 있었던 가장 큰 이유라면 알바생에게 가장 중요한 사장이 괜찮은 분이었기 때문이다. 고등학교 역사 교사로 정년 퇴임했다는 사장님은 시현에게 어른이란 바로 이런 분이 아닐까 하는 생각이 들게 하는 분이다. 요즘 편의점은 주휴수당을 주지 않으려고 주 5일 근무하는 알바를 두지 않는다. 이틀씩 사흘씩 끊어 고용하기에 한곳에서 진득하게 일할 수가 없다. 그러나 이곳은 알바 모두가 주 5일 근무다. 또한 사장님은 시현과 같은 알바생에게 시켜야 할 일과 자신이 해야 할 일을 정확히 구분했고, 솔선수범했으며, 무엇보다 직원들을 귀하게 대했다.

'사장이 직원 귀하게 여기지 않으면 직원도 손님 귀하게 여기지 않는다.'

요식업으로 일가를 이룬 부모님 아래서 자란 시현이 귀가 따갑게 들은 말이다. 가게도 결국 사람 장사다. 손님을 귀하게 대하지 않는 가게와 직원을 귀하게 대하지 않는 사장은 같은 결과를 얻게 된다. 망한다는 말이다. 그런 의미에서 청파동 이 편의점은 적어도 망하지는 않을 것이다. 다만 돈을 벌기는 쉽지 않아 보인다. 그동안 주변에 다른 편의점이 두 개나 생겼고, 노령 인구가 많은 이곳은 편의점보다는 동네 마트를 선호하는 편이다. 그나마 숙대 학생들이 있는데, 학생들이 등하교하는 큰길에서 살짝 벗어난 곳에 자리한

지라 도움이 되는 것 같진 않다. 그저 하숙이나 자취를 하는 학생들이 좀 드나들 뿐이다.

장사가 잘 안 된다는 것은 사실 알바생인 시현에게는 편하게 일할 수 있다는 뜻이다. 이처럼 알바생에게도 편의를 제공하는 이 편의점을 그녀가 어찌 그만둘 수 있겠는가 말이다. 그렇지만 동시에 사장님께 미안한 마음이 들기도 해 시현은 손님들에게 최선을 다해 친절하게 응대하려고 한다. 꾸준히 찾아오는 단골이라도 있어야 그나마 가게가 유지될 테니까.

이렇게 단련된 시현임에도 어디서 이사를 왔는지 최근 꾸준히 드나드는 제이에스 하나는 치가 떨릴 정도로 싫다. 40대 중반으로 보이는 이 아저씨는 마른 체구에 툭 튀어나온 눈이 딱 봐도 고약하게 생겼는데, 처음 왔을 때부터 반말에 돈 던지기를 시전해 그녀를 경악케 했다. 그는 마치 시현이 기계라도 되는 양 반말로 원하는 바를 입력하고 결과 역시 재촉했다. 그런데 항의하기에는 또 애매한 게 시현의 실수를 짚는 것이라 늘 당할 수밖에 없었고, 그래서 더 분했다. 한번은 행사 기간이 딱 하루 지난 투 플러스 원 과자들을 집어 왔다가, 계산에서 행사 적용이 안 되자 '너 잘 걸렸다'는 눈빛을 쏘아대며 따져 물었다.

"왜 안 된다는 건데?"

"손님, 이게 어제까지 행사여서요. 적용이 안 됩니다."

"그럼 기간 지난 그 안내판 왜 안 내렸어? 내가 이거 고민해 고른 건데 이제 어쩌자는 거야? 이번만 적용해."

"그럴 수는 없어요. 행사 안내판에 기한이 적혀 있는데요. 그걸 확인하셨으면—."

"아니, 내가 노안인데 그 좁쌀만 하게 쓴 걸 어떻게 읽으란 거야? 요즘 마흔 넘으면 다 노안 오는데, 기한 표시를 크게 제대로 했어야지! 이거 중장년층 차별하는 거야 뭐야? 사과의 의미로 적용해."

"손님, 죄송합니다만…… 그건 어렵겠습니다."

"이 따위 과자 안 먹어. 담배."

"어떤 걸로 드릴까요?"

"맨날 피우는 거 있잖아. 내가 매일 담배 팔아주는데 그 정도는 외울 수 있는 거 아닌가? 단골 대하는 게 이래서야 장사가 되겠어? 쯧."

날짜가 지난 안내판을 치우지 못한 게 첫 번째 실수였고, 무슨 담배를 피우는지 알지만 놈의 잡도리에 정신이 나가 상표를 물은 게 두 번째 실수였다. 사실 전자는 놈이 노안만 아니면 알아보고 안 살 수 있는 것이고, 후자는 잘못이 아니다. 하지만 이놈의 제이에스는 애매한 상황을 이용해 시현에게 화풀이하듯 잔소리를 늘어놓고 가는 것이다.

담배를 받고 돈을 던진 뒤 놈은 잔돈을 챙겨 밖으로 나가 야외 테이블에서 담배를 피웠다. 금연이라고 붙여졌지만 아랑곳없이 피우고 꽁초도 아무 데나 버리고 간다. 자기는 마음껏 진상질을 떨면서 남의 실수 같지 않은 실수는 따져대는 놈은 정말이지 제이에스 오브 제이에스다.

시현은 제이에스가 나타나는 여덟 시에서 아홉 시 사이가 되면 마음이 불편해졌다. 출입문에 달린 종의 딸랑 소리와 함께 그 눈 튀어나온 금붕어 같은 얼굴이 들어오면, 계산을 마치고 갈 때까지 내내 심장이 덜덜댔다. 오늘은 또 뭔 진상을 부리려나…… 불안하고 불편한 마음이 차올랐다. 하지만 그때뿐이다. 딱 그 시간에 와 담배와 주전부리를 사 가는 게 전부이기에 그녀는 그냥 옆집에 못된 인간이 살면 가끔 마주치며 고약한 일을 당할 수밖에 없는 것과 같은 거라고 자신을 다독였다.

늦가을도 다 지나가던 저녁, 사장님이 한 남자와 편의점에 들어섰을 때 시현은 입이 떡 벌어지지 않을 수 없었다. 그녀는 남자의 인상에서 수염이 차지하는 비중이 그렇게 크다는 걸 처음으로 실감하게 되었다. 남자도 여자도 '머리발'이 있다는 건 알고 있었으나, 덥수룩하고 아무렇게나 자란 잡초 같던 콧수염과 턱수염을 말끔히 정리한 독고 씨의 얼굴을 본 순간, 언제나 멀리하고 싶던 노숙자가 아닌 번듯한 친척 아저씨를 떠올릴 수밖에 없었다. 게다가 머리 역시 짧게 자르고 그 구정물로 빤 것 같은 점퍼와 면바지 대신 통이 큰 셔츠에 청바지를 입은 독고 씨는 완전히 다른 사람으로 보였다. 눈이 좀 작긴 해도 오뚝한 콧날과 수염이 없어져 말쑥해진 입매에 강인해 보이는 턱선에서는 남성미까지 느껴졌다. 게다가 넓은 어깨와 등판은 듬직함을 더했고 엉거주춤한 자세도 똑바로 서자 키도 더 커 보였다.

환골탈태한 독고 씨를 데리고 온 사장님은 마치 자신이 만든 로봇이라도 소개하듯 뿌듯한 표정으로 시현에게 그가 야간 알바를 맡을 거라 말했다. 헐. 잠시 독고 씨의 변신에 좋은 인상을 받았던 시현의 마음에 먹구름이 몰려왔는데, 심지어 사장님은 독고 씨의 매장 업무 교육을 시현이 맡아줄 것을 제안하는 게 아닌가. 오 마이 갓! 사장님의 제안은 곧 지시가 아닌가.

시현은 직원 교육은 아무래도 교육자로서의 경험이 풍부한 사장님께서 더 잘하실 것 같다고 나름 둘러댔으나 바로 묵살되었다. 포스기 사용법이나 접객 모두 젊은 시현이 더 센스 있다는 게 그 이유였고, 사장님은 사장님대로 야간에 물건을 받는 것이나 매장 제품 진열을 가르치겠다고 했다. 시현은 어쩔 수 없이 수긍했다. 이제 자신과 사장님이 독고 씨를 이 편의점의 일꾼으로 만들어야 했다. 공백이 생긴 야간 알바를 언제까지나 사장님이 맡아 할 수는 없는 노릇이었기 때문이다.

사실 시현은 딱히 의리가 있거나 무엇을 잘 챙기는 사람은 아니었다. 그녀는 흔히 말하는 '아싸'에 가까웠고 친구도 많지 않았다. 평범하게 대학까지 졸업했고, 자신의 성격에 가장 잘 맞는 일이 공무원처럼 평범한 일이 아닐까 해서 9급을 준비하게 된 것이다. 문제는 이제 주변의 모두가 공무원을 준비한다는 것이었다. 시현이 보기엔 충분히 버라이어티한 삶과 화려한 스펙을 지닌 친구들이 안정적이라는 이유로 공무원 시험에 도전하고 있었고, 때문에 경쟁률은 말도 못하게 치솟고 있었다. 너희들은 충분히 도전적이고

'인싸'고 해외연수 같은 것도 다녀오고 그랬잖니? 그런 너희들은 좀 더 진취적인 분야의 일을 추구해도 될 것 같은데, 왜 다들 지루할 게 뻔한 공무원이 되려고 줄을 서는 거야? 이런 건 충분히 지루한 데 익숙한 나 같은 인생에게 맡겨주면 안 될까? 그것이 시현의 불만이자 고민이었다.

한편으로 이곳 염 여사네 편의점은 시현에게 공무원 생활을 예비 체험하게 해주는 곳이기도 했다. 대학을 졸업하고 취업에 실패한 뒤 공무원 시험을 준비하며 여러 가지 알바를 전전한 끝에 이곳에 안착하게 되었고, 꾸준히 일할 수 있었다. 오전에 노량진에서 수업을 듣고 지하철로 남영역에 와 오후부터 밤까지 이곳에서 일한 뒤 사당동 집으로 퇴근하는 일상은 그녀에겐 익숙한 생활이 되었다. 엄마는 왜 동네 편의점에서 안 하고 청파동까지 가냐고 하지만, 동네 편의점에서 일하며 아는 애들이나 가족을 마주치는 것만큼 끔찍한 일은 없었다. 게다가 청파동은 사실 과거에 짝사랑했던 남자 사람 친구가 살던 동네였다. 그 녀석을 따라 두어 번 와봤던 동네이기도 해서 시현에게는 나름 추억이 있는 곳이었다. 와플하우스라는 곳에서 엄청 맛있는 딸기빙수를 먹으며 잠시 데이트 비슷한 것을 하기도 했는데…… 녀석은 불쑥 호주로 워킹 홀리데이를 떠나 몇 년이 지난 지금까지 돌아오지 않고 있다. 아마 덩치 큰 호주 여자와 살림을 차렸거나 캥거루 밥 주는 알바를 하며 새끼 캥거루와 사랑에 빠졌는지도 모르겠다.

아무튼 청파동 골목의 한 모퉁이 편의점이 지금 시현에겐 가장 안정감을 주는 공간이다. 공무원 시험에 합격하기 전까지 그녀는 절대 이곳을 뜰 생각이 없다. 무엇보다 공무원 시험과 함께 준비하던 일본 워킹 홀리데이가 무산되고 나서는 더욱더 이 편의점의 지박령이 되기로 마음먹은 그녀였다. 짝사랑하던 그놈이 호주로 워킹 홀리데이를 떠나 감감무소식이 된 뒤로 시현 역시 일본으로 워킹 홀리데이를 가기로 마음을 먹었었다. 일어과를 졸업했고 일본 애니 덕후인 그녀로서는 당연한 선택 중 하나였지만 차일피일 미뤄왔던 게 사실이었는데…… 젠장, 올해 6월 일본과의 무역 전쟁이 시작되고 한일 관계가 악화일로에 빠지자 그녀의 플랜 B는 불가능한 꿈이 되어버렸다. 공무원이 되면 계절마다 주말마다 일본 소도시 여행을 다니려던 꿈도 기약 없는 일이 되어버렸다.

시현은 개인의 꿈이 외교 문제로 무너지는 경험을 하자 비로소 자신이 사회의 일원이라는 느낌이 들었다. 그녀는 촛불을 들거나 축구를 응원하려고 광장에 나가는 사람들과는 자신이 전혀 다른 부류라고 느꼈다. 그녀의 삶은 방 안 구석의 모니터 속에 있었다. 넷플릭스와 인터넷만으로도 충분히 세상을 접하고 인생을 즐길 수 있었고, 자신만의 온실인 편의점에서 편안함을 느끼고 있었다. 그래서일까? 때론 공무원이 되는 것보다 편의점 알바생의 삶이 계속되기를 바라는 걸지 모르겠다는 생각이 들곤 했다. 힘들게 공무원이 되어봤자 결국 좀 더 큰 편의점이 아닐까? 국민의 편의를 봐주는 공간에서 또 다른 제이에스들을 만나는 삶……. 그렇기에 지금 이 익숙한 공간은 시현에게 있어 반드시 지켜야 할 보금자리였다.

시현은 이곳을 지키기 위해서라도 노숙자 독고 씨의 변신을 도와야 했다. 그에게 폐기 도시락을 챙겨줄 때는 선행을 한다는 생각에 기분이 좋았다. 하지만 정식으로 그에게 교육을 시키고 소통을 한다는 건 꽤나 부담스러운 일이 아닐 수 없었다. 그녀는 먼저 더듬거리는 독고 씨의 말투에 익숙해져야 했다. 굼뜬 그의 행동거지에도 적응해야 했다. 무엇보다 씻고 왔다고는 하지만 여전히 은근하게 풍기는 노숙자의 냄새를 참아내야 했다.

독고 씨는 열심히 시현이 가르쳐주는 내용을 받아들였다. 어디서 가져온 건지 모를 낡은 노트를 꺼내 들고 볼펜 똥을 닦아가며 접객 순서를 적어 내려갔고, 진열대 정리 규칙을 그림까지 그리며 필기했다. 그 노력이 가상해 시현은 참을성을 갖고 하나하나 가르쳐주었다. 그러다 손님이 오면 인사를 하고 주춤하는 독고 씨를 팔꿈치로 찔렀다. 그러면 독고 씨는 "어, 어서⋯⋯요"라고 말을 흐렸고, 손님은 그걸 인사가 아니라 그녀와 독고 씨가 대화를 나눈 걸로 여겼다. 그녀는 한숨을 쉬며 계산대로 그를 데리고 들어갔다.

계산대에 나란히 선 채 시현은 상품 계산하는 과정을 시범으로 천천히 반복했다. 독고 씨는 옆에 선 채 그 모습을 뚫어지게 바라보았다. 하지만 아직 혼자 계산대에 세울 수는 없는 수준이었다.

"오늘 밤은 사장님이 같이 계셔준다지만 내일부턴 혼자라고요. 잘 기억하세요."

"아, 알겠어요. 근데⋯⋯ 그 두 개 같이 계산하는 게⋯⋯."

"무조건 컴퓨터를 믿으시면 돼요. 다 입력이 되어 있거든요. 들어온 상품들 따라 업데이트가 바로바로 된다고요. 그냥 바코드 리더기 대고 찍으시면 돼요."

"그냥, 대고, 찍는다."

"뭘 찍어요?"

"사, 상품요."

"상품 어디요?"

"그거…… 줄 많은…… 밥코든가?"

"바코드요. 그니까 바코드의 줄에 대고 이걸 딱 찍으면 끝. 오케이?"

"오, 오케이."

시현은 잠시 머리가 뜨거워졌지만 자기보다 스무 살은 많아 보이는 아저씨에게 이것저것 지시하고 가르치는 게 뿌듯하기도 했다. 무엇보다 편의점 안쪽 테이블에서 친구와 수다를 떨면서도 수시로 시현의 교육을 살피는 사장님의 시선에 흡족함을 느꼈다. 시현은 사장님이 좋았다. 학창 시절 사장님 같은 선생님을 만났으면 애니 덕후가 아니라 역사 덕후가 됐을지도 몰랐다.

아무튼 이 어눌하고 엉성한, 갓 노숙자를 졸업한 이 아저씨를 계산대에 홀로 서게 만들어야 한다. 시현은 뜬금없이 노트에 바코드를 그리고 있는 독고 씨를 향해 매서운 시선을 던졌다.

다음 날 학원 수업을 마치고 편의점에 들어선 시현에게 카운터의 오 여사가 득달같이 다가왔다.

"시현 씨. 그 미련 곰탱이 같은 인간 대체 뭐예요?"

그녀는 자기도 모르게 코웃음을 쳤다. 어른들이 주로 쓰는 '미련 곰탱이'라는 단어가 이렇게 적절하게 들린 건 처음이기 때문이었다. 오 여사는 마치 독고 씨를 데려온 게 시현이라도 되는 양 따져 물었다. 아니, 오 여사의 말투는 늘 따지는 듯하다. 원래 성격이 그런지 아니면 말썽쟁이 아들 때문인지 그녀는 공격성으로 무장한 말투로 모두에게 따져 묻는다. 심지어 손님에게도!

"아니, 웃지만 말고 내 말에 대답해봐요. 혹시 시현 씨가 소개한 사람이에요? 뭐 하던 사람인데 뭐 하나 제대로 못 알아듣고 말도 더듬거리고 말이야—."

"저 아니고요, 사장님이 직접 발탁하셨습니다."

시현은 더 말하기 귀찮아 그렇게 정색한 뒤 창고로 향했다.

오 여사가 유일하게 나긋나긋 공손하게 말하는 건 사장님을 대할 때뿐이다. 그녀는 사장님과 같은 교회를 다니는 동네 이웃으로, 사장님을 언니라고 부르며 엄청 따른다. 그럴 만도 하다. 오 여사 본인은 자신이 딱 부러진다고 생각하겠지만 사실 매몰차고 화가 많은 성격으로 서비스 업종에는 전혀 안 어울리기에, 그녀를 받아주고 일도 주는 사장님에게 충성할 수밖에 없다.

유니폼 조끼를 입고 나온 시현을 겨냥하듯 오 여사의 투덜댐이 다시 시작됐다.

"대체 사장님은 어디서 그런 사람을 데려온 거예요? 나한테는 말을 안 해주더라고……. 혹시 시현 씨 아는 거 있음 말해봐요. 응?"

"저도 딱히 모르겠어요."

독고 씨가 노숙자였다고 말하는 순간 오 여사는 퇴근도 하지 않고 옆에 붙어 나라가 망한 것처럼 떠들어댈 것이기에, 말을 아끼기로 했다. 그래도 한숨이 나오는 건 어쩔 수 없었다. 대체 언제쯤이면 이 아줌마의 수다와 질문 세례를 받지 않고 일과를 시작할 수 있을까?

"참 모르겠네. 사장님이 야간 일 너무 힘들어서 아무나 뽑은 거 같은데, 내가 보기엔 분명 큰 사고 칠 인간으로 보이더라고. 야간에 술 취한 손님이랑 다투거나 계산을 엉망으로 하거나 아니면 작정하고 삥땅을 칠 수도 있을 거고…… 아무래도 우리가 같이 사장님에게 반대 의견을 내야 하지 않을까?"

"저는 잘 모르겠어요. 근데…… 나쁜 사람 같진 않더라고요."

"누가 처음부터 나쁜가? 시현 씨가 사회생활 많이 안 해봐서 그런데, 그 사람같이 어수룩하고 어눌한 사람들이 나중에 몰래 해처먹고 그런다고. 사장님도 사실 학교에만 있어서 사회에 얼마나 못된 사람이 많은지를 몰라요."

"안 그래도 저도 저녁에 그분 계산하는 거 가르쳐주느라 힘들더라고요. 그런데 어쩌겠어요? 당장 야간 알바가 없으니."

"그러니까 시현 씨 주변에 노는 친구 없어?"

실수다. 괜히 말을 더 섞어 질문이 계속되고 있다.

"제가 친구가 별로 없어서요."

"아니 왜 젊은 사람이 친구도 없고 그래. 활발히 활동을 해야 할 때에."

뭐지? 이건 싸우자는 건가? 시현은 발끈하는 심정을 감추고 밝은 표정으로 되물었다.

"오 여사님 아드님은 어때요? 저번에 집에서 게임만 해서 골치라고 하셨잖아요."

"아유, 우리 아들은 이런 일 못 해. 요새 공무원이나 준비하겠다고 하던데……. 내가 무슨 공무원 시험을 보냐고, 이왕이면 외교관 되는 시험 보라고 그랬어. 그래도 걔가 공부 머린 있거든."

졌다. 이 아줌마의 전투력은 당할 수가 없다.

"외교관도 공무원이거든요."

시현은 모깃소리로 답하고는 포스기 모니터를 살피며 일하는 척했다. 오 여사는 다시 한번 미련 곰탱이 타령을 하며 자신이야말로 이 편의점의 맹주임을 강조했다. 아니, 사장님한테 따질 것이지 왜 나한테 푸념을 늘어놓는 것인가? 아마도 요즘 사장님이 부쩍 시현에게 잘해주자 질투가 나서 견제를 하는 것 같다. 어차피 같은 시간에 일하는 것도 아니면서 왜 자신을 그리 견제하는지 시현은 도무지 알 수 없었다.

시현은 무슨 일이 있어도 공무원 시험에 합격하고서 편의점을 그만둘 거라 마음먹었다. 오 여사의 아들이 외교관 시험에서 고배를 마시는 꼴을 비웃어주고 이곳을 떠나겠다고 다짐했다.

오 여사가 수고하란 말을 남기고 총총 사라졌다. 혼자다. 한숨을 돌리는데 손님이 들어왔다. 여대생들이 수다를 떨며 들어와 편의점의 공기를 화사하게 만들어주었다. 좋을 때다. 근데 너희들도 얼마 안 남았어. 대학을 벗어나는 대로 나처럼 최저시급을 받으며 무언가를 준비해야 하는 시기가 올 거란다. 그런 생각을 하자 자신이 늙은 것만 같아 더 우울해졌다. 딱히 잘하는 것도 없고 돈도 없고 애인도 없는 스물일곱의 늦가을……. 몇 해 더 이대로 보내면 서른이다. 서른이면 청춘이 다 끝났다고 여기던 그 숫자를 받아들여야 하는 것이다.

"계산이요."

시현은 퍼뜩 정신을 차렸다. 여대생 셋이 이것저것 물건을 내려놓은 채 자신을 뚫어져라 쳐다보고 있었다. 시현은 다가올 나이 계산을 뒤로하고 물건 계산에 집중했다.

미련 곰탱이는 꿀을 빨 준비를 하러 등장했다. 이제 겨울이 닥쳐오는데, 노숙자 신세였던 그가 따뜻한 편의점에서 밤을 보내는 것만 해도 다행이지 않은가? 거기에 공짜 식사를 하고 돈도 버니 이거야말로 그에겐 꿀 빠는 상황이다. 자신도 그 사실을 아는지 독고 씨는 오늘도 최대한 깔끔한 차림으로 여덟 시 오 분 전에 도착했다.

여덟 시부터 시현이 퇴근하는 열 시까지는 접객과 계산을 계속 배워야 했고, 이후 열 시부터는 사장님에게 야간 근무 수칙을 배울 것이다. 오늘이 이틀째고 이렇게 며칠을 더 해야 그가 업무를 모두 숙지할 수 있을지 모르겠다. 시현은 자신에게 부과된 추가 업무를 사장님을 봐서 하고는 있지만, 그 스트레스를 이 곰탱이 아저씨에게 풀 수도 있겠다는 생각이 들었다. 왜냐하면 겨우 하루 근무한 수습 주제인 이 아저씨가 들어오자마자 시현에겐 인사도 대충 하고 창고에 들어가더니, 잠시 후 커피를 가지고 나와 창밖을 바라보며 마시는 게 아닌가. 그것도 맥심 커피믹스가 아닌 카누 블랙을! 카누 블랙은 사장님이 마시려고 꺼내둔 거다. 시현도 오 여사도 은근 눈치가 보여 안 먹는 그것을 공유도 아닌 곰탱이가 우아한 척 마시고 있다니…… 꼴불견이 아닐 수 없었다.

"밤에…… 자꾸 졸려…… 커피 계속 마셨어요. 이게…… 젤 좋더라고요."

어느새 다가온 독고 씨가 속내도 모르고 말한다. 시현은 헛웃음을 지은 뒤 톡 쏘아붙였다.

"카누 블랙은 당뇨 있는 사장님만 드시는 거예요!"

독고 씨가 고개를 주억거리더니 혼잣말로 뭐라고 했다. 시현은 혹시 욕이라도 한 건가 발끈해 물었다.

"지금 뭐라고 하신 거예요?"

"그게…… 역시 사장님이…… 그래서 나한테 이걸 권했네……."

"예?"

"당뇨…… 그거 노숙자한테…… 많이 생겨요……."

"뭐라고요?"

"노숙자가…… 음식이 엉망이라…… 콩팥이 잘 나빠져……."

"누가 그래요?"

"아침…… 아침 방송 나오는 전문가가 그래요……. 서울역에서 TV 맨날 봐서…… 알아요."

"예. 많이 드시고 건강 잘 챙기세요."

시현은 말을 아끼기로 한 오늘의 결정을 다시 한번 되새겼다. 오여사는 말이 많아서, 독고 씨는 말을 더듬어서, 커뮤니케이션 불가다. 정말이지 말이 통하는 사람들과 일하고 싶다. 사장님은 왜 그리 이해심이 넓은 건지 모르겠다. 선생님이라서? 교회 권사님이라서? 아니면 나이가 들면 다 그런 내공이 생기는 건가?

딸랑. 손님이 들어오는 소리에 시현은 독고 씨를 돌아보며 눈짓을 했다. 그는 또 "어서 오……요"라며 타이밍 늦게 인사한 뒤 커피를 후루룩 마시고 계산대로 왔다. 시현은 자리를 비켜주며 매의 눈으로 계산하는 모습을 살피려는데 아뿔싸, 제이에스 오브 제이에스였다. 며칠 보이지 않길래 앓던 이가 빠진 듯 시원했는데, 하필이면 독고 씨 교육 시간에 돌아오다니……. 시현은 독고 씨의 귀에 대고 나직이 말했다.

"제이에스예요. 긴장하세요."

"뭐라고요? 뭐…… 에스요?"

"진상이라고요. 진상은 제이에스라고 했잖아요."

"아, 맞아. 진상…… 어디 있어요?"

"쉿, 크게 말하지 말아요. 앗―."

듣고 오기라도 하는 듯 제이에스가 태연히 계산대로 다가왔다. 시현이 독고 씨에게 더 주의를 주기도 전에 놈은 과자 몇 개를 계산대에 던져놓았다. 독고 씨는 침팬지가 스마트폰을 집듯 엉성하게 바코드 리더기를 집어 들고 화려한 과자 봉지 그림들 사이에서 바코드를 열심히 찾기 시작했다. 틀렸다. 봉지를 구매하겠냐고 먼저 물었어야 한다. 에라, 모르겠다. 시현은 될 대로 되라는 식으로 그냥 두고 보았다. 마침내 바코드를 찾아 리더기로 찍은 독고 씨가 더듬거리며 가격을 말했다.

제이에스는 시현을 슥 돌아보고 비웃음을 지었다. 신입 교육 중인 걸 눈치챈 듯했다.

"담배."

독고 씨가 제이에스를 쳐다보며 고개를 갸웃했다.

"……안 피우는데……."

"담배 달라고."

"아, 담배…… 뭐?"

"야, 너 손님한테 말버릇이 그게 뭐야? 너 몇 살이야?"

"모, 몰라."

"거, 웃기는 새끼네. 너 바보야?"

"아닌데……. 담배 뭐?"

제이에스가 코웃음을 치고는 시현을 돌아봤다. 시현이 그세야 담배 진열대를 향해 팔을 뻗는데, 놈이 손을 들어 그녀를 제지했다. 놈은 독고 씨를 똑바로 바라보며 말했다.

"바보 맞나 안 맞나 함 보자. 에쎄 체인지 4밀리. 당장!"

에쎄는 종류가 많아 잘 찾아줘야 하는 담배다. 특히 에쎄 체인지는 그냥 체인지, 체인지 업, 체인지 린, 체인지 빙, 체인지 히말라야 등 그 종류가 심히 다양해 골치가 아프다. 담배를 안 피우는 시현으로선 초기에 손님들이 무심코 내뱉는 에쎄 시리즈 주문이 제일 힘들었던 기억이 있다. 제이에스는 평소 던힐 6밀리를 피웠음에도 독고 씨에게 일부러 힘든 걸 주문하고 있었다.

그런데 독고 씨가 단번에 에쎄 체인지 4밀리를 집어 들더니 바코드를 찍는 게 아닌가? 제이에스는 승부욕이 돋는지 이번엔 카드를 툭 던졌다. 독고 씨는 순순히 카드를 집어 들어 계산을 진행했고, 제이에스에게 카드를 돌려주었다.

"봉지는?"

놈이 시험한다는 듯 물었다. 시현은 애써 참으며 가만히 있었다. 독고 씨는 상품들과 놈을 번갈아 보더니 히죽 웃었다.

"그…… 그냥 들고 가. 봉지…… 비닐이라…… 환경 안 좋거든."

이제 표정이 굳어진 제이에스가 해보자는 듯 상체를 독고 씨에게 들이댔다.

"나 여기서 집 멀어. 봉지 없이 이거 어떻게 들고 가라고?"

"그, 그럼…… 사."

"미리 말해줬어야지. 그거 얼마 한다고 카드 긁으라 그래? 그냥 하나 줘."

"그…… 그건…… 어려운데?"

"아니, 손님한테 불편을 줬으면 해결을 해줘야 할 거 아냐? 여기 편의점 아냐? 그래 안 그래?"

제이에스가 이죽이듯 말했다. 장난과 협박이 섞인 말투에 긴장
감이 감돌았다. 일이 커졌다. 긴장한 시현이 나서려는데 갑자기 독
고 씨가 손뼉을 쳤다.

놈과 시현이 황당해하는 동안 그는 창고로 가더니 자신의 에코
백 가방을 들고 나왔다. 무슨 봉사단체 로고가 그려져 있는, 꼬질꼬
질 다 해진 에코백을 가져온 뒤 계산대 옆에 내용물을 털어버렸다.
볼펜과 노트, 폐기 샌드위치가 전부였다. 독고 씨는 빈 에코백에 제
이에스의 과자들을 담기 시작했다. 놈은 혀를 차며 그런 독고 씨를
희귀 동물 보듯 살폈다.

"당신 지금 뭐 하는 거야?"

"여기 담아…… 가라고…….."

"그 더러운 거에 물건을 담으면 어떡해?"

"더러운 건…… 빨아 쓰면…… 돼."

보다 못한 시현이 나섰다.

"죄송합니다. 이분이 처음이라…… 비닐봉지에 담아드릴게요."

시현이 물건을 담은 독고 씨의 에코백을 잡았다. 하지만 독고 씨
는 꿈쩍하지 않았다. 당황한 시현을 뒤로하고 그는 손을 쭉 뻗어 놈
의 코앞에 에코백을 들이댔다. 제이에스는 독고 씨를 한동안 노려
보았고 시현은 난감해진 채로 독고 씨를 돌아보았다.

독고 씨의 작은 눈은 거의 감다시피 했지만 그래서 더 서늘해 보
였고, 꾹 다문 입술에 이어진 넓은 턱은 강력한 무기처럼 튀어나와
있었다. 독고 씨는 계속 말없이 에코백을 내민 채 서 있었다. 시현

은 어찌할 바를 모른 채 다시 제이에스를 돌아봤다. 놈은 툭 튀어나온 눈으로 독고 씨를 죽일 듯 노려봤지만 꿈쩍없는 독고 씨의 태도에 당황한 듯했다. 곧 놈이 짜증난 표정으로 독고 씨에게서 에코백을 채갔다. 저울의 추가 기울듯 제이에스는 에코백을 내려뜨린 채 돌아서 편의점을 나갔다.

순식간에 벌어진 남자들의 기 싸움에 시현은 새우가 된 것처럼 등허리가 굽어진 듯했다. 방금 전 무슨 일이 있었냐는 듯 독고 씨는 노트에 볼펜으로 '꼭 봉지를 먼저……'라고 적고 있었다. 시현은 전운이 감돌던 그의 무서운 표정을 애써 잊으려 목청을 가다듬었다.

"독고 씨. 어쨌거나 봉지 안 준 건 잘했어요."

"미, 미안해요. 내가…… 까먹었어요. 시현 씨가…… 분명 가르쳐줬는데……."

"미안할 건 아니고, 다음부턴 잊지 마세요. 그리고…… 아무리 제이에스여도 손님은 손님이니 싸우면 안 됩니다."

그러자 독고 씨가 씨익 웃어 보였다.

"두 명까진…… 끄떡없어요."

두 명이랑 싸울 수 있다는 건지 손님 두 명을 한 번에 접객할 수 있다는 건지 알 수 없었지만 그의 웃는 얼굴에서 좀 전의 서늘한 눈빛은 찾아볼 수 없었다. 그녀는 한숨을 돌리며 방금 전 궁금증을 떠올렸다.

"그런데 담배 어떻게 그렇게 쉽게 찾았어요?"

"가, 간밤에 담배 손님 많아서…… 후딱 외웠어요. 에쎄는 에쎄

원, 에쎄 스페셜 골드, 에쎄 스페셜 골드 1밀리, 에쎄 스페셜 골드 0.5, 에쎄 클래식, 에쎄 수 0.5, 에쎄 수 0.1, 에쎄 골든 리프, 에쎄 골든 리프 1밀리⋯⋯."

독고 씨가 마치 구구단 외우듯 담배 종류를 줄줄 내뱉었다. 깜짝 놀란 시현은 한동안 멍하니 있다가 그의 말을 끊었다.

"됐고요, 그걸 하루에 다 외웠다고요?"

"⋯⋯밤새 할 일도 없고⋯⋯ 잠도 오고 해서⋯⋯."

"혹시 애연가였어요?"

"모, 몰라요."

"몰라요? 담배 피운 기억이 없어요?"

"피웠는지 안 피웠는지⋯⋯ 모른다니까요."

"기억상실증인 거예요?"

"술 때문에⋯⋯ 머리가⋯⋯ 갔어요."

"그럼 과거 언제까지 기억해요?"

"모, 몰라요."

아오, 씨⋯⋯. 시현은 대화를 자제하기로 한 아까의 다짐을 또 까먹은 걸 후회했다. 그럼에도 제이에스를 그렇게 퇴치한 건 정말이지 통쾌하지 않을 수 없었다. 시현은 독고 씨가 카누 블랙을 마셔도 더 이상 미워하지 않기로 했다.

퇴근할 시간이 되었는데도 사장님은 오지 않았다. 시현은 문자를 넣었다. 어디시냐고 묻는 질문에 돌아온 답신의 내용은 이러했다. '수요예배에 갔다 집에 들어왔고 오늘부터는 독고 씨 혼자 일한다.' 시현은 '괜찮을까요?'라고 다시 문자를 넣었고 '너는 어떻게 생각하냐'는 답이 돌아왔다.

'아, 뭐…….'

시현은 잠시 골똘해하다 독고 씨를 돌아보았다. 그는 빈 진열대에 불닭볶음면을 채우면서 핵불닭, 치즈불닭, 까르보……나라불닭을 옹알이하듯 중얼거리며 외우고 있었다. 엉덩이를 쑥 빼고 입을 조물거리면서 손으로는 컵라면을 줄 맞춰 반듯이 정리하는 독고 씨의 모습을 보다 시현은 긍정의 답 문자를 보냈다.

그렇게 일주일이 지났다. 어김없이 여덟 시면 똑같은 복장과 똑같이 엉거주춤한 걸음걸이로 그가 출근했다. 미련 곰탱이의 '미련'을 떨군 것만 달랐다. 동작은 여전히 굼떠도 말더듬은 한층 나아졌고 그것만으로도 훨씬 괜찮아 보였다. 게다가 기계처럼 반복했던 출근 후 교육사항을 하나하나 해치웠다. 야외 테이블과 실내 테이블을 청소하고, 빈 진열대에 상품을 채우고, 폐기 상품을 정리하고, 시키지도 않았는데 워크인 냉장고를 행주로 닦았다.

더 이상 수습 교육을 받을 필요가 없을 듯했다. 가르칠 게 없었다. 그 역시 시현에게 묻지 않고 알아서 잘했다. 그러자 그녀가 그에게 묻고 싶은 게 생겨나기 시작했다. 저녁 시간이 한창임에도 손님이 뜸한지라 시현과 독고 씨는 카운터에 서서 함께 김밥에 우유를 먹었다.

"아저씬 낮에 어디서 지내요?"

딸기우유를 마저 빨아 먹은 뒤 시현이 독고 씨에게 물었다. 독고 씨는 김밥을 서둘러 씹어 삼키고 그녀를 돌아봤다.

"사장님이…… 가불해줬어요……. 그걸로…… 서울역 건너편…… 동자동…… 쪽방…… 있어요."

"쪽방에서 그럼 낮에 자고 저녁에 나오는 거예요? 밥도 거기서 차려 먹고?"

"쪽방…… 관 같아요……. 누우면 끝……. 일 끝나고 집 가며 폐기 샌드위치 먹어요……. 자고 나와선…… 서울역에서 TV 보다가…… 와요."

"서울역 안 가면 안 돼요? 그러다 노숙자 친구 만나서 끌려가면 어쩌시려고?"

"안 그래요……. 서울역은…… TV 봐야 해요. 사람 구경도 해야 하고……."

"아저씨 이제 말 잘한다. 이제 과거도 떠오르고 그러는 거 아니에요? 집이나 가족, 직업 뭐 그런 거 기억 안 나요?"

독고 씨는 잠시 멈칫하더니 고개를 저었다. 그런 뒤 남은 김밥 두 덩이를 한꺼번에 입에 털어 넣고는 빨대를 꽂은 우유팩을 집어 들었다. 그가 힘껏 우유를 빨아들이는 모습이 마치 과거의 기억을 떠올리려 애쓰는 모습으로 시현에게 보인 것은 왜일까? 우유를 마신 뒤 혀를 날름거리는 독고 씨를 지켜보다 시현이 물었다.

"그래도 편의점 일 하니까 괜찮죠?"

"다 좋은데…… 술 못 먹어 힘들어요."

"아저씨. 일도 생기고 잘 곳도 먹을 것도 생겼는데, 술 못 먹는다고 불평하시면 안 되죠."

"시설에 가면 잘 수도 있고…… 급식소 찾아다니면…… 먹을 수도 있어요……. 일을 하면 술을 못 마셔요……. 나 머리 아파요."

"아오. 술 마시면 머리 아픈 게 버릇이 돼서 안 먹으면 아픈 거예요. 그러니까 계속 안 먹으면 머리 괜찮아질 거예요. 알겠죠?"

그가 시현을 향해 작은 눈이 안 보일 정도로 미소를 지어 보였다. 시현은 인생 선배였을 그에게 편의점 선배로서 가르칠 것을 다 가르쳤다고 생각했다.

"이제 졸업이에요. 사장님이 아저씨 일 다 배운 거 같으면 여덟 시에 오게 하지 말고 열 시부터 나오게 하라 그랬어요. 그러니까 내일부턴 열 시에 오세요."

"고맙습니다. 덕분에…… 잘 배웠어요."

"뭘요."

"진짜예요……. 시현 씬 가르치는 데…… 재, 재주가 있는 거 같아요……. 머리에 바로바로 들어왔어요."

"이 아저씨가 사회생활 할 줄 아시네. 아무래도 노숙자 되기 전에 잘나가셨던 거 같아……. 솔직히 내가 막 뭐라 할 때 가소롭고 그랬던 거 아니에요?"

"아니요……. 나는…… 텅 비었어요……. 진짜 텅 빈 머린데 잘 알려줬어요. 못 믿겠으면…… 인터넷에 올려요. 그 포스기 사용법……. 진짜 잘 알려줬어요."

"그런 걸 인터넷 어디다 올려요?"

"유, 육튜브에다가……."

"육튜브? 유튜브요? 그걸 왜 올려요?"

"필요한 사람들이…… 필요해요……."

"말 많이 하시니까 또 중언부언이시네. 그러니까 유튜브에 포스기 사용법을 올리라고요?"

"도, 도움이 될 거예요. 편의점도 많고…… 알바들도 많잖아요……. 나한테 가르쳐준…… 것처럼만 하면—."

"아저씨. 내 코가 석 잔데 뭐 하러 남 도우려 그런 거 힘들게 찍어 올려요? 나 집에 가면 수업 예습하고 자기 바빠요."

"나는 도와줬잖아요."

"그건…… 사장님 지시니까."

"사장님 지시지만…… 잘 알려줬잖아요."

순간 시현은 정신이 번쩍 들었다. 어쨌든 자신이 이 사내에게 진짜 도움을 준 거고, 자신은 그걸 자랑스러워해도 되는 것이었다.

"그리고 육……튜브 그거…… 돈 된대요. TV에서 그랬어요."

독고 씨가 눈을 반짝이며 시현에게 말했다. 평소 같으면 헛웃음을 지었겠지만 그녀는 이내 생각에 잠겼다. 그리고 한동안 로그인하지 않은 자신의 유튜브 아이디와 비밀번호를 기억해내기 위해 애썼다.

"안녕하세요. ALWAYS편의점 포스기 배우기, 두 번째 시간입니다."

스마트폰으로 포스기 모니터를 찍으며 시현은 인터넷 쇼핑몰에서 구매한 26,500원짜리 마이크에 대고 침착하게 말했다.

"지난주에는 포스기의 구성과 기초적인 사용법을 익혔습니다. 오늘은 복합 결제와 반품, 교통카드 충전, ALWAYS 포인트 충전 등 2단계 내용에 대해 배워볼게요. 그럼 먼저 복합 결제. 자, 손님이 선택한 제품을 가지고 계산대로 옵니다. 그런데 현금과 카드로 나눠 결제를 하고 싶다고 하면, 당황하지 마시고 이렇게 진행하시면 됩니다."

그녀는 스마트폰으로 미리 포스기 옆에 가져다 놓은 초콜릿을 찍으며 촬영을 이어나갔다.

"먼저 제품의 바코드를 찍고 가격을 확인합니다. 3,200원이에요. 그런데 손님이 현금으로 3,000원 내고 200원은 카드로 결제한다고 합니다. 손님들이 잔돈 만들기 싫어서 가끔 이렇게 요청하는 경우가 있거든요. 그럼 포스기 화면의 받는 금액에 200원을 넣으세요. 이게 카드 결제 금액이죠. 그다음 신용카드를 받아 넣은 뒤 결제를 누르세요. 누르면 200원이 신용카드로 결제가 됩니다. 이제 나머지 3,000원의 금액이 남죠. 3,000원은 현금으로 받으시고 결제를 누르면, 완료가 되는 겁니다. 참 쉽죠?"

스마트폰의 촬영을 멈추고 잠시 숨을 고른 시현은 내용을 돌려 보았다. 자신의 손과 포스기, 상품만이 등장하는 화면에 저음의 그녀 목소리가 차근차근 복합 결제를 설명하고 있었다. 처음 독고 씨를 가르칠 때처럼 천천히 작은 것까지 알려주는 게 기계치들에게 부담을 주지 않을 것 같았다. 그녀 역시 기계치라서 알바 초기엔 포스기 다루기가 껄끄러웠던 게 사실이었다. 이제 포스기 다루는 건 식은 죽 먹기였고 그걸 알려주는 걸 찍는 일도 폐기 도시락 치우는 것만큼이나 어렵지 않게 되었다.

시현은 목청을 가다듬은 뒤 다시 촬영을 시작했다.

"다음은 반품에 대해 알아볼게요. 반품은 영수증 업무를 일단 클릭하시면 됩니다……."

생각보다 반향이 있었다. 물론 유튜브에는 다양한 편의점 포스기 사용법 영상이 올라와 있었다. 예쁜 얼굴과 포스기를 번갈아 비추며 포스기 사용법을 알려주는 건지 미모 자랑을 하는 건지 애매한 것부터, 현란한 영상과 자막과 음악으로 마치 예능 프로처럼 편집한 제작물도 있었다. 그에 비하면 시현의 영상은 미니멀리즘이라고 해도 될 만큼 단순하고 심심했지만, 오히려 그것이 사용법을 실용적으로 익히기 원하는 사람들에게 먹힌 듯했다. 무엇보다 시현은 편의점 초보 알바들의 질문에 일일이 답글을 달아주었다.

사람들은 시현의 포스기 배우기 영상이 느려서 좋다고 했다. 사용법을 천천히 짚어주는 게 마치 초등학생에게 가르쳐주는 듯해 쉽다고 했다. 저음에 차분한 그녀의 목소리가 설명을 강요하지 않고 편안함을 주어 좋다는 댓글도 있었다. 그럴 때면 시현은 자기도 모르게 홀로 목소리를 내보곤 했다. 아무리 들어도 졸리기만 한 자신의 목소리가 사람들에게 편안함을 준다니 신기했다.

독고 씨는 여전히 한 시간 일찍 나와 편의점 주변을 청소하고 야외 테이블을 정리한 뒤 시현과 인수인계를 했다. 그는 이제 완전히 야간 업무에 적응했고, 누구도 그를 한 달 전까지만 해도 서울역에 진 치고 살던 노숙자라고 상상하지 못할 만큼 변했다. 첫 월급으로 사 입은 두툼한 흰색 점퍼는 그를 무서운 불곰에서 콜라 광고의 북극곰으로 보이게 했고, 듬직한 덩치만큼 사장님과 시현에게 신뢰를 주는 동료가 되었다. 어제도 그가 아니었으면 크리스마스트리를 그렇게 빨리 조립하고 세우지 못했을 것이다. 무엇보다 좋은 건 그놈의 제이에스 오브 제이에스가 독고 씨와 한판 한 뒤론 편의점에 얼씬도 않는다는 점이었다. 약한 사람에게 진상을 떨다 안 통하는 사람을 만나자 꼬리를 내리는 꼴마저 참으로 진상스러웠다.

다만 오 여사만이 여전히 독고 씨를 눈엣가시처럼 여겼다. 그녀는 출근한 시현에게 독고 씨 흉을 보고 가는 게 일상이 되었다. 원체 화가 많은 그녀가 드디어 화풀이 대상을 찾은 것 같았다. 그러거나 말거나 독고 씨는 상관하지 않는 듯했다. 한번은 오 여사가 스트레스 주지 않느냐 물으니 독고 씨는 고개를 저으며 희미하게 웃어 보였다.

"스트레스는…… 저거 같더라고요."

"예?"

"저기 술 냉장고…… 너무 가까이 있어서……."

"술 다시 드시면 안 돼요! 진짜요!!"

자기도 모르게 목소리가 높아졌다. 민망해하는 시현의 마음을 아는지 독고 씨는 고개를 끄덕이며 동의해주었다.

"안 그래도 대책을…… 세우려고요."

독고 씨가 그렇게 말하며 히죽 웃었다. 시현은 안도했다. 그녀는 이제 독고 씨가 많이 먹어 떨어진 카누 블랙을 알아서 채워주고 있었다. 그를 통해 누군가를 돕는 일이 보람 있다는 걸 체험했고, 자기에게 그럴 능력이 숨어 있다는 걸 깨달았다. 그녀는 어제도 유튜브 영상을 찍으며 독고 씨를 생각했다. 그에게 가르쳐주듯 차분히, 천천히, 말하고 움직였다. 어쩌면 노숙자 같은 사람들을 도울 방법은 그렇게 좀 더 느리게, 천천히 다가가는 것이 아닐까? 생각해보니 아무런 사회와의 끈도 없다고 느끼던 자발적 아싸인 자신이 무언가 연결점을 찾게 되었다는 점에서, 그녀 역시 독고 씨에게 도움을 받은 셈이었다.

유튜브와 연동된 계정으로 시현에게 낯선 메일이 도착한 건 크리스마스이브를 하루 앞둔 날이었다. 메일에서 자신을 ALWAYS편의점 두 군데를 운영 중이라고 밝힌 여자는 함께 일해보고 싶다며 자기 번호를 남겼다.

'뭐지? 스카우트 제의?'

일개 편의점 알바를 스카우트하다니, 가당키나 한가? 그리고 스카우트한다면 또 무슨 이유고 무얼 제시한단 말인가? 시급을 천 원더 주겠다는 걸까? 아니면 투잡을 뛰라는 건가? 폭죽 터지듯 머릿속에서 끊임없이 올라오는 질문을 잠재우려면 번호를 누르는 수밖에 없었다. 소심한 시현은 작은 기대와 큰 궁금증을 품은 채 메일을 보낸 이에게 전화를 걸었다.

중년의 차분한 여자 목소리가 전화를 받았다. 그녀는 유튜브에서 시현의 편의점 포스기 배우기를 잘 보았다고 먼저 말을 꺼낸 뒤, 자신은 동작구에서 편의점 두 개를 운영하는 사람인데 이번에 새로 하나를 더 열면서 전담할 사람이 필요하다고 했다. 즉 시현에게 편의점 하나를 통째로 책임지는 점장으로 일해 달라는 제안이었다. 얼떨떨해진 시현은 무슨 말을 해야 할지 몰라 머뭇거렸다. 그러자 상대방은 한번 편의점에 들러 자신을 만나고 믿음이 가면 같이 일하자고 했다. 놀랍게도 편의점은 시현의 집에서 무척 가까운 곳이었고, 그녀는 내일 퇴근하며 찾아뵙겠다고 답했다.

집에서 지하철 한 정거장 앞 동네의 편의점이었다. 사장은 오 여사와 비슷한 50대 후반의 아주머니였는데 말투와 인상은 미안하게도 오 여사와 정반대였다. 차분한 말투와 인자한 미소의 그녀는 편의점을 사업으로 접근해 이미 두 개의 매장을 가지고 있었고, 새로 하나를 더 내면서 신뢰할 수 있는 점장이 필요하다고 힘주어 말했다.

"저를 어떻게 믿고 이런 제안을 주시는 건지요?"

시현은 조심스러웠다. 살면서 이런 제안은커녕 다른 사람에게 칭찬조차 받은 적이 거의 없었기에 조심스러울 수밖에 없었다.

"유튜브 영상을 보고 마음이 움직였죠. 그쪽 말투나 가르치는 방식이 모두 본인이 가진 능력을 과시하기보다는 배우는 사람을 적극적으로 배려한다고 느꼈거든요."

"그랬나요?"

"지난달에 새로 뽑은 알바생에게는 아예 그쪽 영상을 보고 배워오라고 할 정도였으니 내가 이미 도움을 받은 거잖아요. 이제 그럴 거 없이 직접 우리 매장 신입들에게 교육을 시켜주면 어떨까요? 새 매장 운영하면서 종종 출장 교육을 해주면 좋겠어요. 물론 출장비는 지불할 거고요."

시현은 떨리는 마음을 들키지 않기 위해 입술을 깨무는 자신을 느낄 수 있었다. 점장이자 정직원이다. 급여를 듣고 나서는 어쩔 수 없이 입이 벌어졌다. 심지어 새로 여는 매장은 시현의 집에서 5분 거리에 지나지 않았다. 편의점 알바로 가족과 동네 사람을 만날 용기는 없었지만, 점장으로 그들을 만난다고 생각하면 민망하기는커녕 어깨를 쫙 펼 수 있을 것 같았다.

그녀는 승진하기로 했다. 같은 업종으로 이직하기로 했다.

걸어서 집으로 돌아가는 길은 크리스마스이브를 뽐내듯 활기가 넘치고 있었다. 거리마다 커플들과 빨갛고 하얀 소품들이 넘실거렸다. 올해도 남친 없이 보내는 크리스마스였지만 그녀는 전혀 춥지 않았다.

새 고용주는 열흘 뒤에 새 매장을 오픈한다고 서둘러줄 것을 부탁했다. 새해를 새 직장에서 시작하는 것이었다. 시현은 걱정 반 미안함 반으로 사장님이 오기만을 기다렸다. 저녁 시간이면 퇴근하듯 들러 그녀에게 하루 상황을 확인하는 사장님이 이제는 시현이 아닌 다른 사람에게 보고를 받아야 할 것이다. 그게 또 미안함을 느끼게 하는 와중에 사장님이 하얀 봉투를 들고 들어왔다.

"붕어빵 좀 사 왔는데 같이 먹자."

시현은 하얀 봉투 안에 귀엽게 나란히 있는 붕어빵 하나를 집었다. 사장님의 따뜻한 마음 같은 붕어빵을 결심한 듯 머리부터 뜯어 먹었다. 그리고 사장님께 자초지종을 설명했다. 사장님은 붕어빵을 먹다 말고 시현의 말을 듣기만 했다. 다 듣고 난 그녀는 시현을 보며 붕어빵을 와작 씹었다.

"잘됐네."

"죄송해요. 갑자기 그만둔다고 해서……."

"아냐. 너 너무 오래 해서 이러다 내가 끝까지 책임져야 하나 걱정했거든. 잘됐어, 정말."

"괜히 그렇게 말하시는 거 알아요."

"그렇게 들리냐?"

"예."

"그럼 사실대로 말할게. 안 그래도 너 자르려고 했다. 너도 알다시피 매출이 형편없잖니. 게다가 오 여사랑 독고 씨도 일을 더 하고 싶다고 해서…… 너 업무 시간을 나랑 오 여사, 독고 씨가 나눠 하고 급여 지출을 줄이려고 했지."

"예?"

"매출이 줄면 사람을 줄여야 하는데, 오 여사도 독고 씨도 이게 유일한 생계 수단인데 어째. 자를 수가 없잖아. 근데 시현이 넌 어쨌든 집에서 밥도 먹여주고 시험도 얼마 안 남았잖아. 이참에 공부에 집중하라는 핑계로 자를 수 있을 거 같았거든."

"에이. 농담이시죠?"

"진짜야."

"농담이라고 해주세요. 안 그럼 서운할 거 같거든요."

"서운하고 서러워야 뒤도 안 돌아보고 나가지. 나가서 다른 곳 가봐야 여기가 그립지. 그리워야 고마움도 더해지고, 안 그러냐?"

"벌써 고맙거든요!"

시현은 눈에서 눈물이 영그는 게 느껴졌다. 노련한 사장님은 웃으며 붕어빵을 다시 와작 씹었다. 시현도 눈물을 참고 붕어빵을 씹었다. 달콤한 팥의 식감이 그녀의 혀를 간질였다.

삼각김밥의 용도

오선숙, 그녀에게는 도무지 이해할 수 없는 남자가 셋 있다.

첫째는 남편. 30년을 같이 살아오면서도 이 남자의 내일은 전혀 예측을 할 수 없었다. 안정적인 중소기업 과장 자리를 박차고 나왔을 때도 그랬고, 우여곡절 끝에 차린 가게를 몇 년 꾸려나가다 불쑥 가출해버렸을 때도 그랬다. 그는 늘 고집불통에 소통 불능인 인간이었다. 몇 해 전 병들어 돌아왔을 때 왜 그렇게 제멋대로 살았냐고 따졌지만 그는 대답하지 않았다. 부아가 난 선숙은 징벌을 하듯 매일 질문했다. 결국 대답하기 싫어서인지 그는 다시 집을 나갔다. 그녀는 답을 얻지 못했고 이제는 생사조차 알 수 없는 남편을 영영 이해할 수도, 이해할 필요도 없게 되었다.

두 번째는 아들. 외아들에 홀로 키우느라 애지중지했건만 피는 못 속이는지 나이가 들수록 남편같이 이해할 수 없는 꼴을 보이기 시작했다. 아들이 대학을 졸업하고 대기업에 바로 취직했을 때만 해도 힘들게 키운 보람을 만끽할 수 있었다. 하지만 모두가 부러워하는 그곳을 1년 2개월 만에 때려치울 때부터 불길하더니 갑자기 주식투자를 해서 그나마 번 돈도 다 날리고, 다시 영화감독이 되겠다고 무슨 교육원인가를 다니며 놈팡이 같은 놈들과 어울리기 시작했다. 그러더니 빚까지 내서 독립영화란 걸 찍는 황당한 일을 벌이더니, 독립은커녕 그게 중간에 엎어지고 나서는 한동안 우울증에 빠져 병원 신세까지 지게 되었다.

왜 남부럽지 않은 무난한 삶이 펼쳐져 있는데 주식이니 영화 제작이니 하는 불안하고 위험하기 짝이 없는 일에 뛰어드는지 그녀는 정말로 이해할 수가 없었다. 결국 선숙의 간곡한 부탁으로 헛바람 날리는 일들은 접고 이제라도 외교관 시험을 준비하고 있는 아들이다. 하지만 아들의 표정은 늘 어둡고 답답해 보여 언제 다시 우울증이 도질지 걱정이 되었다. 그럴 때마다 선숙은 속으로 외쳤다. '이놈아 나가서 뙤약볕에 시멘트 자루라도 날라봐라, 우울할 겨를이 있나.'

남편과 아들이라는 이해 불가한 두 남자만으로도 선숙의 인생은 그간 충분히 곤란했는데 이번엔 현재진행형 문제투성이 인물이 커다란 물음표 대가리 같은 머리를 그녀의 인생에 들이밀고 있었다. 바로 한 달 전부터 편의점 야간 알바라며 등장한 미련 곰탱이, 독고 씨였다. 그가 노숙자였다는 사실을 뒤늦게 알고 기겁하긴 했지만 그때는 사장 언니가 야간 업무를 보느라 힘들 때였고 자신 역시 그녀를 도울 수 없었기에 별 도리가 없었다. 편의점을 유지하려면 햄스터 손이라도 빌려야 할 때였기에 반대할 여지가 없었다.

다행히 곰탱이는 큰 문제를 일으키지 않으며 편의점의 밤을 지켜주었다. 걱정처럼 냄새도 많이 나지 않았고 복장도 딱히 지저분하지 않았다. 사장 언니는 자신이 가불해준 돈으로 쪽방도 구하고 옷도 사 입고 머리도 깎자 사람이 확 바뀌었다며 으쓱해했다. 거참, 아름답다. 긍정의 화신이자 평생 교육자로서 불량 학생 계도에 늘 앞장서 온 사장 언니와는 다르게 선숙에겐 단순 명쾌한 하나의 금언만이 자리하고 있다. 그것은 사람은 결코 변하지 않는다는 것, 전문용어로 걸레는 빨아도 걸레라는 것이었다. 과거 실내 포차를 운영하며 그녀는 여러 사람들과 일을 해봤고 엄청난 진상들을 상대했다. 계산대의 현금을 털어 도망쳤다 경찰서에서 부모님과 함께 재회한 스무 살 알바생도, 술 취해 기물을 파손한 뒤 싹싹 빌던 환갑 나이 단골손님도, 용서하고 나자 다시 뻔뻔하게 그녀 욕을 하고 다녔다. 그래서 선숙은 사람들을 믿기보다는 개를 믿는 것을 택했다. 자신이 키우는 예삐와 까미야말로 그녀에게 충성했고 그녀만을 바라봐주었다.

그래서 그녀는 노숙자 출신 곰탱이가 편의점에서 스무 날 밤을 새우며 의성마늘 햄과 쑥 음료를 아무리 먹어도 사람이 될 거라 믿지 않았다. 늘 반쯤 감긴 불량한 눈빛과 어슬렁거리듯 느린 행동거지에 손님이 와도 선숙이 와도 제 타이밍에 인사 한 번 못 하는 사회

부적응자가 쉽게 변할 거라곤 결코 생각하지 못했다.

그런데 다시 여기서도 이해 못 할 일이 벌어진 것이다. 불과 일주일 만에 곰탱이는 사람이 되다 못해 아주 괜찮은 인간이 된 것이었다. 그는 사흘 만에 편의점 업무를 모두 숙지했고, 다시 사흘이 지나자 행동거지가 빠르고 날래졌으며, 손님은 물론 선숙에게도 눈이 마주치는 즉시 고개를 꾸벅하며 인사를 하는 것이 아닌가? 인사는커녕 눈 마주치는 것도 힘들어했던 그가 대체 어떻게 이리 빨리 사회에 적응하게 된 건지 선숙으로서는 알다가도 모를 일이었다.

독고 씨는 선숙에게 남편과 아들에 이어 이해 못 할 세 번째 남자였지만, 변하지 않는 실망을 주어 이해할 수 없게 만든 두 사람과 달리 이번엔 변신에 가까운 변화를 보여 이해할 수 없게 만든 경우였다. 진짜 사장 언니의 작은 도움만으로 이렇게 사람이 달라질 수 있는 것일까? 그렇다면 노숙자 독고 씨의 과거는 어땠기에 이렇게 빨리 사람 노릇을 하게 된 것일까? 절로 궁금해졌지만 사장 언니도 시현도 그의 과거를 알아내진 못했다. 알코올성 치매로 인해 기억이 많이 날아간 그는 그저 '독고 씨'라는 성인지 이름인지 애매한 호칭으로 불릴 뿐이었다.

"잘 좀 떠올려봐요. 이제 정신이 돌아온 거 같으니까."

"모, 몰라요. 생각 많이 하면…… 머리 아파요."

선숙 씨가 물을 때마다 그는 큰 손으로 마른세수를 하며 이렇게 답했고 그녀는 답답하기 그지없었다. 독고 씨 스스로가 자기 과거를 딱히 캐지 않는 모습 역시 의문이 들었다. 정신을 차렸으면 과거에 무슨 일을 했는지, 가족은 있는지, 자신의 본모습이 무엇인지 알고 싶은 게 당연한 것 아닌가? 그녀는 그런 면에서 이해할 수 없는 독고 씨를 여전히 곰탱이라 여기기로 했다. 물론 곰 역시 개가 아니므로 그녀에게는 믿을 수 없는 존재에 불과했다.

이해할 수도 믿을 수도 없기에 선숙은 독고 씨를 데면데면하게 대했다. 하지만 주인 언니는 독고 씨를 막냇동생 대하듯 했고, 시현 역시 그와 격의 없이 대화를 나누는 듯했다. 교대 타임에 시현에게 독고 씨에 대해 캐물을 때면 그녀는 그가 지극히 정상이라는 말만 되풀이했다. 거기에 더해 노숙자가 되기 전에 어떻게 살았는지 정확히는 모르지만 분명 한가락 했던 사람이었을 거라 추리했다.

"설마, 그 미련 곰탱이가 참 한가락 했겠다. 얘기만 나눠도 나는 답답해."

"말 더듬는 것도 많이 나아졌잖아요. 어디서 봤는데 말을 안 해 버릇하면 성대가 말라서 말을 더듬을 수 있다 그러더라고요. 그리고 제가 독고 씨 일 가르쳤잖아요. 처음엔 막막했는데 금방 잘 알아듣더라고요. 저 여기 일 다 배우는 데 나흘 걸렸는데 독고 씨는 한 이틀 지나니까 알아서 척척 했다니까요. 담배 종류도 하루 만에 다 외워버리는데…… 확실히 학습능력이 있어요."

"셰퍼드도 학습능력은 있어."

"에이, 차원이 다르죠. 게다가 가끔 행동하는 거 보면 카리스마가 있어요. 진상 떠는 손님한테는 무서운 표정도 짓고, 아무튼 최소 식당 사장 정도는 해본 사람 같아요."

"풋, 어디 조폭 말석에서 양아치 몇 데리고 있었겠지."

"사실 진짜 그쪽 사람 아닐까도 잠깐 생각했는데, 그건 아닌 거 같아요. 범죄자 같은 느낌은 없더라고요."

"그치. 교도소 대신 서울역에서 지낸 게 문제겠지."

"노숙자 된 게 잘못인가요? 너무 편견 가지고 사람 대하시면 안 돼요."

"시현이 너 편견이 다 나쁜 건 아니다. 세상 늘 조심해야 해."

시현이 답답하다는 표정을 지었지만 선숙은 어린 것이 뭘 안다고 까부냐는 투로 흘겨주고 대화를 마무리했다. 아무튼 주인 언니나 어린 알바생이나 사람에게 너무 물러터졌다. 선숙은 자신이나마 깐깐한 태도로 일터를 지켜야겠다고 다짐했다.

아들이 먹을 아침밥을 차려놓고 여덟 시까지 편의점으로 나오니, 독고 씨가 계산대 뒤에 선 채 꾸벅꾸벅 졸다가 그녀의 등장에 번쩍 눈을 뜨고 인사를 했다. 선숙은 인사를 받는 둥 마는 둥 하고 창고에 들어가 유니폼 조끼를 입고 나왔다. 눈치 없는 독고 씨는 계산대에서 여전히 죽치고 있었다. 나오라고 파리 쫓듯 손짓을 하고서야 그는 하품을 하며 계산대를 나왔다. 그녀는 포스기 앞에 선 채 시재 점검을 하며 물었다.

"인수인계 특이사항은요?"

"딱히…… 없어요."

"확실하죠?"

독고 씨가 머리를 긁적이며 잠시 고민한 뒤 대답했다.

"세상에…… 확실한 건 없어요."

이건 무슨……. 내가 자기랑 세상 이치 따지려는 것도 아니고. 선숙은 콧방귀를 끼고는 시재 점검을 마쳤다.

잠시 뒤 독고 씨의 이해할 수 없는 행동이 시작되었다. 그는 여덟 시로 근무시간이 끝났음에도 진열대 곳곳을 오가며 상품들의 오와 열을 맞추기 시작했다. 무슨 강박인지는 몰라도 그렇게 한 삼십 분을 물건들과 눈높이를 맞춘 채 땀을 흘려가며 반듯하게 상품을 진열하는 데 힘썼다. 괜찮다. 그런데 어차피 손님이 없는 새벽 시간에 해치우고 근무가 끝나면 바로 퇴근하는 게 좋지 않은가? 그는 꼭 선숙이 계산대에 자리를 잡고 나서야 느긋하게 진열장 정리를 했다. 그게 끝이 아니었다. 정리를 마치고는 다시 청소 도구를 들고 편의점 밖으로 나갔다. 야외 테이블을 걸레로 닦고 출입문 주변을 비질했다. 그러고 나서 야외 벤치에 앉아 출근하는 사람들을 물끄러미 바라보며 폐기 식품인 우유와 빵을 먹었다.

선숙은 독고 씨가 여전히 노숙 본능을 떨치지 못해, 쪽방으로 돌아가기 싫어 그런 거라 여기기로 했다. 그렇게 신경 쓰지 않고 자기 일을 하다 보면 어느새 그는 사라지고 없었고, 하루가 지루하게 흘러가기 시작했다.

편의점에 들어오는 손님은 계산대의 점원이 자신을 살피고 있다고 생각하지 않을 것이다. 하지만 생각보다 많은 손님들이 물건을 훔친다. 작정하고 혹은 무심코. 특히 선숙같이 뚱뚱하고 둔해 보이는 아줌마가 있을 때는 훔치는 쪽도 방심하는 편이다. 선숙은 오랜 접객업 경험을 통해 무언가 불순해 보이는 손님을 매우 잘 포착했고, 방금 전 들어온 소년이 '작정하고' 삼각김밥 두 개를 훔치는 걸 포착할 수 있었다. 방학이어서 오전에도 중고등학생들이 종종 편의점을 찾긴 했으나 그 소년은 방학이어서 학교를 안 가는 아이로는 보이지 않았다. 열다섯 정도 되었을까? 선숙만 한 키에 어딘가 어두운 낯빛과 허름한 옷차림이 원효로와 전자상가 부근에서 떠돈다는 불량 청소년 무리를 연상케 했다.

소년은 진열대 사이를 오가며 선숙을 몰래 살피고는 그녀가 딴전을 피우자 잽싸게 삼각김밥 두 개를 점퍼 안으로 쟁여 넣었다. 그리고 다시 진열대 사이를 오가며 시간을 보내다가 계산대를 향해 다가왔다. 그 짧은 순간에 그녀는 이 소년을 어떻게 처리할지 오만 가지 생각이 들었다. 고작 삼각김밥 두 개에 칼이라도 지니고 있을지 모를 불량 청소년과 맞설 필요가 있나 하는 생각이 앞섰지만, 누구에게도 만만히 보이는 걸 싫어하는 그녀의 깐깐한 성격이 빠르게 치고 나왔다.

"아줌마, 여기 짜몽 없어요?"

"짜몽이 뭐니? 그런 거 없는데."

선숙은 대답이 궁금하지도 않다는 듯 빠르게 돌아서는 소년의 팔을 타이밍 좋게 잡아챘다. 녀석은 뒤통수라도 맞은 듯 놀라서 뒤돌아보며 동시에 붙잡힌 팔을 당겼다.

"내놔. 훔친 거."

선숙이 눈을 똑바로 뜨고 소년을 노려봤다. 소년은 어찌할 바를 모른 채 굳어 있었다.

"너 내가 누군 줄 알고. 어서!"

"아이…… 씨……."

소년이 한숨 같은 욕설을 내뱉으며 점퍼 안으로 자유로운 손을 집어넣었다. 그녀는 잠시 녀석이 칼을 빼드는 거 아닐까 뜨끔했고, 동시에 긴장을 불식시키기 위해 붙잡은 팔에 더욱 힘을 가했다.

소년이 삼각김밥을 꺼내 계산대에 내려놓았다. 그런데 한 개다. 선숙은 어림없다는 표정으로 소년에게 턱짓을 했다.

"다 꺼내. 경찰서 끌고 가기 전에. 어서!"

선숙이 까미를 혼낼 때 그러듯 낮고 위엄 있게 말했다.

그때였다. 소년이 다시 점퍼에 손을 넣더니 벼락같이 꺼낸 삼각 김밥을 그녀의 얼굴에 던졌다. 퍽. 날아온 삼각김밥이 선숙의 양미 간 사이를 때렸다. 그녀는 눈앞이 캄캄해진 채 녀석의 팔을 놓쳤다.

소년이 "씨발!"이라 외치곤 안면 전체가 얼얼한 그녀를 뒤로하고 편의점 문을 나서려는 찰나, 밖에서 누군가 소년이 미는 유리문을 곰 같은 덩치로 막아섰다. 독고 씨였다.

"야, 짜몽."

문을 열고 들어오며 독고 씨가 소년을 향해 미소를 지어 보였다. 소년이 어찌할 바를 모르고 뒷걸음질 쳤다. 독고 씨는 차분하게 들어와 맡겨놓은 물건을 챙기듯 소년을 한 팔로 감싸 안고 선숙 쪽으로 다가왔다. 소년은 속수무책 독고 씨에게 이끌려 계산대 앞으로 끌려왔다. 그녀 역시 겨우 정신을 차리고는 카운터 앞으로 걸어 나왔다.

"이 녀석이…… 까먹고 계산 안 한 거…… 있죠?"

"까먹기는! 경찰서 데리고 가요. 어서!"

선숙이 독고 씨의 팔에 감싸인 채 고개를 숙인 소년이 들으라는 듯 소리쳤다. 하지만 독고 씨는 소년이 꼼짝 못 하게 꽉 팔로 안은 채 고개만 갸웃거릴 뿐이었다. 부아가 치민 선숙이 그에게 따지듯 물었다.

"왜? 아는 애예요?"

"얜 짜몽이라고…… 맨날 팔지도 않는 짜몽을 찾거든요……. 나 근무 때 왔는데…… 오늘 좀 늦었나 보네요. 짜몽, 너…… 오늘 배꼽시계…… 고장 난 거야? 아니면…… 늦잠 잤어?"

독고 씨는 마치 친구에게 말하듯 소년에게 물었고 소년은 별말 없이 입만 비쭉 내놓은 채 딴전을 피웠다. 대체 뭐지? 그렇다면 이 녀석은 독고 씨가 있을 때 매일 삼각김밥을 훔친 게 아닐까? 아니다. 계산은 늘 정확했다. 그렇다면 저 곰이 녀석을 계속 챙겨준 건가? 불쑥 등장해 소년을 붙잡은 그를 기특해하던 마음은 어느새 사라져버리고 선숙은 화가 치밀어 올랐다.

"그동안 애한테 도둑맞은 거 있죠? 솔직히 말해봐요!"

"없는데요."

"그럴 리 없어. 계산도 안 하고 도망쳤다니까. 게다가 나한테 삼각김밥을 던졌다고!!"

순간 독고 씨가 몸을 돌려 소년을 바로 세웠다. 소년을 내려다보던 그는 선숙 옆에 떨어진 삼각김밥 뭉치로 시선을 옮기더니, 곧 몸을 숙여 그것을 들어 보았다.

"너…… 맞어?"

"……그런데요."

"그러면…… 안 돼."

"알아요."

선숙은 독고 씨와 소년의 차분한 대화를 듣고 있자니 더욱 부아가 치밀었다. 당한 사람은 난데 왜 두 사람이 서로 풀고 있냔 말이다!

혀를 차는 선숙에게 독고 씨가 몸을 돌리며 삼각김밥을 쭉 내밀었다. 뭐지?

"계산해요."

선숙은 콧방귀를 꼈다. 하지만 독고 씨가 굳은 표정으로 팔을 거두지 않자 왠지 모를 긴장에 정신이 들었다. 그녀는 망설이던 손을 움직여 바코드 리더기로 삼각김밥 두 개분 계산을 찍었다. 독고 씨는 호주머니에 손을 넣더니 꼬깃꼬깃한 오천 원짜리 지폐 한 장을 꺼내 그녀에게 건넸다. 선숙은 벌레라도 되는 양 조심스레 그것을 받아 포스기에 넣고 잔돈을 건네주었다.

독고 씨는 그럼에도 손에 쥔 삼각김밥을 치우지 않고 선숙 앞에 들고 있었다.

"치워요."

"계산…… 안 끝났잖아요……. 이거 던져요."

독고 씨가 턱짓으로 소년을 가리켰다. 이 인간 지금 나보고 녀석이 한 짓을 똑같이 하라는 거야? 선숙은 어이가 없었다. 독고 씨의 진지한 표정도 그랬지만 그 뒤에 선 채 마치 집행을 기다리는 사형수처럼 풀이 죽어 있는 소년을 보자 말문이 막혔다.

"어서요."

이제는 독고 씨가 자신을 재촉하고 있었다. 선숙은 정신을 차리고 그가 주도하는 흐름을 끊어야 한다고 생각했다.

"집어치워요! 내가 애처럼 김밥이나 던질까? 가져가 둘이 처먹든가 버리든가 알아서 해요!"

선숙이 소리를 빽 지르며 쏘아붙였다. 독고 씨가 웃었다. 웃어? 황당해하는 그녀를 향해 독고 씨가 소년의 어깨를 잡아 돌려세웠다.

"용서……해주셨어. 늦게라도…… 사과해."

소년은 숙인 고개를 더 숙여 선숙에게 쌍가마가 뚜렷한 정수리를 보여주었다.

"죄송합니다."

고개를 들며 모깃소리만 하게 소년이 말했다. 선숙은 더 보기 싫다는 듯 손사래를 쳤다. 독고 씨가 마치 아들과 동행한 가장처럼 소년의 어깨에 팔을 두른 채 편의점을 나섰다. 둘은 야외 테이블로 가 삼각김밥을 사이좋게 까기 시작했다.

선숙은 잠시 두 사람이 삼각김밥을 먹으며 웃는 모습을 바라보왔다. 방금 무슨 일이 벌어졌던 거지? 도둑질을 한 소년이 있었고 자신은 그걸 막다가 김밥에 미간을 강타당했다. 도망치는 소년을 마침 등장한 독고 씨가 붙잡았고, 훔친 물건을 대신 계산해주고 녀석의 사과를 받아내주었다.

피해자는 도둑질을 당하고 김밥으로 얼굴을 강타당한 자신이어야 했다. 하지만 독고 씨가 순식간에 일을 정리해버리는 바람에 제대로 화도 못 내고 말았다. 그런데 보통 이런 경우라면 선숙 씨는 부아가 치밀어 주변 곳곳에 불만을 토로하고 분노를 내뿜었을 텐데, 신기하게도 화가 잦아들었고 딱히 할 말도 떠오르지 않았다.

그저 독고 씨와 '짜몽'이 가난한 부자父子처럼 삼각형 모양 아침을 먹는 걸 바라보았다. 묘한 기분이 들었다. 안도감과 용서, 낯선 흥분이 선숙 씨에게 생동감을 주고 있었다. 자신 역시 이 기묘한 소동극의 삼각형 한 변을 차지한 게 이상하게 재미있다고 느껴져서 삼각김밥을 까며 그들에게 다가가야 하는 게 아닌가 하는 생각이 들 정도였다.

독고 씨는 그동안 짜몽이란 녀석을 챙겨줬겠지. 그러기에 저 불량한 녀석이 두말 않고 그의 지시를 따르는 것이고……. 선숙 역시 미간이 뻐근하긴 하지만 좀처럼 누굴 봐주는 적이 없는 자신에게 생긴 변화가 신선하게 느껴졌다.

한마디로 기분이 좋아졌다.

이후 신기하게도 독고 씨와 마주치면 이해하기 힘든 심정과 답답한 느낌은 사라지고 묘한 안도감이 들기 시작했다. 그런데 그게 선숙 씨만 그런 건 아니었던지 편의점의 오전 시간은 조금씩 햇살의 방향이 바뀌듯 그 분위기도 달라지고 있었다.

편의점은 비싸다며 구멍가게나 마트만 드나들던 동네 할머니들이 마실 나오듯 유리문을 열고 들어와 어슬렁대기 시작했다. 할머니들은 편의점 곳곳을 청소 중인 독고 씨의 등판을 두드리며 이것저것 물어댔고, 그는 할머니들을 이끌고 진열대 사이를 오가며 투 플러스 원 혹은 원 플러스 원 상품을 소개해주었다.

"이거랑 이거…… 하시면 지, 진짜 싸게…… 가져가시는 거예요."

"그니까 이렇게 사면 마트보다도 싸겠네."

"편의점이 마냥 비싼 게 아니라니까. 이 아저씨가 이런 걸 다 알려주니 얼마나 좋아."

"우린 눈이 잘 안 보여 이딴 거 못 읽어. 하나 사면 하나 더 준다는 걸 어떻게 알 것이고 어떻게 믿을 것이여?"

독고 씨는 할머니들이 고른 상품을 바구니째 들고 와 선숙 앞에 내려놓으며 이를 드러내고 웃었다. 그 모습이 마치 나 공 잘 물어왔으니 간식을 달라는 골든 레트리버를 연상케 했다. 그런데 그는 선숙이 계산을 마친 바구니 가득한 상품을 들고 그대로 할머니들과 나가는 것이 아닌가? 한참 뒤 바구니를 들고 돌아온 그에게 이유를 묻자 할머니들이 들고 가기 무거워 보여 가져다 드리고 왔다는 것이 아닌가! 이 무슨 첨단 배달 시스템이란 말인가? 선숙은 기가 찼지만 이후 독고 씨의 노인 공경 배달 서비스 덕에 생긴 할머니 단골들이 오전 시간의 매출을 꽤나 올려주었다. 방학이 되자 할머니들은 돌보고 있는 손자 손녀를 장바구니처럼 달고 다녔고, 그런 아이들은 또 식음료 코너에서 그녀들의 쌈짓돈을 꺼내게 만드는 재주가 있었다.

"오전 매출이 늘었어. 왜 이러지?"

사장 언니의 말에 선숙은 자기가 오전에 얼마나 열심히 판매에 매진하는지 떠들어댔다. 독고 씨가 동네 할머니들과 그녀들의 손자 손녀를 상대로 성공적인 호객을 하고 있다는 사실은 쏙 숨긴 채 모든 걸 자신의 공으로 돌렸다. 물론 그녀도 양심이 있어서 이제는 독고 씨를 보면 먼저 수다를 떨며 살갑게 대하기 시작했다.

"요즘도 그 녀석 삼각김밥 줘요? 나 있을 땐 코빼기도 안 비치던데."

"이제…… 안 와요. 집에 들어간다고 했거든요."

"그걸 믿어요? 요새 반지하에서 가출한 애들끼리 모여 살고 그런다던데……."

"가봤는데…… 없더라고요."

"어딜요?"

"반지하요……. 짜몽이랑 애들 같이 살던 데."

"응? 거긴 왜?"

"걱정돼서요……. 근데 방 빼고 다들…… 사라졌다고 하더라고요."

"독고 씨. 그런 애들 생각하는 건 좋은데 독고 씨나 어서 제대로 된 집을 구해야 하지 않겠어요?"

"저는…… 집이 필요 없어요. 그래서…… 홈리스라고 하는 거잖아요."

"이제 아니잖아요. 어엿한 일꾼인데 뭘."

"저는…… 멀었어요."

"멀긴 뭐가 멀어요?"

"뭐든…… 멀었어요…….."

"참 사람이 겸손하기까지. 어휴, 내가 그동안 오해해 미안해하는 거 알죠?"

"제가…… 아니 저야말로…… 그동안 오해하게 해서…… 미안해요."

"암튼 쪽방 거기 사는 거 정리하고 어디 원룸이라도 꼭 알아봐요. 사람이 잠은 제대로 자야 하니까."

"말씀…… 감사합니다."

그는 큰 개가 주인의 말에 따르듯 고개를 끄덕이고는 어슬렁거리며 퇴근 아닌 퇴근을 했다. 세상에 근무시간에서 네 시간이나 더 일하고 가는 파트타이머가 어디 있단 말인가? 그래서 편의점 매출도 오르고 선숙 자신의 일도 수월해졌기에, 그녀는 그를 신뢰하기 시작했다. 아마 곰 같던 그가 개로 보이기 시작한 것도 그 무렵부터였을 것이다.

연말을 앞두고 사장 언니는 시현이 같은 편의점 체인의 다른 매장으로 스카우트되어 간다며 업무 시간을 조정하자고 했다. 스카우트라니? 독고 씨는 무료 배달을 하지 않나, 시현은 스카우트가 되지 않나, 참으로 가지가지 하는 편의점 알바생들이 아닐 수 없었다. 선숙은 자신이라도 중심을 잡아야겠다는 생각에, 근무시간을 늘려달라는 사장 언니의 제안을 흔쾌히 받아들였다. 그리하여 시현의 업무 시간을 독고 씨와 사장 언니와 나누어 근무하게 되었고, 평소보다 두 시간 더 일하고 귀가하게 되었다.

새해가 되고 일이 늘어나니 활력을 내려 애썼지만 나이를 한 살 더 먹어서인지 그녀는 금세 피로감을 느꼈다. 집은 또 집대로 더 엉망이 되어가고 있었다. 선숙이 두 시간 늦게 오게 되자 아들은 혼자 라면을 끓여 먹고 설거지나 뒷정리는 나 몰라라 펼쳐놓기 일쑤였다. 공부에 집중하느라 그런다고 생각하기에는 방에서 들리는 온라인 게임 소리가 너무 커 그녀의 마음을 참담하게 만들 따름이었다.

요컨대 아들 녀석은 자신이 집을 비운 만큼 더 어지를 뿐 도무지 인생에 도움이 되는 일 따윈 하지 않았다. 선숙은 아들에게 효도나 집안일 분담을 바라는 게 아니었다. 그저 아들이 자기 스스로를 도왔으면 할 뿐이었다. 하지만 새해가 되고 어머니인 자신은 일을 더 하느라 힘이 부치는데도 아들은 서른 살의 철부지에 머물고 있었다. 아니, 모범생이었던 중고교 시절에 많이 놀지 못한 게 억울하기라도 했는지 불량 청소년으로 인생을 다시 살고 싶은 모양이었다. 서른 살 고시생이 PC방에서 사람 총 쏴 죽이는 게임에 빠진 청소년

꼴을 하고 있다는 게 정말이지 답답하고 분했다.

참다못한 그녀는 퇴근 후 아들의 방을 노크했지만 게임 소음에 노크는 전혀 기능을 하지 못했다. 그녀는 바로 문손잡이를 당겼으나 역시 잠겨 있었다. 순간 그 문손잡이가 필요할 때만 엄마를 찾는 아들의 차가운 손처럼 느껴졌다. 화가 치밀어 오른 그녀는 부술 듯이 문을 두드려댔다.

"아들! 문 열어!! 엄마랑 얘기 좀 해!!"

게임 소음보다 문 두드리는 소리와 고함이 더 높은 데시벨을 찍고 나서야 아들은 문을 열고 불퉁한 얼굴로 그녀를 내려다보았다.

"엄마가 무슨 말 하려는지 알아. 그니까 하지 마."

아들은 방금 전 게임 속에서 터져 나오던 총소리 같은 말투로 쏘아붙였다. 기름이 번들대는 얼굴은 찌들어 있었고, 불룩 나온 뱃살은 반바지 위로 튀어나와 있었다. 한겨울에 반바지라니⋯⋯. 집 안에만 틀어박혀 보일러를 빵빵하게 때고 있는 한심한 꼴이었다. 감색 양복에 단정하게 깎은 헤어스타일로 첫 출근을 하던 대기업 신입 사원의 모습은 온데간데없고, 집 밖은커녕 방 밖에도 안 나오는 천덕꾸러기 신세가 된 것이다.

한심하게 바라보는 그녀의 표정을 무시하고 아들은 방으로 들어가려 했고, 선숙은 엉겁결에 아들의 팔을 손톱이 박힐 정도로 꽉 붙잡았다. 반팔 티 아래 붙잡힌 팔이 아팠는지, 아들은 순간 희번덕 선숙을 돌아봤고, 이에 선숙은 끝장을 보겠다는 심정으로 아들의 팔을 더욱 세게 움켜쥐었다.

"놔요. 나 공부해야 돼."

"거짓말! 너 대체 뭐 하는 거니? 응?"

"엄마가 외교관 되라며! 공부하다 좀 쉬면서 게임하는 거 가지고 뭔 소란이야? 내가 애야? 나 공부로 명문대 가고 대기업 가고 다 해봤던 사람이야. 공부 정돈 알아서 하니까 유난 떨지 마요!"

"야 이 자식아! 그럼 뭐 해? 그래 가지고 지금 이 모양 이 꼴이냐? 방에 처박혀서 게임만 하고 맨날 라면만 먹고 그래서 되겠어? 집 밖에 나가 산책도 하고 아니면 어디 고시원이라도 들어가든가!!"

"아우! 지겨워…… 그놈의 잔소리 지겹다고!!"

아들은 외마디 고함과 함께 거세게 선숙의 팔을 뿌리치고 들어가버렸다. 쾅. 문 닫히는 소리에 이어 철컥, 문 잠그는 버튼 소리가 들리자 선숙의 마음속 어딘가의 버튼도 눌리고야 말았다. 선숙은 부술 듯 다시 문을 두드렸다. 자신을 희번덕거리며, 미친 사람 보듯 했던 아들의 눈빛에 대답하듯 미친 듯이 두드렸다. 하지만 아들의 대답은 더 커진 게임 소음이었다. 더욱 맹렬해진 총성에 그녀의 온몸은 벌집이 된 듯했다.

문을 두드리던 손이 아파질 즈음 그녀는 이마로 문을 부딪쳐댔다. 쿵. 쿵쿵. 쿵쿵. 이마가 얼얼해질 즈음 그것도 포기하고 돌아섰다. 눈물이 흘렀고 가슴이 뻐근했지만 함께 고통을 나눌 남편은 없었다. 그동안 아들 자랑을 실컷 해대며 산지라 친구들에게 한심한 꼴이 된 아들에 대해 하소연할 수도 없었다. 아들이 대기업에 입사했을 때 그녀를 시기하던 동창들의 뒷담화가 멀리서 메아리쳐 귀에 울리는 듯했다.

울다 지쳐 잠든 그녀는 어김없이 일곱 시에 일어났다. 징그럽게도 그 시각까지 아들의 방에선 게임 소음이 터져 나오고 있었다. 그녀는 코트만 걸친 채 평소 차리던 아침밥도 안 해놓고 도망치듯 집을 나섰다. 정말이지 십과 아들을 버리고 어디론가 사라지고 싶은 심정이었다. 하지만 그녀가 갈 수 있는 곳은 일을 해야 하는 그곳뿐이었다.

출입문을 열고 편의점에 들어갔는데 독고 씨가 카운터에 없었다. 돌아보니 그는 새로 진열한 컵라면의 오와 열을 맞추는 데 정신을 집중하고 있었다. 그렇게까지 할 필요 없다고 했는데도 그는 강박증 환자처럼 상품 하나하나 줄을 맞춰 진열하는 데 애를 썼다. 한심한 아들과 참으로 비교되는 행동이었다. 처음으로 아들이 노숙자에서 갓 벗어난 중년 아저씨보다 못하다고 느꼈고, 그러자 스스로가 더 비참해졌다.

"오셨어요?"

상품 진열에 열중하며 그가 툭 던졌다. 선숙은 순간 터진 울음에 제대로 대답할 수 없었다. 다급히 창고로 들어가 유니폼 조끼로 갈아입는데도 눈물은 멈추지 않았다. 저 노숙자나 다름없는 사내보다 우리 아들이 못하다니…… 아니다, 독고 씨는 이제 건실한 사회인이 아닌가? 이제는 더듬대던 말투도 많이 자연스러워졌다. 그에 반해 방콕에 게임중독인 아들은 사회에서 이탈한 패배자이고 앞날이 컴컴한 인간이다. 지 아버지 아들 아니랄까 봐, 선숙이 죽기라도 하면 사람 구실도 못하고 빌빌대다 노숙자나 부랑자가 될지도 모른다. 그런 생각이 자꾸 뭉게뭉게 떠올라 그녀는 그대로 주저앉아 울고 말았다.

정신을 차려보니 독고 씨가 창고 문을 연 채 선숙을 내려다보고 있었다.

독고 씨는 조용히 다가와 선숙에게 손을 내밀었다. 그녀는 그의 손을 잡고 일어섰다. 곧 휴지를 한 뭉치 쥔 그의 손이 선숙의 눈앞으로 들어왔다. 선숙은 그가 준 휴지로 눈물과 콧물을 훔쳤다. 침도 닦았다. 그럼에도 속에서 무언가 자꾸 터져 나오는 것 같아 심호흡하듯 숨을 골라야 했다.

독고 씨에게 이끌려 밖으로 나오자 환한 아침 햇살이 편의점 통창을 통과하고 있었다. 독고 씨는 음료 코너로 가더니 옥수수수염차 하나를 가져왔다.

"속상할 땐 옥수수…… 옥수수수염차 좋아요."

이게 무슨 팝콘 터지는 소린가 의아해하는 그녀에게 독고 씨가 옥수수수염차를 따서 건넸다. 선숙은 잠시 그녀 앞에 놓인 호의를 바라보다가 결국 받아 들고 마셨다. 무엇으로라도 치밀어 오르는 걸 눌러야 했다. 그녀는 옥수수수염차를 한여름의 생맥주처럼 벌컥벌컥 들이켰다.

갈증이 사라지고 나자 선숙은 스스로를 주체하지 못하고 떠들어 댔다. 독고 씨는 기다렸다는 듯 그런 그녀의 말을 경청했다. 카운터에 선 채로 선숙은 눈물을 훔치며 한심한 꼴이 된 아들에 대해 봇물

터지듯 털어놓기 시작했고, 마주 선 독고 씨는 고개를 연신 주억거리며 그녀의 울분 섞인 한탄을 들어주었다.

"도대체 이해할 수가 없어요. 대체 왜 안정적인 직장을 때려치우고 이상한 데 빠져서 인생을 낭비하죠? 주식이니 영화 제작이니 다 도박 같은 거 아닌가요? 대체 우리 아들은 어디서부터 잘못된 거죠? 예?"

"그게…… 아직 젊잖아요."

"이제 서른이라고요. 서른! 인간 구실 못하는 서른 살 백수나 다름없다고요."

"그런데 아들이랑 이야기는…… 해봤어요?"

"내 말 따위 듣지도 않아요. 진절머리 내고 피하죠. 수없이 붙잡고 얘기했다고요. 그런데 아들은 날 무시하고 이젠 피해요. 그 녀석에게 난 식모 아니면 하숙집 주인이나 다름없다고요!"

"아들 말을 먼저…… 들어보세요. 지금 보니까 아들이 마, 말을 안 듣는다고만 하는데…… 선숙 씨도 아들 말을…… 안 듣는 거 같아요."

"뭐라고요?"

"지금 내 말은 잘 들으시는데…… 아들 말도 들어봐요. 왜…… 회사를 그만뒀는지…… 왜 주식을 했는지…… 왜 영화를 했는지…… 그런 거 말이에요."

"들으면 뭐 해요! 다 지 하고 싶은 대로 해버리고 망한 건데. 이제 나한테 말도 안 한다니까요!"

"그래도 말을 한 적이 있긴…… 있을 거 아니에요?"

"휴…… 벌써 3년 전이네요. 회사를 그만둔다고 하길래 노발대발했죠. 그 좋은 대기업을 힘들게 들어가서 왜 그만둔다고 그러냐고. 그렇잖아요?"

"왜 그만둔 건지 그래서…… 알아요?"

"모른다니까."

"다시 물어봐요. 왜…… 그만둔 건지. 뭐…… 힘들었는지. 아줌마 아들만이 알잖아요. 아줌마도 아들 일이니까…… 알아야 하고요."

"들어줬다가는 진짜 그만둘까 봐 윽박지른 거예요. 왜 그만두냐고 물어도 말을 흐리길래 어떻게든 버티라고만 했어요. 근데 그러니까 그냥 질러버리더라고. 지 아빠가 갑자기 가출하던 것처럼 그렇게 말이야."

선숙은 허겁지겁 자신의 이야기를 털어놓았다. 아울러 자신의 눈가가 촉촉해지는 것을 느꼈고, 사내에게 이 모습이 어떻게 비칠지가 그제야 떠올라 애써 눈물을 참았다. 사내는 광대를 씰룩이며 잠시 골똘하게 생각하다가 갑자기 선숙을 향해 은근한 미소를 지어 보였다.

"겁나셨구나. 아들이…… 아버지처럼 될까 봐."

선숙의 눈물이 딱 멈추었다. 뒤이어 자기도 모르게 고개를 끄덕였다.

"내 말이 그거예요. 아들만큼은 다르게 큰 줄 알았는데…… 내가

잘못 키웠나 봐요……. 나름대로 최선을 다했는데 아들은 아무것
도 몰라주고…… 맨날 방에서 게임만 하고……. 으흑."

독고 씨가 다시 휴지 뭉치를 선숙에게 건넸다. 그녀가 그것으로
눈물을 훔치는데 손님이 들어왔다. 독고 씨는 창고로 향했고 선숙
은 몸가짐을 정리한 뒤 손님을 받기 위해 계산대로 향했다.

손님이 나가고 독고 씨가 다시 선숙 앞에 와 섰다. 그녀는 이제
좀 진정이 된지라 그를 향해 어색한 미소를 지어 보였다.

"내가 말이 너무 많았죠? 너무 힘들어서…… 어디 하소연할 데
도 없고……. 독고 씨가 들어줘서 좀 풀린 거 같아요. 고마워요."

"그거예요."

"뭐가요?"

"들어주면 풀려요."

선숙은 눈을 뜽그렇게 뜨고 자기 앞에 선 사내의 말을 경청했다.

"아들 말도 들어줘요. 그러면…… 풀릴 거예요. 조금이라도."

그제야 선숙은 자신이 한 번도 아들의 말을 제대로 들어주지 않
았다는 사실을 깨달았다. 언제나 아들이 자신이 원하는 대로 살기
만 바랐지, 모범생으로 잘 지내던 아들이 어떤 고민과 곤란함으로
어머니가 깔아놓은 궤도에서 이탈했는지는 듣지 않았다. 언제나
아들의 탈선에 대해 따지기 바빴고, 그 이유 따위는 듣고 있을 여유
가 없었다.

"이거……."

독고 씨가 대뜸 무언가를 카운터에 내려놓았다. 삼각김밥 투 플

러스 원 세트였다. 의아한 표정으로 바라보는 선숙에게 독고 씨가
이를 드러내며 웃었다.

"아들 갖다줘요."

"아들을요? ……왜?"

"짜몽이 그러는데…… 게임하면서…… 삼각김밥…… 먹기 좋대
요. 아들 게임할 때…… 줘요."

선숙은 말없이 독고 씨가 내려놓은 삼각김밥을 보았다. 아들은
예전부터 삼각김밥을 좋아했다. 선숙이 편의점 일을 시작하자 폐
기 삼각김밥을 가져다 달라고 부탁할 정도로. 하지만 어느 순간부
터 선숙은 삼각김밥을 챙기지 않았다. 아들이 방에 박혀 게임하며
그걸 먹는 꼴이 보기 싫었기 때문이다.

말없이 삼각김밥을 내려다보는 선숙의 귀에 독고 씨의 중얼거림
이 들려왔다.

"근데 김밥만 주면…… 안 돼요. 편지…… 같이 줘요."

선숙이 고개를 들어 독고 씨를 바라보았다. 독고 씨가 선숙을 똑
바로 응시하고 있었는데, 그녀에게는 그런 그가 정말로 골든 레트
리버처럼 보였다.

"아들한테…… 그동안 못 들어줬다고, 이제 들어줄 테니 말……
해 달라고…… 편지 써요. 그리고…… 거기에 삼각김밥…… 올려
놔요."

선숙은 독고 씨가 건넨 삼각김밥을 다시 내려다보며 입술을 깨
물었다. 독고 씨가 바지 주머니에서 꼬깃꼬깃한 천 원짜리 지폐 세

장을 꺼냈다.

"내가 사는 거예요. 어서…… 찍어요."

선숙은 상사의 지시를 따르듯 독고 씨가 시키는 대로 삼각김밥에 바코드 리더기를 가져갔다. 삑, 소리와 함께 '결제가 완료되었습니다'라는 기계음이 들리자, 그녀의 머릿속을 복잡하게 오가던 불안감이 완료된 기분이었다. 사람 대신 개를 믿는 선숙은, 착한 큰 개처럼 보이는 독고 씨의 말에 다시 한번 고개를 끄덕였다.

독고 씨가 이를 드러내며 웃고는 돌아서 편의점을 나섰다. 딸랑. 종이 울린 순간 선숙은 자동 반사처럼 삼각김밥 밑에 둘 편지의 내용이 떠오르기 시작했다.

원 플러스 원

경만은 마음속으로 그 편의점을 '참새방앗간'이라 부르곤 했다. 그래, 오늘도 방앗간이지. 참새는 경만 자신이다. 그가 어릴 적 「참새의 하루」라는 히트곡이 있었다. 송창식이 울렁울렁거리는 목소리로 읊조리는 노래는 소시민을 참새에 비유하여 생의 고단함을 위로하는 내용이었다. '아침이 밝는구나. 언제나 그렇지만 오늘도 재 너머에 낟 알갱이 주우러 나가봐야지. 아침이 밝는구나.' 새 나라의 어린이로 '국민학교'를 다니던 그때도 그런 노래를 흥얼거리며 공감을 했었지. 아무튼 그때도 그렇게 등교를 힘들어하던 열등생이었으니, 경만에게 인생이란 버거운 하루하루의 연속일 따름이었다.

혼술에 낭만이 있다느니 대세라느니, 하여간 여러 가지로 혼술이 화제의 단어가 되어갈 무렵 경만에게 그것은 퇴근길 편의점 야외 테이블에 앉아 찬 바람 맞아가며 들이켜는 소주 한 병에 다름 아니었다. 낭만은 제길, 눈총이나 받지 않으면 다행인 것이 그의 혼술이다.

언제부터 그 편의점 야외 테이블이 그의 단골 혼술처가 됐는지는 그 역시 정확히 기억하지 못한다. 대략 날씨가 추워질 즈음 편의점에 들러 컵라면을 하나 먹고 집에 들어가곤 했는데, 야식이 늘 그렇듯 컵라면에 삼각김밥이 추가되고, 거기에 볶음김치도 추가되고, 마침내 소주 빨간 딱지 한 병까지 더해져서 푸짐한 상이 펼쳐지기 시작했다. 이후로 경만은 방앗간을 그냥 지나치지 못하는 참새가 되어 매일 자정 전후 5천 원어치 술과 안주로 속을 덥히게 되었다. 뜨거운 국물이 시원하듯 차가운 소주는 따뜻했고, 편의점에 세팅된 수많은 컵라면과 삼각김밥은 매일 새로운 조합을 만들 수 있기에 결코 지겹지 않았다.

오늘 밤은 '참참참'이다. 지난 몇 개월간 선택해온 경만의 최적의 조합이 바로 이것이었다. 참깨라면과 참치김밥에 참이슬. 이것이 경만의 1선발이자 절대 후회하지 않을 하루의 마감이고 빈자의 혼술상 최고 가성비가 아닐 수 없었다.

그런데 오늘은 카운터에 낯선 사내가 서 있다. 큰 덩치에 위압감을 주는 눈빛이 이전의 호빵맨 아저씨와 확실히 다르다. 경만은 겸연쩍어하며 카운터에 참이슬과 참깨라면, 참치김밥을 내려놓았고, 사내는 매우 느긋한 동작으로 바코드 리더기를 옮겨 계산을 진행했다.

"5천…… 2백 원……요."

띄엄띄엄 무뚝뚝한 말투 역시 부담스럽다. 경만은 서둘러 계산을 마치고 카운터 옆에 있는 나무젓가락을 챙겨 야외 테이블로 향했다. 음식을 테이블에 내려놓고 가방에서 늘 챙겨 다니는 종이컵 소주잔을 꺼냈다. 이제 라면만 익히면 된다. 그는 참깨라면 뚜껑을 열면서 힐끗 안을 살폈다. 아뿔싸. 카운터에 선 곰 같은 사내와 눈이 마주쳤다. 서둘러 시선을 피하며 스프를 뜯었다.

다시 편의점에 들어가 물을 받으면서 경만은 지난주까지 일하던 호빵맨 아저씨에 대해 생각했다. 명퇴 후 편의점 야간 알바를 하는 것처럼 보이던 아저씨는 동그란 얼굴과 시원한 민머리가 돋보였기에 속으로 호빵맨이라 불렀다. 호빵맨 아저씨는 그에게 무척이나 친절했는데, 컵라면을 구입하면 알아서 나무젓가락도 챙겨주고 맛있게 드시라는 인사도 건네곤 했다. 간혹 유통기한 살짝 지난 건데 괜찮으면 드시라고 햄샌드위치를 건네던 아저씨의 따뜻한 눈빛도 떠올랐다. 그야말로 생활 전선에서 힘들게 복무 중인 전우로서의 동병상련을 말없이 나누던 순간이었다.

그렇다면 호빵맨 아저씨 대신 이 한산한 편의점의 밤을 장악한 저 사내는 누구인가? 라면이 익길 기다리며 경만은 추리했다. 무뚝뚝한 태도와 서비스업에 익숙하지 않은 모습, 거만한 듯 졸린 듯 알수 없는 눈빛으로 술 마시는 경만을 경계하듯 살피는 것까지…… 영락없는 사장의 풍모였다. 경만의 하루를 지옥으로 세팅하는 회사의 대표와 별다를 바 없는, 편의점의 사장이다. 옳거니. 저 사내는 편의점이 장사가 안 되자 호빵맨 아저씨를 자른 것이다. 그런데 딱히 대안도 없어 며칠 동네 할머니라도 고용해봤는데 그것도 영 도움이 안 됐는지 자신이 직접 나선 것이다. 어쩌면 호빵맨 아저씨의 근무 기간이 1년이 다 되어가니 자른 걸지도 모른다. 1년이 지나면 퇴직금을 줘야 하니까. 경만의 회사 비정규직 직원이 아무리 일을 잘해도 11개월쯤에 잘리는 것과 같은 이치다.

곰 같은 사내가 편의점 사장으로 보이기 시작하자 술맛이 달아올랐다. 은근 매콤한 참깨라면을 후후 불어 삼키곤 다시 소주를 따라 비웠다. 단군 이래 경기는 한 번도 나아진 적이 없고 회사는 언제나 힘들다. 대표는 경영난을 들어 추석 상여금이 불가하다 통보한 뒤 차를 바꿨다. 도로에서 옆에 나타나면 절로 피하게 되는 고가의 외제차였다. 4년째 동결인 그의 연봉은 협상 테이블에 오르기는커녕 놀림감으로 후배들의 입길에 오를 뿐이고, 언제 그만둬도 이상하지 않은 대접임에도 퇴사할 수 없는 사정인 그에게 대표는 지옥의 두목으로 보일 뿐이었다.

집에 간다고 지옥에서 로그아웃할 수 있는 것도 아니었다. 내년이면 중학교에 들어갈 쌍둥이들은 이만저만 돈이 들어가는 게 아니었고, 아내 역시 부업을 하며 살림을 꾸리느라 경만에게 신경을 쓸 여유가 없었다. 가정에서 느낄 수 있는 따뜻함과 안정감, 내 편이라는 동질감은 사라진 지 오래였고, 퇴근 후 집에서 먹던 야식에 소주는 퇴출된 지 오래다. 아이들에게 안 좋다는 이유로 아내는 집

안에 술을 못 들이게 했다. 유일한 취미인 프로야구 하이라이트 시청도 채널권을 빼앗겨 불가능했다. 과로를 하느라 가정에 충실하지 못하고 그렇다고 돈도 많이 못 벌어다줘 대접도 받지 못하는 상황이 반복되자, 아내도 지치고 경만 역시 가족에게 잘해주지 못했다. 그렇게 아내에게는 존재감 없는 남편으로, 쌍둥이에게는 재미없는 아빠로 어떠한 반전도 주지 못한 채 늙어갈 판이었다. 아니다. 회사에서 잘리고 재취업이 힘들어지면 그 자리마저도 위협받을 것이고 그것이 반전 혹은 새드엔딩으로 마무리되는 그의 인생이 아닐까?

어디서부터 잘못된 것일까? 성실하게 살아온 마흔넷 인생이었다. 그저 그런 대학을 졸업한 후 그 어렵다는 제약 영업부터 시작해 보험, 자동차, 인쇄제지, 의료기기까지 영업직에서 한눈 한 번 팔지 않고 경력을 쌓았다. 애초에 흙수저였고 재주도 별 볼 일 없는 걸 알기에 성실함과 친절함을 무기로 싸워나갔다. 거래처에서 만난 네 살 어린 아내와 결혼하고 쌍둥이를 낳았을 때는 흙수저의 수저질도 아름다울 수 있구나, 생각했다. 금수저를 쥐고 태어난 놈들보다 값진 인생이라 자부하던 시절도 있었다는 말이다.

시간은 그 차이를 알려주었다. 스타트라인부터 앞선 놈들은 해가 거듭할수록 여유가 생겼고 능력과 돈을 축적할 수 있었다. 반면 이제 경만은 탄약이 고갈되어 곧 맨몸으로 돌진해야 하는 참호 속 병사가 된 심정이었다. 아무리 벌어도 써야 할 돈은 늘어만 가는 반면 자신의 체력은 갈수록 깎여나가는 게 느껴졌다. 유일한 장점이던 성실함과 친절함의 바탕은 체력이었고, 나이가 들어가며 딸리는 체력은 성실함과 친절함을 무능력과 비굴함으로 변화시켰다. 체력은 정신력조차 지배하게 되어 멘탈이 털리는 날이 늘어났고, 곧 대표와 동료들의 무시로 돌아왔다.

쓰디쓴 상념에 젖어 소주잔을 비우다 보니 술은 이제 반 잔밖에 남지 않았다. 참깨라면의 계란블록도 아직 다 안 풀었는데 소주가 바닥나다니, 참으로 난감하지 않을 수 없었다. 하지만 한 병 더 마시면 내일을 감당할 자신이 없다. 젊은 시절엔 서너 병 먹고 자도 숙취 따위 아랑곳없이 출근했지만, 이제는 하루 한 병 이상이면 출근 지옥철 앞자리에서 오바이트를 할 수도 있었다.

회복탄력성이라고 하나? 그러니까 그게 사라진 거다. 젊을 때는 실수를 해도 만회할 힘이 있었고, 숙취에 절어도 뜨거운 물 샤워 한 방에 털어낼 수 있었다. 하지만 이제 그런 회복탄력성은 게임 속 에너지 게이지가 닳아 없어지듯 그의 인생에서 빠르게 휘발되고 있었다. 경만은 참치김밥 남은 조각을 꿀꺽 삼킨 뒤 참깨라면을 후루룩 마셔버렸다. 남은 반 잔의 소주도 따라 비웠다. 그렇게 하루의 유일한 자유에서 로그아웃한 뒤 자리를 정리했다.

다음 날 밤에도 곰 같은 사내는 심드렁하게 선 채로 경만의 음식을 계산했다. 이번엔 나무젓가락을 바로 건네주는 게 하루 만에 편의점 일에 적응한 듯했다. 학습능력이 좋은 것이다. 그러니 호빵맨 아저씨와 비슷한 연배임에도 편의점 사장이 된 거겠지. 남들 명퇴하는 나이에 이미 자산을 확보한 그는, 편의점 매장 몇 개 돌리며 가끔 구멍 나는 알바 자리나 소일거리로 때우는 느긋한 인생인 것이다.

경만은 부러움과 무력감을 동시에 느끼며 테이블에서 그날의 유일한 낙을 해치웠다. 사내는 여전히 그를 살피고 있었다. 그는 경만을 어떻게 생각하는 걸까? 루저 인생이자 불우한 소시민 가장으로 보겠지. 그러거나 말거나 경만은 손님이다. 매일 5천 원어치를 팔아주고 먹고 난 테이블도 깨끗이 치우고 가는 모범적인 손님이란 말이다. 경만은 점주 사내의 시선이 부담스러웠지만 이곳에서만큼은 절대 자기 자리를 빼앗기지 않겠다고 다짐했다.

그렇게 한 달여가 흘렀고 2019년 한 해도 마감을 앞두고 있었다. 젠장. 올해도 승진은커녕 연봉 삭감이나 없으면 다행인 한 해였다. 내년에 중학교에 진학하는 쌍둥이들 생각에 벌써부터 갑갑함이 일었다. 아내는 아이들이 중학교에 들어가면 학원을 더 보내야 될 것 같다며 조심스레 말했다. 경만은 아내의 말에 동의하면서도 갑갑함이 몰려왔다. 갑갑해 미칠 지경이 되니 이 추운 밤에 야외 테이블에서 먹는 소주만이 그에게 소화제가 되어주었다.

사내가 경만 앞에 와 자리한 게 정확히 언제인지 모르겠다. 피로와 취기에 추위가 겹쳐 웅크리고 있다 보니 까무룩 잠이 든 것일까? 깨어보니 사장이 하얀 점퍼를 걸친 채 백곰처럼 그의 앞에 앉아 입김을 내뿜고 있었다.

"아저씨, 이런 데서…… 주무시면…… 얼어 죽어요."

마치 경만을 노숙자 취급하는 듯한 말이었다. 경만은 발끈했지만 그의 덩치와 사장이라는 권위에 눌려 남은 소주를 잔에 따를 뿐이었다.

"술…… 마셔도 추위는…… 가시지 않아요."

점주는 띄엄띄엄 말하는 버릇이 있었다. 자신을 띄엄띄엄 보는 건지 느긋한 부르주아라 그런 건지 아무튼 마음에 들지 않았다. 빈정이 상한 경만은 다시 잔을 비웠다.

"따뜻해지는데요? 요것만 비우고 갈 테니까 너무 보채지 마시죠."

경만은 작은 저항을 하듯 한마디 던지고 소주병을 집었다. 그런데 술이 없다! 절로 입맛이 다셔지며 민망함이 몰려왔다. 그렇다고 더 마실 수도 없고…… 짜증이 났다. 무엇보다 이 사내 앞에서 오그라드는 모습을 보이기 싫었다. 그때였다. 사내가 "잠시만요"라는 말을 남기고 일어나 편의점으로 들어갔다. 뭐지?

잠시 후 사내는 아메리카노 라지 사이즈 종이컵 두 개를 가지고 나왔다. 눈을 똥그랗게 뜨고 바라보는 경만 앞에 사내가 종이컵 하나를 내려놓았다. 살펴보니 담황색 액체에 얼음 두 알이 들어 있었고, 신기하게도 글라스에 담긴 위스키를 연상시켰다. 아니 위스키임이 분명했다. 왜? 독이라도 든 건 아닐까? 경만은 경계심 가득한 눈빛으로 사내를 바라보았다. 사내는 마시라는 듯 턱짓을 하곤 자신의 손에 든 종이컵을 입으로 가져가 한 모금 들이켰다. 양주깨나 마셔본 여유가 느껴지는 포즈였다. 제약 영업 시절 접대차 모시고 간 룸살롱에서 양주 폭탄주를 보리차 마시듯 들이켜던 의사이자 교수인 인간들을 보는 기분이었다.

사내는 경만이 가만히 있자 다시 컵을 들어 얼음만 남기고 비워버렸다. 크아. 입술을 훔치며 만족스러워하는 그의 표정에 경만도 오기가 생겨 컵을 들었고, 단숨에 비웠다. 차가운 액체가 경만의 식도에서 가슴까지 얼려버릴 듯 적셨다. 그런데 양주라면 당연히 치고 올라와야 할 화끈한 기운은 없고 차가운 한기만 올라왔다. 뭐지?

"시원하죠?"

"대체 이게 뭡니까?"

"옥수수……수염찹니다. 속상할 땐…… 이게 좋아요."

얼음을 넣은 옥수수수염차라니……. 경만은 기가 찬 나머지 어떻게 반응해야 할지 몰라 주춤했다.

"옥수수수염차…… 색깔 때문에…… 술 먹는 기분도 들고…… 속도 풀리고 좋아요."

뭐지? 경만은 이 사람이 괴짜가 아니라면 자기를 놀리는 거란 생각이 들었다. 하지만 호의로 권한 음료가 술이 아니었다고 화낼 수도 없는 노릇이었다. 경만은 억지로 고개를 끄덕이곤 자리를 정리하기 위해 일어났다.

"나도…… 매일 마셨어요."

자리에서 일어나는 경만에게 그가 나직이 읊조리듯 말했다. 경만은 움직임을 멈추고 사내의 존재감을 느끼며 다시 자리에 앉았다.

"매일 마시니까…… 맛이 가더라고요. 몸도, 머리도. 그러니까……."

하던 말을 멈춘 채 자신을 똑바로 바라보는 사내의 눈빛이 서늘했다. 당혹스러웠다. 술 마신 사람은 자신인데 주정은 이 사람이 부리는 것 같았다. 경만은 자리를 뜨기 위해 서둘러 입을 열었다.

"그러니까 뭐요? 이제 여기 오지 말라는 겁니까?"

사내가 입꼬리를 올리더니 품 안에 손을 넣었다. 뭐야? 칼이라도 빼드는 건가? 잔뜩 긴장한 경만 앞에 사내가 옥수수수염차 한 병을 꺼내더니 들어 보였다.

"옥수수수염차를…… 마셔요. 한 잔 더…… 받아요."

사내가 무람없는 술친구 대하듯 음료수를 따서 얼음만 남은 컵 두 개를 다시 채웠다. 설마…… 하는데 그가 종이컵을 들어 건배를 청했다. 대체 이게 뭔가, 하면서도 직업병처럼 접대하던 버릇이 나오며 그의 것보다 살짝 낮춘 채 컵을 부딪쳤다. 그리고 원샷. 크아. 춥다.

"나도 전에…… 이런 색깔 술을…… 많이 마셨던 거 같아요."

컵을 내려놓고 사내가 말했다. 그러시겠지. 양주도 많이 마시고 돈도 많이 벌고 그러다 이제는 건강관리하며 인생 2막을 여유 있게 보내시는 당신 같은 사장이야.

"근데…… 이제 이거만 마셔요. 술…… 없어도 살 수 있어요."

"나보고 지금 술 끊으라는 건가요?"

사내는 무표정하게 고개를 끄덕였다. 경만은 발끈했다.

"차라리 나보고 가게에 오지 말라고 하세요. 술을 끊어라 말라 당신이 왜 충고질입니까?"

"도와주고 싶어서……. 내가 매일 옥수수수염차…… 얼음에 타 드릴게. 라면에 김밥에…… 이걸 마셔요. 그럼 술 생각…… 없어질 테니―."

"내가 여기서 혼술 해 가게 영업이라도 방해했나요? 쓰레기를 남겼어요? 맨날 깨끗이 치우고 갔다고요. 돕긴 뭘 도와? 그냥 오지 말라고 하시든가!"

경만은 자리에서 일어나 뒤도 안 돌아보고 걸었다. 테이블은 헛소리하는 사장 놈이 알아서 치우겠지. 이제 끊긴 거래처 같은 곳이다. 잘 보이고 신경 쓰고 할 것도 없지 않은가. 술이 다 깨서 한기가 느껴지는 건지, 겨울 새벽 공기가 술을 깬 건지 헷갈리는 가운데 경만은 자신만의 참새방앗간이 사라졌다는 안타까움을 애써 누르려 구둣발에 힘을 주었다.

그해 연말, 계속된 회식으로 인해 경만은 이틀에 한 번꼴로 취해 귀가했다. 당연히 편의점 혼술 따위 그립지 않았고, 지하철에서 집까지 최단 거리인 길에 자리한 그 편의점을 지날 때도 취기에 젖은 눈으로 힐끔 살피기만 할 뿐이었다. 자신이 찾지 않아 더욱 썰렁해진 편의점 야외 테이블을 쌤통이라는 듯 바라보며 스쳐 지나갔다.

2020년 새해가 밝았다. 사람들은 마치 지난해를 더러운 옷인 듯 세탁기 옆에 던져놓고 새 옷을 입은 것처럼 굴었다. 아내도 중학생이 되는 쌍둥이들도 새해를 활기차게 맞이하고 있었다. 쌍둥이들은 경만의 어깨까지 자라서 그가 조만간 이 집안의 최단신이 될 처지였다(결혼 전엔 같은 168센티였던 아내는 그대로이고 그는 그동안 허리가 굽었는지 최근 건강검진에서 166이 나오고야 말았다).

키만 준 게 아니란 것이 문제였다. 새해가 되어 나이를 먹을수록 그의 자존감이 무너져 내리고 있었다. 모두 다 회사에서의 굴욕과 집에서의 소외감 때문이다. 회사와 거래처에서 받는 자존감의 상처는 차라리 퇴사하면 회복될 수 있지 않을까 싶지만 집에서의 존재감 없음은 어찌해야 할지 알 수 없었다. 퇴사와 가출을 동시에 병행한다면? 노숙자 꼴이 되겠지. 경만은 올해는 꼭 푸대접을 받는 회사를 때려치우고 새 직장을 구하는 게 목표였다. 아내는 걱정하겠지만 돈을 덜 벌더라도 조금이라도 인간적인 대접을 받는 일을 하고 싶었다. 하지만 돈을 덜 벌면 이제 집에서 인간적인 대접을 받기 힘들 판이다. 고로 경만에겐 새해도 낡은 해처럼 겨울일 따름이었다. 그렇지 않은가? 2019년 12월이나 2020년 1월이나 춥기는 마찬가지다. 그는 새해 기분에 들떠 있는 사람들이 한심했고 새해 마케팅에 열중인 곳곳의 풍경에 눈살을 찌푸렸다.

술이 고팠다. 하지만 새해를 맞아 셋밖에 없는 술친구 중 둘은 금주를 선언했고 다른 하나는 고향으로 귀농했다. 신년회도 시대 분위기에 맞춰 갔다. 송년회 때 마셨으니 간단히 점심이나 하자는 분위기였다. 마치 세상이 자신만 따돌리는 것 같았다. 집에서는 은따(은근 따돌림), 회사에서는 대따(대놓고 따돌림), 세상은 왕따…… 이것이 경만의 피가 알코올을 부르게 만드는 이유였다.

왕따에게는 역시 혼술이다. 하지만 술집에서 거창하게 혼술을 하기엔 그가 받는 용돈과 감정적인 여유 모두 부족했다. 결국 퇴근 길에 혼술이 가능한 편의점을 찾아야 했다. 하지만 동네에서 겨울 에도 야외 테이블을 치우지 않은 편의점은 그곳뿐이었다. 옥수수 수염차를 술처럼 마시는 이상한 백곰이 있는 그곳. 이상한 백곰이 라 그런지 사장은 야간 알바를 구하지 않고 자신이 계속 밤의 편의 점을 지키고 있었다. 제길. 사장이면 고용 창출이나 할 것이지, 이 래서 낙수효과가 없는 거라니까, 투덜대며 편의점을 지나치려던 경만의 발이 순간 주춤했다.

웬일인지 편의점 야외 테이블에 참깨라면 컵라면이 놓여 있었다.

참참참.

참참참이 그리웠다. 그것만이 이 울적한, 변할 것 없는 새해의 자 신을 위로해줄 것 같았다. 참참참이 그만의 새해를 열어줄 것만 같 았다. 도저히 참을 수 없었다. 경만은 거기 떡하니 놓인 참깨라면 컵라면이 백곰의 연어 낚시용 미끼일지라도 먹어야 했다. 참참참 혼술상에 백곰이 들이닥치더라도 그의 머리를 옥수수수염처럼 만 들어줄 힘이 솟아날 것 같았다.

"어…… 오랜만이시네요."

여전히 느긋하시군. 계산을 하며 인사를 던지는 백곰 사장에게 눈으로만 인사한 뒤 경만은 서둘러 밖으로 나왔다. 추위에도 아랑 곳없이 그는 빠르게 컵라면에 물을 붓고 삼각김밥을 뜯고 소주병을 땄다. 그런데 젠장, 잔이 없다. 가방에 늘 넣어 가지고 다니던 종이컵 소주잔 묶음을 치워버렸기 때문이다. 잔을 새로 사려니 짜증이 났고 그렇다고 빌리려니 백곰에게 약점이라도 잡히는 기분이 들었다. 그래. 그냥 마시자. 소주 따위야 나발 불면 되지 않는가.

그때 그가 밖으로 나왔다. 애써 태연하게 굴려던 경만은 순간 그의 손에 들린 선풍기를 보고 고개가 돌아갔다. 자세히 보니 선풍기가 아니라 온풍기였다. 백곰 사장은 어디에서 뻗어 나온 건지 모를 콘센트에다가 온풍기 코드를 꽂은 뒤 그것을 경만의 자리 옆에 놓고 전원을 켰다.

당황한 경만을 향해 손을 뻗어 온기를 즐기라는 듯 자세를 취하던 사장이 테이블을 주시했다. 그러고는 다시 편의점으로 들어갔다. 어리둥절한 와중에도 솔솔 불어오는 온풍기의 온기에 경만의 굳은 얼굴이 풀리기 시작했다. 차가운 겨울바람에 굳은 건지 오랜만에 와 민망해 굳은 건지 모를 그의 딱딱한 표정이 금세 말랑말랑해졌다.

"컵…… 이것밖에 없네요."

다시 나온 백곰이 이전에 옥수수수염차를 따랐던 큰 종이컵을 경만에게 내밀었다. 경만은 말없이 컵을 받아 내려놓으며 궁리했다. 무슨 말이라도 해야 했다.

"고맙습니다."

"뭐, 뭘요."

"컵이랑…… 온풍기요."

"그동안 안 오셔서…… 못 쓸 뻔했어요. 저거."

"예? 온풍기 말입니까?"

"여기 애용하셨잖아요……. 근데 추워서 안 오시는 거…… 같아서 사놓은 건데…… 암튼 오셔서 다행입니다."

백곰 사내는 온풍기보다 따뜻한 말을 무뚝뚝하게 내뱉고는 사라졌다. 경만은 한동안 라면이 다 붇는 것도 모르고 소주잔만 비워나갔다.

따뜻했다.

소주도, 그 소주가 담긴 컵도. 사내가 경만을 위해 특별히 마련했다는 온기를 주는 물건도. 경만은 왕따였지만 이곳에서만큼은 왕따가 아니었다. 이놈의 불편한 편의점이 한순간에 자신만의 공간으로 돌아왔다. 경만은 VIP로 컴백한 기분이었다.

순식간에 참참참을 해치웠다. 그는 온기를 더 느끼고 싶었지만 일어나야 한다는 걸 알았다. 그런데 사장이 마치 값을 치러야 한다는 듯 경만 앞에 다시 나타났다. 한 손에는 얼음이 든 것으로 추정되는 종이컵과 다른 손에는 옥수수염차를 들고서. 오 마이 갓.

어쨌거나 자신보다 열 살은 많아 보이는 윗사람 아닌가. 그냥 거래처 갑 대하듯 한 잔 받아 마시고 일어나면 그만 아닌가. 경만은 두 손으로 컵을 들어 그가 따라주는 옥수수염차를 받았다.

"힘드시죠?"

옥수수염차로 건배를 하고는 사장이 뻔한 말을 했다. 경만은 고개만 끄덕였다. 하지만 사내는 큰 손으로 턱을 몇 번 쓸더니 다시 질문했다.

"무슨 일 하시는데 늘…… 밤늦게 퇴근하세요?"

허. 호의 좀 베풀었다고 개인정보를 털려 그래?

"영업합니다."

"영업…… 뭐…… 파시는데요?"

뭘 팔든 네가 사줄 수 있는 건 아니다.

"의료기기 팝니다."

"의료기기라면…… 벼, 병원에 납품하는 건가요?"

왜? 병원이라도 하나 가지고 있으신가?

"예."

"병원이면…… 고생 많으시네……. 가장이시죠? 딱 봐도…… 가장의 무게…… 느껴집니다."

이제 사생활까지? 이 아저씨가 선을 넘으시네. 가장의 무게? 당신 근수가 더 궁금하다.

"사장님도 가장이신 거 같은데, 사는 게 다 그렇죠 뭐."

"이렇게 늦은 귀가면…… 아이들 얼굴 보기도 힘들겠어요. 딸…… 있으시죠?"

뭐야, 이 사람 역술가야? 아니지, 어차피 아들 아님 딸 아닌가.

"딸 둘입니다."

"좋네요. 딸이…… 최고죠."

사내가 두툼한 곰 발바닥 같은 손으로 자신의 얼굴을 문질러댔다. 웬일인지 그 모습이 쓸쓸해 보였고 경만의 뻬딱한 태도가 녹기 시작했다. 그는 자동 반사처럼 지갑을 꺼내 들었다. 지갑 속 사진에는 초등학교에 막 입학할 즈음의 쌍둥이 딸이 이를 빛내며 데칼코마니처럼 웃고 있었다. 늦은 귀가로 실물보다 더 자주 보는 딸들의 6년 전 모습이었다.

경만이 지갑을 내밀어 사진을 보여주자 사내는 마치 진귀한 보물을 발견한 사람처럼 사진 속 그의 딸들을 뚫어져라 바라보았다.

"둘 다 정말 고와서…… 누가 누군지…… 모르겠네요."

"쌍둥이니까요."

"그, 그렇군요……. 이런 고운 딸들을 위해서 이렇게…… 열심히 일하시는 거군요."

"부모라면 다 그렇지 않겠습니까?"

"부모라서…… 힘드시죠?"

"예. 힘듭니다."

유도신문인 줄 알면서도 당한 기분이었다. 그런데 마치 둑이 무너진 듯, 경만의 입에 모터가 달린 듯, 온갖 말이 튀어나오기 시작했다. 곧 중학교에 들어가는 딸들이 자신과는 말도 잘 안 하는 것부터 아내의 구박 아닌 구박, 회사에서 좁아드는 입지와 무시들, 거래처에서의 모멸감까지……. 경만은 신들린 듯 고해성사하듯 마구 침을 튀겨가며 사내에게 이야기했다.

사내가 다시 옥수수염차를 따라주었다. 목이 탔는지 경만은 벌컥벌컥 들이켰다. 일단은 속이 시원했지만 곧 숙취처럼 부끄러움이 몰려들었다.

"그럼 회사…… 그만두기도 쉽지 않고…… 가족과 같이할 시간
도…… 부족하겠군요."

"……괴로움을 달랠 방법도 없고요."

"그래서…… 퇴근길 여기서 술…… 드시는구나."

"예."

"그럼…… 옥수수수염차를 드세요."

"예?"

"술 끊고 옥수수수염차…… 드세요. 아까 아내분이 집에서
술…… 금지시켰다면서요. 옥수수수염차 드시면…… 떨지 않고 집
에서 야식 드실 수 있잖아요. 가, 가족과 함께."

"뭐라고요?"

"저도 술 끊은 지 두…… 두 달밖에 안…… 됩니다. 이게…… 가
능하게 했어요."

사내가 옥수수수염차를 최초로 발명한 사람처럼 굴며 그것을 다
시 따라주려 했다. 경만은 잽싸게 일어나며 가방을 집어 들었다.

"잘 마셨습니다."

꾸벅 인사하고 자리에서 벗어나는 경만의 등에 사내가 꼬리표
붙이듯 읊조렸다.

"술 안 마시면 다음 날…… 개운하게 하루 시작하고…… 회사에
서 능률도 올라갑니다."

암, 능률 올라가고 월급도 올라가고 직급도 올라가서 대박나지.
그걸 누가 몰라서 묻나. 옥수수수염차로 목욕하고 처자빠져 자는

소리 하고 있네.

사내와의 곤란하고 황당한 대화 이후 경만은 백곰의 편의점을 피해 가기 위해 퇴근길 동선을 늘려야 했다. 계단 열 개와 눈이 덜 녹은 응달진 골목을 지나야 했지만 그 훈계질 하는 꼰대의 두툼한 얼굴을 안 보니 견딜 만했다. 더럽고 치사해서 다시는 그 편의점에서 혼술 따위 하지 않겠다고 다짐했다.

웃기는 건 사내의 편의점을 못 가다 보니 혼술 할 곳이 완전히 없어졌다는 점이다. 몇 군데 싼 술집을 찾았지만 역시 부담만 가중되었고, 동네 다른 편의점들은 봄이나 돼야 야외 테이블을 다시 내놓을 것이었다.

젠장, 앓느니 죽지. 경만은 술 따위 안 먹고 곧장 귀가하기로 했다. 경만이 열한 시 전에 술 냄새 없이 퇴근하자 낯설어하던 아내와 딸들도 곧 새해 아빠의 금주 다짐을 지지한다며 예상에 없는 응원을 보냈다. 다짐? 새해다 보니 가족들이 오해를 한 거였지만, 어쨌거나 오랜만에 가족들이 응원을 해주니 기분이 좋았다. 떡 본 김에 제사 지낸다고 술도 끊어보자고 마음먹었다. 그러자 더 빨리 귀가하고 싶어졌고 혼술 생각도 사라졌다.

퇴근하고 야구 대신 아내와 딸들이 보는 TV 프로를 같이 보자니, 재미있는 프로가 많다는 것도 알게 되었다. 특히 수요일이면 무조건 일찍 들어가 딸들과 함께 〈한끼줍쇼〉를 보게 되었다. 큰딸이 왜 청파동에는 〈한끼줍쇼〉가 안 오냐며 온다면 우리 집에 산타클로스

복장을 하고 강호동이 왔으면 좋겠다고 했다. 5분 늦게 태어난 둘째는 자긴 이경규가 더 좋다며 돈키호테 복장을 한 이경규가 나오는 돈치킨 광고지를 흔들어 보였다. 그런 날이면 아내도 치킨을 시키는 것을 눈감아주었고 아빠가 일찍 오면 치킨을 먹을 수 있다는 걸 알자 딸들도 기뻐했다.

무엇에 기뻐했냐고? 치킨에? 아빠에? 무엇이든 상관없었다. 함께 닭을 뜯으면 그게 가족이었다.

설 연휴 동안 본가에 가서도 경만은 술을 입에 대지 않았다. 명절이면 늘 취해 고스톱을 치다 서로를 치던 아버지와 아버지의 형제들은 그런 경만을 좀스러운 놈 취급했지만 아내와 어머니는 흐뭇한 눈빛으로 그를 바라봐주었다.

연휴가 끝난 지 며칠 되지 않은 늦은 밤의 퇴근길, 경만은 자기도 모르게 그 편의점이 자리한 길로 퇴근하고 있었다. 이제 그 편의점 앞을 지나도 혼술이 당기지 않았고, 그걸 의식하지도 못할 정도로 발걸음이 자연스러워졌다. 그럼에도 그 백곰 사장이 여전히 알바를 못 구하고 야간 근무 중인지 궁금했기에 편의점으로 시선이 돌아가는 건 어쩔 수 없었다.

편의점 카운터에는 아무도 없었다. 다만 야외 테이블에 달랑 놓인 옥수수수염차가 백곰의 존재감을 느끼게 해주었다. 거참, 재밌는 양반이군. 한 달 전 참깨라면 컵라면에 끌려 편의점으로 향했던 것처럼 경만은 이번에도 옥수수수염차에 끌려 편의점으로 발걸음을 틀어야 했다.

경만은 야외 테이블에 놓여 있는 옥수수수염차를 말없이 바라보다가 그것을 집어 들고 편의점으로 들어갔다.

딸랑.

편의점 안에는 아무도 없었고 진공상태인 듯 고요했다. 경만은 옥수수수염차를 마시고 싶어 견딜 수가 없어졌다. 그런데 카운터에는 백곰도 없고 알바생도 없었다. 역시나 참으로 불편한 편의점이 아닐 수 없었다.

그때 겨울잠을 자고 동굴에서 나오듯 백곰 사내가 기지개를 켜며 창고에서 나와 그 큰 덩치를 드러냈다. 그는 경만을 보고 싱긋 웃으며 카운터로 다가왔다. 경만은 민망한 미소로 답하며 무어라도 말해야 한다고 생각했다.

"잘 지내셨나요?"

"어…… 예. 잘…… 지내셨죠?"

"예. 덕분에."

어색한 침묵이 흘렀다. 경만은 그제야 옥수수수염차를 내려놓았다.

"얼마죠?"

"공짭니다."

"왜죠?"

"댁 드리려고…… 놔둔 거니까요."

"그러니까 왜죠?"

"어…… 전에 말씀드렸듯이…… 옥수수수염차 이거 술만큼 중독성 있어…… 매일 두 개 세 개 드시면…… 우리 가게 매출에 좋잖아요. 그러니까…… 미, 미끼상품인 거죠."

사내가 더듬거리며 말했다. 믿을 수 없는 말이지만 믿기로 했다.

"고맙습니다."

경만이 고개 숙여 인사를 했다.

"대신 저거 좀…… 사 가지 그러세요."

경만은 사내가 가리키는 쪽을 돌아봤다. 계산대 바로 앞에 로아커라는 초콜릿이 진열되어 있었다.

"예, 그거요. 원 플러스 원."

아닌 게 아니라 로아커 옆에 '1+1' 딱지가 붙어 있었다. 경만은 그가 시키는 대로 로아커 두 개를 집어 카운터에 내려놓았다.

"청파동에서 제일 고운…… 그러니까…… 아주 똑같이 고운 아이 둘이…… 이거 좋아해요."

사내는 계산을 하며 예의 그 무심한 표정으로 말했지만 경만은 심장이 두근거렸다. 그는 카드를 건네며 마른침을 삼켰다.

"걔들이 이 초콜릿을 엄청 좋아하는데…… 언제부턴가 안 사고…… 초, 초코우유 원 플러스 원만 사더라고요. 그래서…… 내가 물었어요. 너희들 요새 이거…… 끊었니?"

"……그래서요?"

"큰앤지 작은앤지 암튼…… 하나가 그러더라고요. 이제…… 원 플러스 원 아니잖아요."

"……."

사내가 카드를 건넸다. 경만은 겨우 카드를 받기만 했을 뿐 아무 것도 할 수 없었다.

"그래서 내가…… 떠봤죠. 얘들아, 이거…… 어, 얼마 한다고. 엄마한테 사달라고…… 그래. 그러니까…… 걔들이 뭐라고…… 했는지 아세요?"

사내가 너무 느릿느릿 말해 경만은 숨이 다 막힐 지경이었다.

"뭐라고 했는데요?"

"엄마가…… 아빠 힘들게 돈 버니까…… 돈 아껴 써야 한다고…… 편의점에 가면…… 원 플러스 원만 사라고…… 그랬다는 거예요. 거참, 정말 아, 알뜰하다 싶었고…… 애들이 참…… 자알 컸다 싶었죠."

"……."

"어제부로 이 상품 다시…… 원 플러스 원 됐으니까, 오늘은 아버지가 사 가시면…… 되고, 내일부턴 딸들보고…… 사러 오라고 하세요."

경만의 눈에서 눈물이 흘러내리는 걸 본 사내는 헛웃음을 한번 짓더니 계산대 바닥을 통통 두드렸다. 경만은 코트 소매로 눈물을 훔치고, 사내에게 목례를 한 뒤 지갑을 열어 카드를 집어넣었다.

지갑 속에서 딸들이 원 플러스 원으로 웃고 있었다.

불편한 편의점

　인생은 문제 해결의 연속이다. 인경은 트렁크를 끌기엔 너무 낡은 보도를 힘겹게 나아갔다. 트렁크는 덜컹거렸고 그녀는 두리번거렸다. 오늘 그녀가 해결해야 할 우선 과제는 겨울을 날 거처를 찾아가는 일. 다행히 거처는 정해져 있었다. 하지만 길치인 그녀에게 서울의 오래된 동네 골목을 헤매며 집을 찾는 건 결코 쉬운 일이 아니었다. 남영역에서부터 지도 앱을 켜고 청파교회까지는 잘 찾아왔는데 이후 교회 뒷길로 접어든 골목길에서 인경의 아이폰이 셧다운되어버렸다. 원터 이즈 커밍! 겨울이 되자 늙은 아이폰은 어김없이 예고도 없는 동절기 파업을 감행했다. 그로 인해 가뜩이나 어려운 길 찾기 난이도가 업그레이드되었고, 인경은 최후의 보루인 전화로 길 묻기조차 할 수 없는 상태가 되었다. 아이 씨……. 그녀는 찰진 욕을 아끼며 도움을 청할 곳을 찾아야 했다.

골목과 골목 사이 작은 삼거리의 편의점을 발견한 인경은 마지막 힘을 쥐어짜 트렁크를 끌고 그곳으로 골인했다. 편의점인데 편의를 좀 봐주지 않을까. 그녀는 트렁크를 출입문 근처에 놔두고 눈앞에 보이는 판매대에서 직사각형 초콜릿을 집었다. 몸을 돌리니 바로 계산대였고 큰 키의 20대 여자 알바가 계산대에 선 채 인경의 행동을 지켜보고 있었다.

초콜릿 계산을 마친 인경은 즉시 포장을 뜯어 한 입 씹었다. 떨어진 당이 보충되자 트렁크를 끌고 오느라 후들거리던 팔과 다리도 진정이 되는 듯했다. 인경은 알바가 자신을 눈여겨보고 있다는 걸 의식하며 와작와작 초콜릿 하나를 다 먹었다. 그러고 나서 껌을 씹듯 입속에 남은 초콜릿을 질겅이며 알바에게 넉살좋게 말했다. 전화 한 통 쓸 수 있을까요?

알바는 통화를 허락했고 인경은 눈인사와 함께 서둘러 트렁크를 눕힌 뒤 열었다. 트렁크에서 꺼낸 수첩에 다행히 기록해둔 번호가 있었다. 편의점 유선전화로 번호를 누르자 잠시 후 앳된 여대생의 목소리가 수화기 너머에서 들려왔다. 인경은 자신의 이름을 밝히고 휴대폰 배터리가 다 되어 편의점에서 연락을 하게 됐다고 자초지종을 설명했다. "편의점요? 혹시 ALWAYS에 계세요?" 인경이 그렇다고 답하자 그녀는 바로 건너편 빌라 3층이라며 웃음을 터뜨렸다. 인경은 수화기를 내려놓고 밖을 살폈다. 곧 빌라 3층 창문이 열리더니, 희수 샘과 똑같은 미소를 띤 얼굴이 그녀를 향해 손을 흔들어 보였다.

인경은 지난가을을 원주 박경리 토지문화관에서 보냈다.『토지』
를 집필하신 故 박경리 선생님이 후배 작가들을 위해 지은 그곳은
문인들과 예술가들에게 집필실과 삼시 세끼를 무료로 제공해주고
있었는데, 그녀는 작가가 되고 처음으로 그곳에 입주하게 되었다.
큰맘 먹고 입주한 토지문화관에서 그녀는 자신의 작가 생활을 마
무리할 계획이었다.

대학로 월셋집을 빼며 짐은 모두 본가로 보내고 트렁크 하나만
들고 내려갔다. 토지문화관은 원주시 외곽 한적한 마을 숲속에 떡
하니 자리 잡고 있어 마치 작가들의 숨은 요새라도 되는 듯했다. 그
곳은 누구에게도 방해받지 않고 혼자의 시간을 가지기 좋은 곳이
었다. 생각을 이불처럼 폈다 개고 정돈하기 좋은 산책로를 매일 걸
었고, 건강한 식단으로 구성된 식사를 제공받았다. 각자가 하나의
행성과도 같은 작가들이 서로 조심스레 공전하며 눈길을 나누는
일상도 신선했다. 어떤 작가들은 점심 식사 후 탁구를 즐겼고, 어떤
작가들은 저녁 식사 후 막걸리를 들고 근처 냇가에 모이곤 했다. 활
달한 성격의 인경이기에 평소 같았으면 어디에라도 합류했겠지만,
이번에는 홀로 시간을 보내는 데 주력하기로 했다. 이곳에서도 글
을 쓰지 못한다면 절필할 생각으로 들어왔기 때문이다. 그런데 홀
로 시간을 보낸다고 글이 잘 써지는 것은 아니었다. 하지만 딱히 초
조하지도 않았다. 글은 늘 안 써졌고 설령 쓰더라도 언제 무대에서

살아날지 알 수 없었기에 그녀는 시간을 견뎌야 했다. 자신이 희곡 작가로 계속 살 수 있는지를 스스로에게 묻는 그 시간이 가을 단풍과 함께 짙어지고 있었다.

입주한 지 3주쯤 지났을 때 희수 샘이 다가와주었다. 그녀는 인경의 막내 이모뻘 되는 중견 소설가였고 광주의 한 대학에서 문학을 가르치는 교수이기도 했다. 안식년을 맞아 국내외 문학관을 오가던 희수 샘의 종착지가 토지문화관이었는데, 그녀는 외톨이처럼 집필실에 틀어박혀 시한부 작가 생활 중인 인경을 눈여겨본 것이었다.

"절필을 하기 위해 집필실에 왔다니, 정말 소설적이군요. 희곡으로 치면 부조리극인가요?"

"그냥…… 대책이 없는 거죠. 제 한계를 느끼던 중이었어요. 그동안 우직하게 인생의 고비들을 넘어왔다고 생각했는데, 좀 지친 것 같아요."

"쉬어요. 생전에 박경리 선생님이 그랬대요. 여기 작가들 글 안 쓰고 어슬렁대는 것 같아도 그게 다 집필 행위니까 건드리지 말라고. 정 작가도 비울 건 비우고 작품 생각하며 시간 보내요. 생각 없이 쓰면 타이핑이지 집필이 아니잖아요."

"말씀 고마워요. 저는 정식으로 글을 배운 적이 없어서 교수님 같은 분이 해주시는 말이 큰 도움이 되네요."

"교수 말고 샘 해요. 희수 샘이라 불러요. 그리고 산책 갈 때 혼자 가지 말고 종종 같이 다닙시다."

첫 번째 함께한 산책길에서 희수 샘은 인경의 마음을 다독여주었다. 그녀는 이후로 희수 샘과 계속 산책을 다녔다. 문화관 부근 연세대 캠퍼스의 호수 산책로를 걸었고 주변의 임도 산책로를 찾아다녔다. 입주 기간이 끝날 즈음엔 함께 치악산에 올랐고, 헤어지는 것이 아쉬운 단단한 동행을 얻었다고 느꼈다.

집필실 퇴실을 일주일 앞두고 희수 샘은 인경의 행선지를 물었다. 인경은 이곳에서 많이 쓰진 못했지만 좋은 기운을 얻었고, 서울로 돌아가 다시 집필실을 구할 거라고 답했다. 작가 은퇴는 유보되었고, 그것이 수확이라면 수확이었다. 서울에서 펼친 꿈을 서울에서 마무리하고 싶다는 그녀의 다짐에 희수 샘은 고개를 끄덕였다.

"집필실은 어디에 구할 거예요?"

희수 샘이 물었다. 그녀는 고시원을 생각 중이었다. 돈도 부족했고 의지도 부족했기에 고시원에 들어가 배수진을 쳐야 할 듯했다. 인경은 고시원에서 겨울을 나며 작품 하나 품어내지 못하면 미련을 접고 고향 부산으로 내려갈 거라고 답했다.

부산에 가면 할 일은 많았다. 가업이 자리한 부평동 깡통시장에서 일해도 되고 친구들의 가게만 다녀도 할 일은 많았다. 부모님은 맞선 보기를 종용할 것이고, 흐름을 거스르지 않는다면 결혼도 하고 아이도 낳으며 살겠지.

"고향에 가면 글쓰기 빼고 모든 걸 할 수 있을 거예요."

인경이 수줍게 웃으며 말했고 희수 샘이 어색한 미소로 답해주었다.

다음 날 희수 샘이 괜찮으면 고시원이 아닌 곳은 어떠냐고 물어왔다. 그녀의 대학생 딸이 방학에 광주 본가로 내려오면 숙대 앞 전세 빌라가 비어 있을 테니, 그곳에서 글을 써보라는 제안이었다. 놀라움과 주저 섞인 인경의 표정을 살피며 희수 샘은 어차피 3월에 딸이 다시 돌아가야 하니 3개월 정도밖에 안 된다며, 그 기간 동안이라도 편히 글을 썼으면 한다고 말했다. 자기 공간을 공짜로 내어주면서도 인경에게 부탁하듯 말하는 희수 샘의 배려에 그녀는 울 뻔했다. 많이 씩씩한 탓에 누구 앞에서 잘 울지 못하는 그녀를 울컥하게 만든 희수 샘에게 그녀는 감사하다는 말 대신 함박웃음을 지어 보였다.

다시 한번 마지막 집필 공간이 될지 모를 시한부 작업실을 얻은 셈이었다. 서울 생활도, 작가 생활도, 연극인 생활도 마지막이 될지 모를 그곳은 용산구 청파동의 빌라 3층이었다.

"엄마가 작가 언니 오면 동네 구경도 시켜주고 그러라고 했는데…… 어쩌죠. 제가 이따 남친 차로 같이 광주 내려가야 해서요."

"괜찮아요. 저 혼자 잘 다니니까. 겨울 동안 깨끗이 잘 쓸게요."

"아하. 역시 쿨하시구나. 우리 엄마는 좀 깐깐한데…… 배우 생활 하셔서 그런가 작가 같지 않고 시원시원해 보이세요."

"배우는 은퇴했어요. 깐깐한 작가 맞아요."

인경이 미간을 찌푸려 고집스러운 인상을 지어 보이자 희수 샘의 딸은 우레와 같은 폭소를 터뜨려주었다. 좋은 사람들이 좋은 아이들을 낳고 키우는구나. 토지문화관의 마지막 날에 희수 샘에게

들은 대답이 떠올랐다. 샘 덕분에 정말 잘 지냈어요. 그런데…… 저한테 왜 이렇게 잘해주시는 거예요? 쓸데없는 질문이었지만 그녀는 그렇게 구차하게라도 마음을 표현해야 했다. 희수 샘은 잠시 골똘한 표정을 짓고는 이렇게 말했다.

"밥 딜런의 외할머니가 어린 밥 딜런에게 이렇게 말했다고 해요. 행복은 뭔가 얻으려고 가는 길 위에 있는 것이 아니라 길 자체가 행복이라고. 그리고 네가 만나는 사람이 모두 힘든 싸움을 하고 있기 때문에 친절해야 한다고."*

그녀는 이번에 나선 길에서 인경을 만났을 때 왠지 모르게 밥 딜런 생각이 났다고 말했다. 충분한 대답이 된 까닭에 인경은 자기도 밥 딜런의 팬이라는 말밖에 할 수 없었다.

밥 딜런이 노벨문학상을 탄 다음 해 인경도 작가가 되었다. 가수 밥 딜런이 문학상을 받듯 배우 정인경이 극작가가 됐기에 그녀에게도 그 음유시인은 중요한 위치를 차지하고 있었다. 밥 딜런이 노벨문학상 수상자로 결정될 즈음, 인경은 선배 연출자의 희곡을 비판했다가 공격당했다. 글도 못 쓰는 배우가 주제넘게 아는 척을 했다는 힐난은 받아들이기 힘들었다. 그래서 인경은 틈틈이 써왔던 희곡을 그해 말 한 신문사 신춘문예에 투고했고, 보란 듯이 당선되었다.

문제는 그다음이었다. 희곡작가가 된 뒤로 배우 일은 줄어들었

---

* 밥 딜런 자서전 『바람만이 아는 대답』, 밥 딜런, 양은모 옮김, 문학세계사, 2010.

고 그녀가 쓴 희곡은 좀처럼 무대에 설 기회를 얻지 못했다. 희곡작가가 된 배우를 부담스러워하는 연출자들이 있었고, 배우가 쓴 희곡을 진지하게 봐주지 않는 기획자들도 있었다. 인경은 조바심이 났고 자신이 존중받지 못한다고 느꼈다. 그래서 한동안 건드리기만 하면 화를 낼 준비를 하고 살았는데, 진짜로 종종 화를 터뜨려 스스로 평판을 깎아내리고야 말았다.

대학로를 떠날 결심을 하게 된 건 배우로서 은퇴한 것이 결정적이었다. 5년 넘게 매해 여름 공연해온 그 작품의 주인공 배역은 언제나 그녀 몫이었다. 스물일곱, 결혼식을 이틀 남기고 가출한 '집 나온 신부 빛나' 캐릭터는 인경의 페르소나이자 이 바닥의 명함 같은 배역이었다. 그런데 재작년 봄, 제작자는 그녀를 불러 이제는 같이 할 수 없겠다고 통보했다. 제작자는 인경의 생물학적 나이가 어느덧 서른일곱이라며, 그동안 잘해왔지만 이제 젊은 후배들에게 빛나 역을 물려줘야 할 때가 됐다고 말했다. 거기까진 괜찮았다. 인경이 수긍하자 다음에 좀 더 성숙한 배역을 같이 하자고 그가 덧붙였고, 그녀는 비웃음으로 답한 뒤 문을 쾅 닫고 나왔다. 자취방에 돌아와서도 분한 마음은 가시지 않았다. 성숙한 배역이라니, 나이가 들어야 맡을 수 있는 배역이라는 뜻인가? 인경은 성숙한 배역 따위 개나 주라고 소리쳤다. 대신 성숙한 작품을 쓰겠다고 다짐했다.

그로부터 2년이 흘렀지만 그녀가 완성한 작품은 몇 편 되지 않았다. 폴더에 처박힌 희곡들은 성숙하다 못해 숙성되어 썩어갈 지경이었고, 인경은 대학로를 맴도는 유령처럼 동료들 작품에 스태

프로 참여하거나 어쭙잖은 작가님 소리나 들으며 술자리를 채울 따름이었다. 갑작스러운 당선으로 극작가가 되긴 했지만 단련되지 않은 필력은 그녀가 작가로 설 수 있는 무기가 되어주지 못했다. 필력을 키우기 위해 쓰고 또 썼으나 작품은 반려되고 거절되기 일쑤였다. 고진감래 끝에 올여름 한 선배의 극단에서 데뷔작을 올릴 수 있었다. 하지만 무대에 올린 그녀의 첫 작품은 흥행도 평가도 인경 자신에게도 참담한 기억으로 남았을 뿐이었다.

인생은 문제 해결의 연속이라 믿으며 지금까지 발휘해온 그녀의 해결사 능력도 모두 소진된 듯했다. 배우가 되겠다고 상경한 10년 전의 전세금이 월세 보증금이 된 지 오래였고 이제 찾아올 보증금도 남지 않았다. 인경은 연극이라는 자신의 오랜 꿈에 검은 막이 드리워지는 게 느껴졌다. 그녀가 설 무대는 없었고 그녀가 만드는 무대는 열리지 않았다. 아이디어는 고갈됐고 필력은 낡은 휴대폰 배터리처럼 빠르게 닳아 없어졌다.

그녀를 위해 비워둔 방에 짐을 푼 인경은 책상에 앉아 잠시 숨을 골랐다. 이곳에서의 3개월이 그녀의 삶을 어떻게 바꿔줄지 알 수 없었다. 다행히 서울역이 가까웠다. 3개월 안에 작품을 완성 못 한다면 그녀는 한달음에 서울역으로 가 부산행 기차를 잡아타겠다 마음먹었다. 그때 노크 소리와 함께 희수 샘의 딸이 남자친구의 차가 왔다며 배시시 웃어 보였다.

그녀를 배웅한 뒤 홀로 남은 거처에서 초저녁잠을 청했다. 금세 눈이 감겼다.

깨어나 보니 자정이었다. 많이 피곤했었나 보다. 자면서 식은땀을 흘렸는지 반팔 티셔츠가 축축했고 배는 쏙 들어가 허기가 돌았다. 인경은 집 안의 식량에는 손대지 않기로 마음먹은 걸 떠올리며 서둘러 점퍼를 입고 빌라를 나섰다.

입김을 내뿜으며 낮의 그 편의점으로 들어선 그녀는 중저음의 인사를 들어야 했다. 연극판에 흔히 있는 덩치 큰 배역 담당 배우를 연상케 하는 중년 사내가 계산대에 있었다. 얼굴도 연기파에 가까웠다. 미모보다는 연기로 승부해야 하는 인상이라는 뜻이다. 아무튼 이 편의점 밤에 도둑 들어올 일은 없겠네, 생각하며 그녀는 진열대로 향했다.

쉽지 않았다. 인경이 좋아하는 과자는 하나도 없었고 신선식품 쪽은 더 빈약했다. 김밥도 샌드위치도 인경의 취향에 맞지 않는 것만 있었고, 도시락 역시 구성이 부실한 것만 두 개 남아 있었다.

아쉬운 대로 냉동 만두와 육포를 산 인경은 냉장고로 가 맥주를 찾았다. 그러나 여기 역시 네 캔 만 원 맥주 중 선호하는 맥주 네 캔을 고를 수 없는 지경이었다. 인경은 네 캔 만 원을 포기하고 하이네켄 두 캔만 꺼내 들었다.

"도시락은 원래 많이 안 들여놓으세요?"

"도, 도시락…… 폐기 안 남기려고……요."

계산대의 중년 사내는 그녀의 질문에 화들짝 놀라며 말을 더듬었다. 글 작업이 한창일 땐 밥해 먹는 것도 번거롭기에 편의점 도시락을 애용하는 그녀로선 안타까운 노릇이었다. 냉동 만두를 챙기며 빌라에 전자레인지가 있는지 여부를 확인하지 않은 것이 떠올랐다. 주변을 살피며 전자레인지를 찾았으나 도무지 보이지 않았다. 중년 사내에게 물으니 오늘 고장이 나서 AS를 맡겼다며 죄송하다는 말을 연발했다. 예의 그 더듬거리는 말투로.

"아니, 죄송할 건 없고요…… 좀 불편하네요."

"어쩌다 보니…… 예, 불편한 편의점이…… 돼버렸습니다."

사내의 솔직한 고백에 헛웃음이 나왔다. 뭐지? 이런 이색적인 자기 풍자는? 자기가 일하는 편의점을 불편하다고 자처하는 이 중년 사내는 여기에 있기 전 무슨 일을 했을까? 그녀는 사내의 얼굴을 똑바로 바라보았다. 강인해 보이는 하관과 큼직한 코, 반쯤 감긴 눈에 커다란 덩치는 졸린 곰 혹은 지친 오랑우탄을 연상케 했는데, 사내는 그것도 모르고 자신을 바라보는 그녀에게 씨익 웃는 것이 아닌가?

"산해진미 도시락…… 좋아하세요?"

사내의 뜬금없는 질문에 인경의 눈이 똥그래졌다.

"그게 제일 인기라…… 금방 나가거든요……. 앞으로 하나…… 빼놓을까요?"

"아뇨. 그러실 거 없어요."

인경은 서둘러 구입한 상품을 안아 들고 편의점을 나섰다. 안녕히 가세요, 낮게 인사하는 사내의 목소리가 느끼하게 들려왔다. 이거야 원, 이빨 빠진 듯한 편의점 상품 구성도 불편하지만 저 양반

존재 자체도 불편하기 그지없구만. 그녀는 오후에 전화를 쓰게 해준 여자 알바가 있을 때만 이곳을 이용하기로 마음먹었다.

깨어나 보니 새벽 한 시였다. 젠장. 하루가 어떻게 갔는지 정리가 안 될 지경이다. 어제 새벽에 육포와 맥주를 먹고 난 뒤 아침까지 방을 작업실로 꾸미는 데 매진했다. 그리고 출근하는 사람들을 뒤로하고 숙대를 지나 언덕 너머 효창공원으로 향했다. 효창공원을 다섯 바퀴 돌며 산책을 마친 그녀는 한결 상쾌해진 기분으로 동네를 훑어나갔다. 괜찮은 산책로와 시장, 마트, 음식점 등을 눈여겨본 뒤 돌아와 샤워를 했다. 점심에는 옅은 졸음 기운에도 낮잠을 참고 공모전 정보를 살피고 연극계 동향을 조사했다. 원고를 쓰려면 동기부여가 필요했고 마감을 요구하는 사업을 찾아야 했다. 하지만 딱히 닥친 것들이 없기에 그녀는 스스로에게 부여한 마감만이 남았음을 되새겼다. 늦은 오후에는 아침에 산책하며 봐둔 식당에서 순두부찌개를 먹었다. 토지문화관에서의 건강한 무료 식단이 그리웠지만 이곳은 서울이었고, 그녀는 돈을 아끼기 위해 하루 한 끼만 외식을 하기로 했다.

거처로 돌아와서는 미드 〈브레이킹 배드〉를 시청했다. 인경은 절박해질 때마다 이 드라마를 상비약처럼 복용하곤 했는데 'Breaking Bad'라는 타이틀이 뜰 때마다 그녀는 '불운을 가르고'라고 혼잣말했다. 이 제목의 본뜻이 이게 아니라는 건 나중에 알게 되었지만 처음 접한 불법 파일의 엉터리 번역 제목 '불운을 가르고'가 그녀에겐 더 인상 깊었다. 주인공 월터의 삶이 그러했다. 자신에게 닥친 온갖 불운을 가르고 나아가기 위해 그는 마약을 제조하고 판매한다. 그래서일까, 인경은 자신의 앞날이 불확실하고 암울할 때마다 이 작품을 찾게 되었다. 물론 〈브레이킹 배드〉는 다시 봐도 흥미로웠고 배울 점이 많은 작품이었다. 그리고 익숙하기에 다시 보다 잠들기에도 좋은 작품이었다.

새벽 한 시의 꼬르륵 소리에 또 하루가 시작되었음을 느꼈다. 장을 좀 봐뒀어야 하는데, 낮밤이 바뀐 사이클을 조정해야 하는데, 이곳에서의 시간을 소중히 보내야 하는데…… 어쨌거나 허기를 달래야 했다.

편의점에 가기 위해 점퍼를 걸치며 존재 자체가 불편한 덩치 큰 사내를 떠올렸다. 잠시 다른 편의점을 찾을까 하던 그녀는, 지금 이 추운 새벽 거리를 헤매는 것보다는 집 앞 편의점의 불편함을 감수하는 게 낫다는 결론을 내렸다.

딸랑. 편의점 안은 고요했다. 사내는 안 보였고, 고장 난 전자레인지는 고쳐놓은 건지 창가 구석에 자리하고 있었다. 하지만 상품 종류가 부실한 건 여전했다. 매출이 적은 편의점이니 상품을 다양하게 많이 들여놓을 수 없었을 테고, 또 그러다 보니 손님두 줄어들 수밖에 없는 악순환에 빠진 곳임이 분명했다. 인경은 이곳이 자신의 처지와 비슷하다는 생각이 들어 배 속이 쓰려왔다. 그러자 더 배가 고파졌고 서둘러 신선식품 코너로 발걸음을 옮겼다.

도시락은 이번에도 부실한 구성 두 개만 남아 있었다. 마치 어제 상품 그대로인 듯해 찝찝했는데, 자세히 보니 그것들 아래 다른 도시락이 하나 깔려 있는 게 보였다. 인경은 위에 놓인 도시락들을 치우고 깔려 있던 것을 집어 들었는데, 그것은 제법 먹음직스러워 보였다. 반찬도 12찬에 고기반찬이 많아 군침이 돌았다. 인경은 도시락을 들고 계산대로 향했다. 그런데 창고에라도 들어간 건가 사내의 모습이 보이지 않았다. 이 새벽에 가게를 비워두고 어딜 간 거지? 거, 오늘도 참 불편한 편의점이 아닐 수 없네. 짜증이 난 인경은 어찌 해야 할지 두리번대던 중 계산대에 놓인 A4 용지를 발견했다. 거기엔 검정 매직으로 크게 휘갈긴 글씨가 적혀 있었다.

급똥! 잠시만요.

허! 인경의 입에서 실소가 터져 나왔다. 급똥이라……. 그래, 그럴 수 있다. 그러면 이걸 출입문에 붙여놓고 문을 잠그고 가야 하는 것 아닌가? 여기 계산대 위에 두고 가면 대체 어쩌란 말인가? 점원이 없는 걸 파악한 사람이 상품이고 현금이고 들고 가면 어떡하려는 것인가? 주택가 사이에 콕 박혀 있어서 도둑질 당할 우려가 없다는 건가? 아니면 그냥 털려도 된단 말인가? 아무리 CCTV가 있다지만 이러면 없던 도벽도 절로 솟을 수 있기에 안전하지 않다. 따박따박 바른말을 잘 하는 인경으로서는 이 상황을 그냥 넘어갈 수 없었다.

딸랑. 방울 소리와 함께 사내가 급똥을 해결한 것이 확실한 표정으로 들어오다가 인경과 눈이 마주쳤다. 사내는 뭐라 낮은 감탄사를 내뱉으며 서둘러 계산대로 다가왔고, 그녀는 몸을 비켜 길을 터주며 곱지 않은 시선을 보냈다.

"이거…… 좋아요."

도시락을 계산하며 사내가 말했다. 자세히 보니 자신이 고른 도시락이 바로 어제 사내가 말한 '산해진미 도시락'이었다.

"잘 찾으셨네요……. 감춰놨는데……."

"예?"

"어제…… 도시락 괜찮은 거 찾으셔서…… 밑에 깔아놨죠. 예."

어쩌라고. 이걸 고마워해야 하나? 인경은 사내의 부담스럽고 애매한 호의를 어떻게 받아들여야 할지 알 수가 없었다. 계산을 마친 인경은 도시락을 받아 전자레인지로 향했다. 빌라에는 전자레인지가 없었다. 여기서 데워 가는 수밖에 없었기에 그녀는 비닐을 벗긴 도시락을 전자레인지에 넣고 기다리다가…… 사내를 돌아보았다. 사내가 엄지를 척 들어 보였다. 거참, 부담스러운 아저씨네. 인경은 저벅저벅 사내에게 다가갔다.

"아저씨. 가게를 아까 막 비워두고 가셨던데, 그러시면 안 되죠."

"그게, 그, 급해서요……. 여기…… 이거……."

사내가 어쩔 줄 몰라 하며 A4 용지를 들어 보였다.

"그러니까, 그 공지를 이렇게 놔두면 안 되죠. 출입문에 붙이고 문을 잠그고 가셨어야죠. 혹시 청소년이라도 들어왔다가 빈 가게여서 절도 욕심 내면 어쩌려고 그러세요? 깨진 창문 이론이란 게 있어요. 동네에 깨진 창문을 방치하면 절도와 범죄가 증가한다는 이론인데, 이렇게 가게를 방치하면 그런 사고 발생률이 높아지는 거라고요. 게다가 가게 직원이신 거 같은데, 어떤 사장이라도 직원이 이렇게 일하는 거 좋아하실 거 같진 않네요. 자기 자리를 잘 지키셔야 할 것 같아요."

원래 시시비비를 잘 따지는 편이기도 한 데다가 쓸데없이 부담을 주는 사내에게 선을 긋고 싶었던지라 인경은 일장 연설을 했다. 대개 이렇게 굴면 남자들은 질색을 하고 다신 인경에게 들이대지 않았다. 사내 역시 묵묵히 인경의 말을 듣고 있다가 민망한지 고개를 숙였다.

"그게요…… 말씀이 맞긴 한데…… 제 입장…… 얘기해도 될까요?"

"말씀하세요."

"제가 과민성대장증후군이…… 그러니까…… 급똥이 잘 안 참아져서요……. 아까…… 안 그래도 이걸…… 문에 붙이려고 테이프를 찾으려 몸을 숙이는데…… 그때 윽, 조금…… 지, 지렸어요……. 그래서…… 테이프로 붙이는 거 실패하고…… 여기 둔 채로…… 문도 못 잠그고 달려가야 했어요……. 가서 바지를 내리는 데 동시에……."

"그만!"

그러니까 똥을 지려 빨리 화장실 가느라고 문을 못 잠갔다는 건데, 비위가 상해 당최 들어줄 수가 없었다. 듣다 보니 사내의 몸에서 똥 냄새가 올라오는 것 같았고, 정말이지 더럽고 불편하기 그지 없었다.

"알겠으니까 다음엔 조심하세요."

사내의 목례를 뒤로하고 그녀는 전자레인지로 가 도시락을 꺼냈다. 잽싸게 도시락을 들고 편의점을 나서려는데 사내가 다시 한번 고개 숙여 인사하며 외쳤다.

"오늘 급똥이라…… 죄송했어요."

"아이 참! 밥 사 가는데 똥 얘기 좀 그만해요!"

넌 급똥이냐? 난 급분노다! 출입문을 밀던 인경은 사내를 돌아보고 꽥 소리 질렀다. 더 이상은 참을 수가 없었다. 나, 대학로 버럭대장 정인경이거든! 그녀의 성질을 목격한 사내는 놀란 눈으로 잠시 멍해 있다가 더듬거리며 '죄송합니다'를 연발했다. 저 더듬대는 말투도 견딜 수가 없다. 인경은 문을 밀고 편의점을 나서며 '내가 다시 여기를 오나 봐라' 혼잣말했다.

희수 샘이 제공해준 청파동 거처에 들어온 지도 일주일, 글 작업은 여전히 지지부진했다. 토지문화관에서 쓰기 시작한 글감을 접기로 했고, 다시 몇 가지 아이템들을 저글링하듯 머릿속에서 돌렸다. 너무 추상적인 극보다는 현실에 닿아 있는 이야기를 쓰고 싶었다. 그렇다고 상업성이 도드라지는 컨셉추얼한 작품을 쓰고 싶지는 않았다. 살아 있는 공간과 그 공간에서 캐릭터들이 부대끼는 정극을 쓰고 싶었다. 관객이 소외되지 않는 공연을, 관객이 무대 위의 배우를 자기인 양 몰입할 수 있는 극을 만들고 싶었다. 관람 중에는 쉼 없는 재미와 긴장을 느끼고 막이 내린 뒤 거리에 나서면서는 극의 의미가 곱씹어지는, 그런 작품을 완성하고 싶었다.

책상에 앉아 하루 종일 전전긍긍하다 보면 답답하기 그지없었다. 밖은 점점 더 추워졌고, 돈을 아끼느라 외식도 줄이고 집에서 간단히 음식을 해 먹기 시작했다. 그저 밤이면 창가 윈도 시트에 앉아 차를 마시며 퇴근하는 동네 사람들을 물끄러미 바라보는 게 하루 일과의 마무리가 되곤 했다.

최근에는 밤 열한 시쯤이면 편의점 야외 테이블에 앉아 라면에 소주 한 병을 비우고 가는 중년 남자를 발견하게 되었다. 위에서 내려다봐서 더 그런가, 엷어진 정수리 숱이 안쓰러운 양복에 파카 차림 남자는 참깨라면에 김밥을 말아 국밥 먹듯 퍼먹으며 소주를 홀짝였다. 추운 날씨에도 그렇게 한술 뜨고 귀가하는 게 낙인 듯했다. 인경은 그를 내려다보며 사연을 생각했다. 저 직장인의 애환이 담긴 겨울밤 야외 혼술이 궁금해졌다.

그런데 오늘은 편의점의 그 떡대 사내가 직장인 남자와 마주 앉아 있는 것이 아닌가? 게다가 한 손엔 커다란 종이컵을 들고 무언가 들이켜고 있다. 아무리 봐도 커피 같진 않고 양주인 듯했다. 어렵쇼, 이젠 근무 중에 술까지 마신다? 그래서 나랑 이야기할 때도 말을 더듬은 건가? 술에 적당히 취해서? 뭐 알 바 아니지만 참 여러 가지 하는 알바가 아닐 수 없었다. 그런데 사내가 다시 컵에 따르는 건 술이 아니었다. 페트병의 모양을 보아 그것은 하늘보리? 아니면

17차? 또는 헛개차인 듯했다. 이건 또 무슨 시추에이션인가? 인경은 집중해 살펴보기 시작했다.

알바 사내와 직장인 남자는 그렇게 연갈색 음료를 나눠 마시며 두런두런 이야기를 나누었는데, 갑자기 직장인 남자가 뭐라고 쏘아붙이고는 일어나 가버렸다. 알바 사내는 어깨를 으쓱하더니 테이블을 정리하고 편의점 안으로 들어갔다. 뭐지? 갑자기 궁금증이 치솟았다. 터지려는 여드름처럼 간지러워 견딜 수가 없었다. 인경은 파카를 걸치고는 빌라를 나섰다.

"방금 전 왔다 간 직장인 그분 아세요?"

갑작스럽게 들어와 던진 인경의 질문에 알바 사내가 갸웃했다.

"다, 단골인데요."

"그분 뭐 하는 분이세요?"

"저도 잘은 몰라요……. 아, 참참참 좋아하시죠."

"참참참요?"

"참깨라면 컵라면이랑…… 참치김밥이랑 참이슬 소주…… 그것만 드세요."

"그래서…… 참참참?"

"그죠. 참참참."

"근데 좀 전 그분 그쪽한테 뭐라고 하고 가버린 거예요? 화내는 거 같던데……."

"그거…… 제가 술 그만 드시고 딴 거…… 드시라 했거든요……. 그게 싫었나 봐요."

152

"다른 거 뭘 권했는데요?"

"이거요."

사내가 대수롭지 않다는 듯 옆에 놓인 페트병을 들어 보였다. 옥수수수염차였다.

"이걸…… 왜?"

"술 대신 먹기 좋아요……. 나도 이거 마시며…… 술 생각 없었거든요."

인경은 기가 차 무슨 말을 해야 할지 몰랐다. 이 알바 사내는 생각보다 더 이상한 남자였다. 그런데 저번에는 부담스러웠다면 지금은 흥미가 생겼다. 단골에게 술 그만 마시라고 옥수수수염차를 건네다니……. 게다가 참참참은 또 뭔가? 패키지 상품으로 팔아도 좋을 것 같았다. 인경은 독특한 사고를 가진 이 골 때리는 사내에게 호기심이 발동했다.

"아저씨 원래 뭐 하던 분이세요?"

"그거…… 물어보러 오신 거예요?"

오호라. 물건은 안 사냐 이거지? 인경은 고개를 끄덕이고는 진열대를 돌며 참깨라면과 참치김밥에 참이슬, 그리고 옥수수수염차를 집어 들고 계산대에 내려놨다. 계산을 하는 사내에게 인경이 다시 물었다. 하지만 사내는 고개만 갸웃거릴 뿐 좀처럼 대답하지 않았다.

"아저씨, 원래 조폭 뭐 그런 거였어요?"

"아, 아뇨."

"그럼 교도소 같은 데 다녀와 갱생하는 중이에요?"

"그런 사람…… 아닌데요."

"아니면, 기러기아빠?"

"그것도 아닌데요."

"아, 명퇴! 명퇴자군요. 요새 희망퇴직이니 해서 이른 명퇴가 많다더니. 맞죠?"

사내는 곤란하다는 듯 고개를 젓고는 물건을 담은 비닐봉지를 건넸다. 인경은 받지 않았다. 사내를 똑바로 응시한 채 그의 정체를 알아내고야 말겠다는 눈빛을 쏘아댔다.

"그럼 정체가 뭐예요, 도대체? 저 정말 궁금해서 그래요. 예?"

"노숙자였어요."

"엥? 서울역 노숙자요?"

"……예."

"그 전엔요?"

"그, 그 전엔…… 몰라요. 술 너무 마셔 치매 왔어요."

"알코올성 치매라…… 그럴 수 있죠. 그럼 노숙을 몇 년 한 거예요?"

"그것도 잘…… 몰라요."

"아니 그럼 여긴 어떻게 취직한 거고요? 어떻게 여기서 일하게 되신 거냐고요?"

"그게…… 사장님이 날 추운데 서울역 있지 말고…… 여기서 겨울 나라고 해주셔서…… 하게 됐어요."

"우와! 우와아!"

인경은 자기도 모르게 탄성을 흘리며 자신이 노숙자였다는 사내를 요리조리 뜯어보았다. 그녀는 사내에게 과거 기억이 진짜 하나도 안 나냐며 재차 물었고, 사내는 여전히 날 듯 말 듯 잘 떠오르지 않는다고 대답했다. 인경은 대화를 많이 해야 기억이 활성화되니 앞으로 자신과 새벽마다 수다를 떨자고 제안했다. 사내는 갸우뚱해하다가 마지못해 알았다고 답했다. 마지막으로 사내의 이름을 물은 뒤 인경은 편의점을 나섰다.

"독고라고 해요. 이름도 몰라요 성도 몰라요." 인경은 참참참을 먹으며 흥얼거렸다. 무언가 흥미진진한 캐릭터를 발견하자 술맛이 달게 느껴졌다. 참참참이란 야참 혹은 혼술 구성도 신선했다. 옥수수수염차는 좀 안 어울렸지만, 알코올성 치매로 괴로워하던 사내가 술을 끊기 위해 무언가를 마신다는 것은 의미가 있었다. 인경은 사내를 더 관찰하기로 마음먹었다.

인경은 낮과 밤이 바뀐 사이클을 계속 활용하기로 했다. 그녀는 새벽에 일어나 출근하듯 편의점에 가 산해진미 도시락을 먹으며 독고 씨와 이야기를 나눴다. 생각보다 똑똑하고 눈치도 빠른 사람이었다. 며칠 같이 이야기를 나누던 인경은 이후로는 아예 수첩을 들고 가 그와의 대화 꼭지를 기록하기 시작했다. 뜻하지 않은 취재는 그녀에게 글을 쓸 수 있을 거라는 용기를 불어넣어주었다.

독고 씨는 알코올성 치매는 물론 정신적 트라우마로 과거의 기억 한 부분을 지운 것처럼 보였다. 작가가 되고 읽은 여러 심리학 서적에서 인경은 감정적 상처에 대해 주목했다. 캐릭터는 결국 과거의 끔찍한 감정적 상처를 받은 경험이 있고, 그런 상황에서 무엇을 지키고자 했는가가 그의 앞날이 된다. 독고 씨는 눈을 감았고 등을 돌렸다. 하지만 현재 그는 회복되고 있으며 사람들과의 소통을 통해 상처를 돌아볼 용기와 힘을 조금씩 채우고 있었다.

상처를 돌아보고 그것을 이겨내기 위한 노력 혹은 욕망이 그 사람의 원동력이 되고 캐릭터가 된다. 캐릭터를 보여주려면 캐릭터가 선택의 갈림길에서 어떤 길로 가느냐를 보여주면 된다. 독고 씨는 편의점 사장의 도움을 받아 서울역에서 나왔고, 사회에 재진입해 자신의 트라우마를 직면하려고 애쓰고 있었다.

"확실한 거는…… 나는 원래 이렇게 살지 않았어요. 나는 사람들과 별로 나눌 게 없었던 거 같아요. 이런 따뜻한 기억이 별로 없거든요."

"따뜻한 기억이라면…… 무얼 말하는 거죠?"

"지금처럼 아가씨 같은 사람과…… 허물없이 대화를 나눈다거나 하는 거요……."

"참참참 드시는 손님과도 친하신 거 같던데?"

"그러니까요……. 편의점에서 접객을 하며…… 사람들과 친해진 거 같아요. 진심 같은 거 없이 그냥 친절한 척만 해도 친절해지는 것 같아요."

"그 얘기 좋은데요? 내가 좀 써도 될까요?"

수첩에 방금 전 독고 씨의 말을 적으며 인경이 물었다.

"이미 쓰고 있잖아요…… 거기 수첩에…….”

"아니, 내 작품에 쓴다고요. 나 극작가라고 말씀드렸잖아요.”

"마, 맞다. 연극 대본 쓴다고 했죠? 그럼 나도…… 나오는 건가
요?”

"어디에 어떻게 쓰일진 모르겠어요. 그냥 스케치 같은 거니
까……. 분명한 건 아저씨가 저한테 큰 도움을 주고 있다는 거예요.
글쓰기를 거의 포기하고 있었는데 덕분에 힘이 났거든요.”

"도움이라니…… 좋네요. 그럼 그런 의미에서…… 사 가실 거 좀
없으세요?”

"아니 이 아저씨 과거에 장사 좀 하셨나 봐.”

인경은 코웃음을 치고는 맥주 네 캔과 샌드위치를 가지고 왔다.
독고 씨는 금방 자동차라도 판 세일즈맨인 양 얼굴 가득 미소를 지
으며 계산을 했다. 취재원과 작가의 상부상조가 나쁘지 않았다.

연말이라고 시답잖은 안부들이 인경의 휴대폰을 두드려댔다. 단
체 문자는 패스했고 부재중 전화로 남은 것 중에 반가운 이름은 별
로 보이지 않았다. 오랜만에 페이스북에 들어갔더니 여기도 궁금
한 사람들보다는 성가신 사람들만 등장하고 있었다. 인경은 납작
해진 자신의 인간관계가 스스로 자초한 것임을 인정해야 했다. 그
때였다. 그녀의 적적한 마음을 알기라도 하는 듯 휴대폰이 울렸는
데, 액정창에 뜬 이름을 본 순간 잠시 미적댈 수밖에 없었다.

시어터 Q의 김 대표였다. 2년 전, 인경의 생물학적 나이를 들먹이며 이제 더 이상 20대 배역은 어렵지 않겠냐고 한 그 제작자. 인경으로 하여금 배우를 자발적으로 은퇴하게 한 그 인간. 한때 인경을 먹여 살리다시피 한 최고의 조력자였지만 지난 2년간은 문자 한 통 오가지 않은 관계.

책상 앞에서 일어난 인경은 휴대폰을 든 채 창가 의자로 향했다. 받기를 주저하는 인경의 마음이 전화 진동처럼 떨리고 있었다. 곧 진동이 멈추고 나면 김 대표와의 인연도 확실히 끝날 것이다. 지이이잉, 지이이잉. 그때 트라우마를 직면해야 한다고 독고 씨를 다그치던 며칠 전 자신의 모습이 떠올랐다. 인경 역시 자신을 돌아봐야 했다. 지이이잉, 지이이잉. 그녀는 통화 버튼을 힘껏 눌렀다.

김 대표는 연말이라 그냥 생각이 났다며 잘 지내냐고 흔한 안부를 물었다. 작년 연말에는 안 궁금하셨어요?라고 쏘아대자 그는 작년에는 전화해도 안 받을 거 같아 못 했다면서, 이제 2년쯤 지났으니 화가 좀 풀렸을 것 같아 연락했다고 능글맞게 답했다. 그가 그렇게 말해주자 얼마 안 남은 앙금마저 사라진 인경은 대표님이 안부만 물으려고 전화하는 사람은 아니지 않냐며, 용건이 무엇인지 단도직입적으로 물었다. 김 대표는 성질 급한 건 여전하다고 한마디한 뒤 각색 제안이라고 말했다. 판권을 산 소설을 희곡화하는 일이었다. 각색이라……. 마지막 글 작업이 될 수도 있는데 각색을 하기는 싫었다. 인경이 미적대자 그가 채근했다.

"고민되면 소설이나 한번 읽어봐. 여름에 출간된 건데 어렵지 않고 재밌어. 대사도 많고 상당히 연극적이야. 어려운 일 아니라는 말이지."

"아뇨. 안 읽을게요. 읽으면 하고 싶을 거 같아서."

"오랜만에 연락해 제안하는 거다……. 너무 무 자르듯 굴면 서운한데."

"대표님. 사실 저 절필할지도 모르거든요. 그래서 마지막은 오리지널로 가야 할 거 같아요."

"야, 정인경! 너 배우도 은퇴한다, 작가 짓도 때려치운다……, 너 진짜 대학로 뜰 거야? 왜 맨날 마지막 타령이야."

"배우 은퇴는 대표님이 결정타였거든요!"

"그러니까 작가 일 준다고 하잖아."

"암튼 나 진지해요. 지금 4개월째 틀어박혀 마지막 작품 구상 중이에요."

"그래서, 아이템 좀 똘똘한 거 나왔어? 엉뚱한 공상만 하고 있는 거 아니니?"

공상이라니, 인경은 창가에 둔 옥수수수염차를 벌컥벌컥 마신 뒤 목소리를 높였다.

"구상 다 끝났거든요! 쓰기만 하면 된다고요."

"그래? 한번 읊어봐."

"아이템 미리 털고 다니면 부정 타는 거 몰라요? 됐습니다."

"야, 이거 땡기는데? 정 작가, 말해봐. 괜찮으면 각색 말고 그거 먼저 할게."

각색을 거절하기 위해 오리지널을 쓴다고 했지만 아직 딱히 정해진 건 없었다. 그저 편의점의 이상한 사내를 취재하며 무언가 실마리를 찾아가는 중이었다. 어떻게 둘러댈까 고민하던 인경의 눈에 창밖으로 편의점이 내려다보였다.

"너 막상 피칭하려니까 별로구나. 그럼 그거 미루고 각색 이거 하자. 이거 제작 투자도 잡아놓은 거야. 바로 계약금 줄 테니까—."

"편의점. 편의점 이야기예요."

"편의점?"

"무대는 편의점이에요. 온갖 인간 군상이 드나드는 편의점. 주인공은 편의점의 밤을 지키는 정체를 알 수 없는 야간 알바고."

"음……."

"이 야간 알바는 중년 사내인데 자신의 과거를 몰라요. 알코올성 치매가 왔거든요. 손님들은 이 중년 사내의 정체를 자기들끼리 추측하죠. 조폭, 전과자, 탈북자, 명퇴자, 심지어 외계인! 그런데 이 사내는 아랑곳없이 손님들에게 낯선 상품들을 추천하고…… 그런데…… 신기하게도 사람들이 사내가 추천하는 상품을 사고 나면, 고민이 해결되는 거예요."

"그거…… 〈심야식당〉인데?"

"〈심야식당〉? 물론 그것도 좋은 작품인데 이건 편의점이라고요! 그리고 이 사람은 요리를 하지 않죠. 〈심야식당〉은 주인장의 과거를 캐묻지도 않고. 근데 이 이야기는 이 주인공 야간 알바 사내의 정체를 알아가는 게 핵심 플롯이에요. 사내의 과거가 회상 장면으로 교차하며 등장할 거고, 사내가 그 편의점에서 일해야만 하는 이유도 알아가게 되는 거죠. 그리고 사내는 그 편의점에서 밤새 기다려야 해요. 무언가를."

"물건 들어오는 거 기다리겠지."

"아이, 산통 깨지 마세요. 마치 〈고도를 기다리며〉처럼 그런 톤 앤 매너도 좀 가져갈까 해요. 블라디미르와 에스트라공처럼 이 야간 알바와 취객 단골손님이 매일 밤 수다를 떨어요. 대사가 아주 많을 거예요. 그 와중에 참참참도 하고."

"참참참? 게임이야?"

"있어요. 일종의 패키지. 그러니까 참깨라면에 참치김밥에 참이슬."

"괜찮은데, 그거? PPL 딸 수 있겠다. 관객들 직접 나와 먹게도 하고."

"맞아요. 관객들 참여하게 하고, 패키지 선물 줘 인스타 올리고 그러면 PPL 받을 수 있잖아요. 아무튼 참참참 이게 주인 사내가 단골손님에게 추천해주는 패키지고요, 단골손님은 이걸 먹으며 하루를 힐링하죠. 이렇게 둘이 대사 플레이를 담당합니다. 그리고 동네 까칠한 여자 작가가 있는데, 그 여자는 진상 손님인 거예요. 작가라 밤에 일을 하거든요. 그래서 이 야간 알바 사내와 자꾸 마주치고 서로 또 사연을 나누게 되는데요……."

"그건 왠지 너 같다."

"아니고요. 여자 작가는 이 편의점을 아주 싫어해요. 사내도 불량해 보이고 물건도 적어서 불편한 거예요. 그런데 겨울이고 춥고 새벽에 멀리 음식을 사러 갈 수가 없으니 불편해도 여길 계속 이용해야 하는데…… 아주 불편하기 그지없습니다."

"정 작가."

"왜요?"

"그거 하자, 나랑."

"정말요? 아직 쓰지도 않았는데요."

"다 썼네, 머릿속에서. 그거 내년에 올리자. 장담하는데 그거 너 마지막 작품 아니야. 그 작품 올리면 다음 거 또 쓸 수 있게 될 거야."

"……진짜 그렇게 생각해요?"

"응."

"뭐죠? 나 진짜 벼랑 끝인데…… 대표님이 너무 쉽게 오케이 해서 이상하거든요. 나 아직 이거 쓰지도 않았단 말이에요."

"내일 제목만 써서 가져와. 원래 계약서 써야 원고도 써지는 거야."

"김 대표님."

"왜?"

"고마워요, 진심."

"나 바보 아니다. 아이템 괜찮아. 너 목소리에서 간절함도 느껴지고…… 잘 쓸 거 같아."

"나 원래 잘 썼습니다."

"칭찬하기가 무섭구나. 참, 제목은 뭐야?"

"제목?"

"그 작품 제목."

"음…… 편의점인데요, 아주 불편한…… 그래서…… 불편한 편의점."

김 대표의 전화를 끊자마자 인경은 노트북 한글 프로그램을 열었다. 그러고는 빠르게 타이핑을 시작했다. 제목을 적고 두 칸 줄을 뗀 뒤 그녀의 마지막 작품이 될지도 모를 새 작품을 쓰기 시작했다. 그녀는 쉬지 않고 타이핑을 했다. 어떤 글쓰기는 타이핑에 지나지 않는다. 당신이 오랜 시간 궁리하고 고민해왔다면, 그것에 대해 툭 건드리기만 해도 튀어나올 만큼 생각의 덩어리를 키웠다면, 이제 할 일은 타자수가 되어 열심히 자판을 누르는 게 작가의 남은 본분이다. 생각의 속도를 손가락이 따라가지 못할 정도가 되면 당신은 잘하고 있는 것이다. 인경은 연기하듯 대사를 발음하며 동시에 타이핑을 했다. 그녀의 왼손과 오른손이 서로 대화를 나누는 듯했다. 그녀는 그동안 봉인됐던 필력이 풀린 듯 쉼 없이 이야기를 써내려갔다. 저녁에 시작된 작업은 어느덧 자정을 넘겼고, 겨울 밤하늘의 어둠이 짙어질수록 그녀의 글도 밀도를 더해갔다.

그 새벽, 동네에서 유일하게 불이 켜진 곳은 독고 씨의 편의점과 그녀의 작업실뿐이었다.

네 캔에 만 원

　민식은 자신의 불운에 대해서 생각했다. 대체로 불운했던 그의 인생이지만 언제부터 그 불운이 그의 삶에 멱살잡이를 해왔는지를 되짚어보았다. 그렇다면 아마도 초등학교 시절 야구부에 들어가지 못한 게 그 시작이 아니었을까? 덩치도 크고 운동 실력도 좋아 야구부 코치가 입단 제의까지 했던 자신을, 그저 공부의 길로만 몰아갔던 부모님의 결정이 첫 번째 불운이었다. 사람마다 재능이 다르고 관심이 다를진대 부모님은 왜 그가 좋아하는 것보다 공부를 잘해 평범한 성인이 되는 것만을 강조했던 것일까? 바로 그것이 자신들의 삶이었고, 공부 잘하는 누나의 모습이었으며, 아들이자 막내인 민식 역시 따라야 할 길이라고 생각했던 것이다.

　두 번째 불운은 지방 캠퍼스에 간 게 아닐까? 부모님은 자신들이

나온 서울의 명문대를 보내고 싶었지만 안타깝게도 민식의 성적으론 턱도 없는 것이었고, 그들이 생각한 대안은 그 대학의 지방 캠퍼스였다. 아마도 부모님은 민식이 자신들이 졸업한 그 명문대에 다닌다고 주변에 자랑했을 테지만 그는 그 대학의 캠퍼스가 있는 지방도시 자취촌에서 술과 당구, 스타크래프트와 야구 동아리 활동에 전력을 기울였다. 한마디로 놀기에 참 좋았다. 이후 어찌어찌 졸업은 했지만 취업 전선에서 지방 캠퍼스의 설움을 몸소 체험하며 장렬히 전사했고, 자존심과 의욕에도 상처를 입고 말았다.

세 번째 불운은 이른 성공이었다. 공무원과 교직이라는 안정적인 인생을 살아온 부모님이나 세상 부러워하는 전문직 종사자인 누나와 달리 민식의 세상은 정글이었고, 맨몸으로 싸워나가야 했다. 머리도 특출나지 않고 학벌도 별로였지만 건강한 몸과 말발로 무장한 채 그는 돈이 되는 일은 무엇이든 하기로 했다. 가족에게 인정받을 수 있는 유일한 가치도 돈이고 그에게 필요한 것도 돈뿐이었다. 나머지는 모두 따라오는 것일 뿐, 돈만이 그를 그답게 만드는 것이었다.

민식은 돈을 벌기 위해 수단 방법을 가리지 않았고, 그렇게 하게 된 일들은 합법과 불법의 경계를 교묘히 오가는 일들이었다. 후회는 없었다. 그런 일들을 하며 돈을 꽤 벌었고, 서른이 되기 전에 본인 명의의 아파트를 샀고, 외제차를 끌 수 있게 되었다. 돈을 많이 벌자 부모님도, 누나도, 그 잘난 매형도 더 이상 민식한테 함부로 충고하지 못하게 되었다. 그게 좋았다. 민식이 가진 돈의 위력은 잘

난 그들도 주눅 들게 만들었다. 여기서 조금만 더 벌면 가족들이 굽실대는 것도 볼 수 있을 거란 생각이 들었다. 막 은퇴한 아빠에겐 두둑한 용돈을, 엄마에게는 교회 헌금을 많이 드리면 두 분 다 껌뻑 죽을 것이었고, 매형과 누나는 자신들이 차릴 병원에 투자를 부탁하며 팔자에 없는 아부를 떨 게 분명했다. 고지가 코앞이었다. 그런데 그게 문제였다. 조금만 더 벌어 왕처럼 굴려던 목표는 사업을 무리하게 키우게 했고 곧 대가를 치르게 했다.

네 번째 불운은 정말 뼈아픈 것이었는데, 전처를 만난 것이었다. 재기를 노리고 벌인 새 사업장에서 만난 전처는 민식 못지않은 '업자'였다. 사람들에게 쉽게 현혹되지 않는다고 여겼는데 그 여자에게만은 너무도 쉽게 빠지고 만 나머지 6개월 만에 모든 것을 쏟아붓고 말았다. 혹자는 그걸 사랑이라고 부른다는데, 그는 그냥 잠깐 미친 거라고 생각했다. 미친 김에 결혼을 했고, 2년간 서로 협잡을 벌이다 더 유리한 고지를 점령한 전처에게 유일하게 남은 재산인 아파트까지 넘겨주고서야 관계가 정리됐다. 그러나 이혼 후 2년이 지난 지금, 그 여자와의 만남이 민식에게 불운이었듯 민식과의 만남도 그녀에게 불운이었을 거란 생각은 한다. 모진 놈들끼리 서로의 폭탄을 주고받다가 동시에 자폭한 꼴이랄까? 그나마 더 심각한 불운을 피하려 서로를 정리한 건 두 사람 모두 치고 빠지는 사업에서 익힌 타이밍 감각 덕분이었다.

그럼에도 불운은 끊이지 않았다. 비트코인. 바로 이거라고 쾌재를 불렀다. 이것이야말로 그에게는 크나큰 기회가 될 거란 촉이 팍 팍 왔다. 하지만 그 판단은 계속된 실패로 인해 흐려진 선구안이 만든 실수였다. 민식에게 비트코인은 만질 수 없는 돈이자 돈을 먹는 돈이었다.

다섯 번째 불운까지 겪고 나니 민식은 더 이상 버틸 수가 없어져 엄마가 사는 청파동 집으로 기어들어가야 했다. 거기서 몇 해 전 돌아가신 아버지가 남긴 유산으로 엄마가 편의점을 차렸다는 사실을 알게 되었다. 그 유산에는 분명 그의 몫도 있었을 것인데, 엄마와 누나는 아무 언질도 없이 민식만 빼놓고 유산을 편의점으로 바꾼 것이었다. 하긴 그때쯤 민식은 전처와의 이혼과 사업 실패로 정신이 나가 있을 때였고 가족과도 연락을 끊은 상태긴 했다. 그래도 뭔가 억울했던 민식은 술에 취한 어느 날 엄마에게 자기 몫의 유산을 달라고 따졌다가 크게 다투고 집을 뛰쳐나가게 되었고, 이후 선후배들 집을 전전하는 처지가 되었다.

민식의 생각은 여기서 멈췄다. 그 이후 넘어온 자잘한 불운의 고개를 세는 건 더 이상 의미가 없었다. 이제 그에게 필요한 건 새 사업 자금이다. 바로 엄마의 편의점 아니, 엄마가 아빠의 유산 중 자신의 몫을 허락 없이 유용해 차린 편의점에 있다. 그는 자신의 몫을 돌려받아 사업에 재기하고 다시 돈을 많이 벌 것이다. 그러고 나서 엄마에게 편의점 두어 개 차려주는 건 일도 아닐 것이기에, 언제쯤 자기 집에서 나갈 거냐고 투덜대는 후배 놈의 엉덩이 정도는 지금도 걷어차줄 수 있는 것이었다.

오늘 민식은 기용을 만나기로 했다. 어울리지도 않는 지드래곤 흉내로 자신을 기드래곤이라고 불러달라는 기용은 취향이나 행동이나 뭐든 과해 짜증났지만 머리만큼은 잘 도는 놈이다. 민식은 몇 해 전부터 중요한 결정을 해야 할 상황에서는 기용에게 의견을 물었고, 이 녀석은 그와는 다른 방식으로 머리를 굴려 민식의 결정을 재고하게 만드는 재주가 있었다. 그러니까 기용의 말을 들으면 성공하는 건 아니지만 실패의 리스크는 줄일 수가 있는 것이다. "돈 된다 소문날 때 가서 넣으면 이미 늦은 거라니까. 마저 털리기 전에 빠져나와요." 비트코인의 늪에서 겨우 빠져나올 수 있었던 것도 이 녀석의 조언 덕이었고, 태양광 발전 사업에서 손을 뗀 것도 이 녀석 덕분이었다.

선배 놈 하나가 태양광 발전 사업을 한다며 함께 일하자 했을 때 민식은 드디어 자신의 인생에도 다시 태양이 비치는 것 같았고, 찌릿찌릿한 전기로 온몸이 완충되는 느낌을 받았다. 태양광 발전 사업은 정부의 탈원전 신재생에너지 육성 정책을 내세우며 많은 투자자들의 관심을 끌었는데, 무엇보다 소문나기 전에 한몫 잡을 수 있을 듯했다. 그런데 몇 개월 일하다 보니 민식은 자신이 사기에 가담하고 있는 것 같다는 불길한 생각이 들었다. 이놈의 사업이란 게 태양광 투자를 미끼로 맹지를 파는 것에 지나지 않았기 때문이었다. 이에 고민하던 민식은 이번에도 기용과 통화를 한 뒤 빠져나올 수 있었다.

그 더러운 선배 놈은 민식이 발을 뺐다고 길길이 날뛰며 밤길 조심하라더니 자기야말로 밤길에 경찰에게 잡혀 현재 법무부 밥을 잘 먹고 있다. 아무튼 기용이 아니었으면 그의 아슬아슬한 비즈니스 인생에 콩밥 스토리까지 추가할 뻔한 아찔한 순간이었다.

이렇게 여러모로 브레인 역할을 해준 기용이 오늘 사업 아이템에 대해 이야기하자고 했기에, 그는 이 추운 날씨에도 후배의 오리털 파카를 뺏어 입고 경리단길까지 차를 몰고 온 것이다.

새해의 경리단길은 한창 때와는 달리 한산해져 있었다. 아니, 한산하다 못해 썰렁해져 있었다. 상권이 한번 뜨고 나면 건물주들의 마음도 붕 떠올라 기하급수적으로 월세를 올리니, 그 월세를 감당하지 못한 가게들은 줄줄이 문을 닫았고 덩달아 상권도 죽어가기 시작했다. 경리단길은 이제 망리단길 송리단길 황리단길 등 수많은 동생들만 남기고 사라질 운명인 듯했다. 민식은 순발력 있는 기용이 대체 왜 이리로 자신을 부른 건지 의아했다.

기용이 알려준 주소에 도착하니 썰렁한 거리 한쪽에 작은 맥줏집이 있었고 민식은 일단 가게 앞에 차를 세웠다.

"아이, 형! 차 가지고 오지 말라니까."

맥줏집으로 들어서자마자 기용이 타박을 해 민식은 발끈했다.

"인마, 이 추운 날에 대중교통 타란 말이냐?"

"택시 있잖아, 택시."

"씨발. 내 차 있는데 왜 택시를 타."

"다 이유가 있어 차 가져오지 말라 그랬지. 오늘 좀 마셔야 한단 말이야."

"뭐? 여기서? 나 맥주 싱거워 안 먹는 거 모르냐?"

기용은 더 말하기 싫다는 듯 뒤돌아 바로 향했고, 민식은 금속제 의자에 털썩 앉아 줍디좁은 테이블에 팔을 올린 채 내부를 살폈다. 어둑한 조명 아래 전자기타 소리 요란한 록 음악이 공기를 채우고 있었고, 곳곳에 미군들이나 좋아할 법한 서양 골동품이 널려 있었다. 가게 제일 안쪽에는 'Drink Beer, Save Water'라는 문구의 플래카드가 너절하게 걸려 있었고, 난방을 일부러 안 해 술을 많이 마시게 하려는 건지 입김마저 나오고 있었다.

민식은 짜증이 났다. 평소 맥주는 소주나 양주에 섞어 먹는 도구라 생각하는 그를 맥줏집에 데려오는 센스라니, 기용이 무슨 사업 아이템을 이야기해도 믿음이 가지 않을 듯했다. 그런 그의 삐딱함을 아는지 모르는지 기용이 장발 바텐더에게서 무언가를 받아 가지고 다가왔다. 무슨 도마 같은 나무판에 구멍들이 뚫려 있었고 그 구멍마다 소주잔보다 조금 큰 잔들이 박혀 있었으며, 잔 안에는 각각 진한 호박색과 검정색의 액체가 담겨 있었다. 간장색 액체는 흑맥주로 보이는데 호박색은 맥주라기보다는 코냑을 연상케 했다.

"이게 맥주야?"

"마셔봐."

기용이 입꼬리를 올리며 마시라는 손시늉을 했다. 민식은 맥주를 소주잔에 마시는 것도 짜증이 났지만 어차피 술값은 절대 안 낼 거니 공짜 술이나 먹자는 심정으로 호박색 맥주를 집어 단숨에 털어 넣었다.

묵직했다. 향은 짙었고 쌉싸래한 끝 맛은 이게 코냑인지 맥준지 위스킨지 모르게 특이했다. 흔히 마시던 싱거운 맥주와는 전혀 다른, 양주 폭탄주를 아주 잘 말면 이렇지 않을까 하는 묘한 맛이었다.

민식은 두말 않고 좀 더 진한 호박색의 잔을 들어 마셨다. 오! 이것은 맛이 더 풍부했다. 신기할 정도로 쓴맛과 시원한 맛이 교차했다. 다시 이번엔 노란색에 거품이 많은 잔을 들어 비웠다. 이번 건 민식도 전에 마셔봤던 호가든을 떠올리게 했다. 차이라면 호가든보다 훨씬 진하고 텁텁해서 그의 구미에 딱 맞는다는 것이었다. 민식은 마지막 남은 흑맥주도 쿵쿵 향을 맡은 후 들이켰다. 아니 뭐 이런 고소한 게 다 있지? 그는 자기가 맥주를 마신 건지 참기름 섞은 검은 콩물을 먹은 건지 모를 지경이었다.

"뭔 맥주가 이래?"

"좋다는 거지?"

"맛뵈기 치우고 거품 제대로 팍 해서 따라 와."

"어떤 걸로?"

"저기 제일 진한 색으로."

나무판을 들고 간 기용이 잠시 뒤 긴 맥주잔 두 개에 새 맥주를 따라 왔다. 민식은 기용과 건배한 후 다시 한 잔 마셨다. 쌉싸래하고 시원한 게 발렌타인 30년산으로 만든 양주 폭탄주보다 맛이 있었다. 대단했다. 맥주는 싱겁고 배만 부르다고 안 먹은 지 꽤 됐는데…… 어디서 이렇게 신박한 맥주가 탄생한 것인가!

"에일 맥주라고 이게 유럽 애들이 먹는 거야."

"에일 맥주? 그럼 우리가 먹는 카스는 뭔 맥준데?"

"그건 라거. 왜 맥주 캔에 라거라고 써 있잖아."

"뭐야? 그 카스 옆에 써 있는 게 라거였어? 레이저 아니었어?"

"아오…… 나도 영어 약하지만 형은 진짜 찐이다."

"아재 개그! 마, 내가 그것도 모를 줄 아냐?"

"제발 쫌!! 암튼 우리랑 미국은 이 라거 맥주를 많이 먹고 유럽 애들은 에일 맥주를 주로 먹는다고. 몇 년 전부터 여기 경리단이랑 이태원 쪽은 에일 맥주 붐이 일었고 요새 힙스터들은 에일 맥주만 먹어."

"근데 이건 아재들도 좋아할 거 같은데? 내 입맛에도 딱이고. 맛도 진하고 향도 코냑 저리 가라고……. 야, 이거 룸에 유통해도 될 거 같다."

"에이, 여기서 왜 룸이 나와. 룸 유통은 기존 떠바리들 눈치에 뽀찌 먹이고 지저분하잖아. 우린 쉽고 깔쌈한 걸로 하자고."

"인마 원래 사업은 남의 몫 뺏어 먹긴데 쉬운 게 어딨어?"

"내 말은 리스크를 줄이자고. 요점만 말하자면 이 에일 맥주 시장이 점점 커지고 있거든. 게다가 요새 법이 바뀌어서 이런 에일 맥주만 만드는 소규모 양조장을 개인이 차릴 수가 있게 됐어."

"그래?"

"한 2~3억만 있으면 경기도 외곽 물 좋은 데 양조장 차릴 수 있다고. 가평이나 청평 뭐 그런 데 있잖아. 그런 데서 이거 만들어 팔면 어떻겠어? 형 저번에 소박하게 술집 사장이나 하며 살고 싶다 그랬지? 술집 사장이 아니고 술도가 사장이 되는 거라고. 이런 죽이는 맥주 만들면 술집들이 서로 맥주 달라고 할 거고, 그럼 오지는 거야!"

"그럼 이 맥주도 그 소규모 양조장이란 곳에서 직접 만든 거야?"

"그렇다니까."

"누가?"

그때 고소한 기름 냄새와 함께 장발의 바텐더가 치킨윙과 감자튀김을 들고 그들의 자리로 다가왔다. 기용이 접시를 내려놓는 바텐더를 민식에게 신상품 소개하듯 가리켰다. 바텐더는 민식에게 인사를 하고 자리에 합석했다.

"이 친구 매형이 브루 마스터야. 브루는 맥주, 마스터는 음……마스터. 암튼 그러니까…… 맥주 만드는 요리사 같은 거야. 포틀랜드에서 온 스티브라고, 지금 파주에서 소규모 양조장 운영하거든."

민식이 혼란스러운 눈빛으로 기용과 바텐더를 살폈다. 그러자 바텐더가 친절히 설명을 이어갔다. 바텐더의 말에 의하면 미국의 가장 힙한 도시 포틀랜드에서도 가장 힙한 맥주를 만들던 스티브가 유학생인 자신의 누나와 사귄 뒤 한국에 와 맥주를 마신 게 4년 전이었단다. 그리고 한국에 제대로 된 수제 맥주를 내놓으면 대박이 날 거라고 생각해 2년 전 결혼과 함께 한국에 들어와 지금 파주에서 작은 양조장을 지어 맥주를 유통 중이라는 것이었다. 스티브와 누나가 양조장을 운영하고 자신은 이 가게를 비롯해 여러 가게에 맥주를 공급하며 매형의 수제 맥주를 소개 중이라고 덧붙였다.

"근데 에일 맥주는 유럽에서 먹는 거라면서 무슨 미국이야?"

"에이, 형. 지금 글로벌 시대 아뇨. 그리고 원래 유럽에서 뭐가 시작되면 미국에서 그거 받고 더블로 사업이 커지고. 몰라? 아무튼 지금 이 친구 매형 양조장이 너무 잘돼서 확장을 하려고 한다네. 사업자를 하나 더 내야 하고. 그래서 동업자를 구하는데, 여기에 형이랑 내가 들어간다 이거지."

"음…… 난데없긴 한데…… 양조장 사장이라……. 오랜만에 건전한 일감을 소개받으니 좀 어색하긴 하다만…… 근데 그렇게 잘되면 투자자들이 많지 않겠어? 왜 나랑 너한테까지 이런 기회가 돌아온 거냐?"

"형. 따질 걸 따져."

"아니, 니가 저번에 태양광 할 때도 나한테 그랬잖아. 이미 다 빼먹은 거 왜 가 똥 닦고 있냐고."

"아우. 그거야 이 기드래곤 때문이지. 스티브가 사람 엄청 가리거든. 근데 내가 만나서 콩글리시로 엄청 웃겨줬다고. 물론 믿을 만한 놈이란 것도 어필하고. 얼마 뒤에 이 친구한테 스티브가 그랬대. 한국 사람들 아리까리한데 기드래곤은 완전 나이스하다고, 사업 확장하려면 관계가 중요한데 자기는 기드래곤이면 믿을 수 있다고."

기용이 바텐더에게 동의를 구하는 눈짓을 보내자 그는 엄지를 치켜세우며 자기 매형이 엄청 까다로운데 무슨 이유에서인지 기용 형만은 마음에 꼭 들어 한다고 말했다. 민식은 기용이 웃기는 놈인

건 알았지만 미국 놈까지 웃겨서 이런 기회를 잡았다는 게 신기하기도 하고 미심쩍기도 했다. 미국 놈이라고 사기꾼이 없는 건 아니니까.

민식이 의구심을 지우지 못하자 바텐더가 무언가를 가져왔다. 장식이 없는 500ml 맥주 캔이었다. 바텐더가 그걸 따더니 새 잔을 채워 민식에게 건넸고, 민식은 그걸 마시고 다시 한번 감탄하지 않을 수 없었다.

"캔으로도 나올 겁니다. 이것 때문에 확장을 하려는 거고요."

순간 민식의 고개가 절로 끄덕여졌다.

"형. 이제 스티브네 맥주가 편의점이나 마트에서도 캔으로 팔릴 거라고. 이미 다른 양조장 맥주도 편의점에서 팔기 시작했다네. 그니까 서둘러야 해. 맛은 우리가 최고니까 유통에서 잔뼈 굵은 형이 이거 나오는 대로 업자 끼고 돌리면 된다고."

민식은 다시 한번 맥주를 입에 머금은 뒤 생각에 잠겼다. 달콤한 맥아와 쌉싸래한 홉의 기운이 입안 가득 충만히 퍼지는 게 느껴졌고, 그것은 한때 맛보았던 성공의 미감에 다름 아니었다. 이어지는 기용의 말은 민식이 마음을 굳히는 데 결정적인 역할을 했다.

"올여름에 일본 맥주 다 빠진 거 알죠? 형네 엄마도 편의점 한다며? 거기 가봐요. 네 캔 만 원 하던 아사히 기린 삿포로 싹 다 빠졌다고. 일본 불매운동이 지금 우리한테 찬스 중에 찬스인 거지. 생각해봐. 일본 맥주 빠진 거기 뭐로 채울 거야? 카스? 하이트? 이 스티브의 에일 맥주가 그 자리를 차지하는 거라고."

"일본 불매운동…… 그거 오래갈까?"

민식이 마지막 의심까지 걸어보고자 이렇게 되물었고, 기용은 짜증난다는 듯 잔을 비우더니 세게 탁자에 내려놓았다.

"형. 우리가 무슨 민족이오. 독립운동은 못 해도 불매운동은 한다고 요새 난린 거 몰라? 대한민국이야. 대-한-민! 국! 야구고 축구고 한일전 몰라요? 지면 욕먹을 각오 해야 하는 거? 일본 맥주? 이제 마시는 사람 없다고! 형, 그렇게 안 봤는데 애국심이 빈약하시네."

"야, 뭐 거기에 애국심까지 나와. 나도 불매운동 하거든. 메비우스도 안 피운 지 오래야."

"그러니까 할 거요 안 할 거요. 내 형 요새 쫄린다길래 재기 발판 한번 딱 잡아드리는 건데 너무 재면 모양새 안 나와. 나 깐깐한 거 몰라요? 형이 한다던 있어 보이는 것들 내 다 반대했잖아. 그런데 이거 내가 추천하는 거 안 보여요? 야, 천하의 강민식이 기가 이리 죽은 거 첨 보네."

민식은 대답 대신 잔을 들어 보였다. 바텐더가 벌떡 일어나 새 잔을 채워 왔다. 민식은 다시 잔을 입으로 가져가 그 호박색 행운의 맛을 음미했다. 그는 잔을 내려놓고 기용의 뒤통수를 한 대 때렸다. 느닷없는 뒤통수 후리기에 인상을 쓰는 놈에게 민식이 엄중한 눈빛으로 답했다.

"마, 형 의심하지 마. 얼마 꽂으면 돼?"

대리를 불러 청파동 엄마네로 돌아온 민식은 차에서 내린 뒤 집으로 들어가려다 잠시 멈칫했다. 갑작스럽게 찾아온 것도 민망했고 무엇보다 엄마에게도 설득할 거리가 필요했다. 그렇다고 술을 안 마시는 엄마에게 에일 맥주라는 신상품이 있다고 드셔보시라 할 수도 없는 노릇이었다. 그때 그의 뇌를 강하게 때리는 아이디어가 낮은 감탄사를 불러일으켰고, 민식은 몸을 돌려 어딘가로 발걸음을 옮겼다.

편의점. 엄마의 편의점. 매장 반은 내 몫의 아빠 유산인 그 편의점. 기용은 에일 맥주가 이미 편의점에서 캔으로 판매되고 있다고 했다. 그렇다면 엄마의 편의점에서 들고 온 에일 맥주가 이 사업의 확장성을 실감나게 보여줄 수 있는 것이 아닌가!

밤 열한 시가 넘은 편의점은 손님 하나 없이 을씨년스러웠고, 입구의 때 지난 크리스마스트리만이 쓸쓸하게 반짝이며 민식을 반겼다. 그는 쓸쓸한 표정으로 문을 열고 들어갔다.

"어서 오세요."

굵직한 저음의 중년 사내 목소리를 뒤로하고 민식은 맥주가 진열된 냉장고로 향했다. 들어오다 얼핏 보니 야간 알바가 바뀐 듯했다. 동그란 인상의 남자에서 네모난 인상의 남자로. 그러자 두 달전 엄마가 새 야간 알바를 구할 때까지 편의점을 봐달라고 했던 게 떠올랐다. 참으로 가당찮은 제안이었다. 엄마가 여전히 나를 편의점 알바 자리나 때울 존재로 여긴다는 것에 화가 났던 기억도 났다. 사실 미안한 마음이 없는 건 아니었다. 차라리 엄마 말을 좀 들어주고 편의점 지분을 더 요구하는 게 영리한 선택이 아닐까도 생각했다. 하지만 밤의 편의점을 지키는, 사회에서 한발 밀려난 동그랗고 네모난 중년 사내들처럼은 한순간도 살 수 없었다. 민식은 이제 마흔이 된 40대 최고의 영계가 아닌가. 한 번 밀려나면 금세 미끄러지는 게 이 세상이다. 그는 술도가 사장이든 술집 사장이든 사장 자리 하나 꿰차고 인생 2막을 시작하고 싶었다.

맥주가 진열된 냉장고 앞에서 민식은 잠시 무엇을 사야 할지 망설였다. 일본 맥주가 빠진 자리엔 정체를 알 수 없는 나라의 맥주들이 이미 자리를 차지하고 있었고, 기용이 말한 국내 소규모 양조장에서 만든 맥주는 좀처럼 찾아보기 힘들었다. 그는 냉장고 문을 열고 눈을 크게 뜬 채 일렬횡대로 도열한 맥주를 살펴 겨우 유치한 한글 상표의 맥주 두 캔을 발견했다. '맥주산맥-소백산'과 '맥주산맥-태백산'엔 각각 '페일 에일'과 '골든 에일'이라 적혀 있었다. 민식은 소백산과 태백산 각 한 캔씩과 비교를 위해 칭다오 두 캔을 챙겨 계산대로 향했다.

계산대의 네모난 사내는 가까이서 보니 제법 덩치가 있었다. 곰 같기도 하고 곰 사냥에 나선 원시인 같기도 한 사내를 민식은 신기하게 바라봤다. 하긴, 이런 알바가 있으면 밤에 도둑 들 걱정은 없겠군. 민식은 원시인 같은 사내가 바코드 리더기로 더듬더듬 맥주를 계산하는 걸 보자 피식 웃음이 났다.

"우리나라 맥주 이거 좀 나가요?"

민식이 소백산 캔맥주를 들어 보였다.

"……딱히."

"이거 먹어봤어요? 맛 어때요?"

사내가 맥주 계산을 마치고 고개를 들어 민식을 응시했다.

"술…… 안 마셔서…… 모릅니다."

어쭈. 맥주 한 짝 같은 머리를 달고서 안 먹는다라……. 민식은 눈앞의 인간이 자신의 눈썰미를 시험하는 게 가소로웠다.

"그래요? 술 좀 드시게 생기셔서 물었는데, 알겠습니다."

"만 사천…… 원입니다."

"아니, 네 캔 만 원 아니에요?"

"이거, 우리나라 거…… 네 캔 만 원…… 안 돼요."

"뭐요? 그럼 네 캔 만 원이면 더 잘 나갈 수도 있겠네?"

"음…… 그거야 모르죠."

"하긴, 뭐 그런 거 아실 처지가 아니지. 알겠으니 비닐에 담아요."

그러자 사내가 가만히 민식을 응시한 채 꼼짝하지 않았다. 뭐지? 내가 무시해 기분이 나쁜가? 뭘 알바 주제에 그 정도 가지고. 그런데 사내가 떡하니 버티자 민식도 뭔가 이상함을 느꼈다. 사내의 각진 턱과 쭉 찢어진 눈초리에 살짝 긴장이 됐으나 기세를 올리기로 했다.

"뭐 해요? 비닐에 담아 어서 달라니까!"

"계산하셔야죠."

"아, 계산. 나 여기 아들이에요. 그냥 찍어놔요."

그제야 민식은 자신이 편의점 사장의 아들임을 밝히지 않았다는 걸 떠올렸다. 그런데 신분을 밝혔음에도 사내는 꿈쩍 않고 선 채로 그를 응시할 뿐이었다. 오호라, 나잇살 먹었다고 불편하다 이건가?

"왜? 일 안 해?"

이럴 땐 먼저 반말로 야코를 죽여야 한다. 하지만 사내는 여전히 꿈쩍도 안 했다.

"나 여기 주인 할머니 아들이라니까? 못 알아들어?"

"증명……해봐."

"뭐?"

"증명해보라고. 사장님…… 아들인 거."

"지금 반말했냐?"

"어. 너처럼."

"야 이 자식아. 너 사장님 못 봤어? 나랑 닮았잖아. 눈매며 매부리 코며. 안 그래?"

"안…… 그래. 안…… 닮았어."

사내는 느릿느릿 비꼬는 말투로 거부했고 민식은 당황했다. 심지어 큰 키로 내려다보는 사내의 매서운 눈빛에 위압감까지 느꼈다. 민식은 생각지도 않은 난감한 상황에 기가 찼지만 곧 차오르는 화를 발산해 한바탕해야겠다고 마음먹었다.

"씨발 놈아! 널 자르면 사장 아들인 거 증명될까? 내가 우리 엄마 한테 말해서…… 아니, 이 편의점 사실 내 거거든! 알아? 내가 너 당장 자를 수 있어. 아냐고?"

"당신 날…… 자를 수 없어."

"미치겠네. 뭐래 이 또라이가!!"

"날 자르면 당장…… 야간 알바…… 누가 할 건데?"

"그거야 널린 게 사람인데 구하면 되지, 잘릴 놈이 별걸 다 신경 쓰네."

"당신 나 못…… 잘라. 야간 알바…… 안 구해져. 당신이 이 일 할 리 없고…… 사장님 지금…… 아프셔."

"뭐라고?"

"맞아……. 사장님 그러시더군. 아들 하나 있는 게…… 엄마가 아파도…… 거들떠도 안 본다고."

"우리 엄마가 그랬다고? 허, 참."

"역시…… 모르지? 사장님 지금 며칠째 병원…… 통원하시는 거?"

"뭐야?"

"당신 어머니 요 며칠 계속…… 아프시다고. 그런 어머니 돌보진 못할망정…… 날 자르면 편의점 야간 일…… 어떡하려고? 또…… 엄마 시키려고? 사람이라면 그게…… 가능해?"

텅. 무언가가 민식의 몸속 어딘가에 낙하했다. 고통의 추가 내장을 관통해 바닥으로까지 그의 몸을 끌고 가는 게 느껴졌다. 민식은 엄마가 아픈 것도, 엄마가 자신에 대해 그런 식으로 남에게 말한다는 것도 몰랐다. 사내가 판결문 읽듯이 숨을 골라가며 진술한 말들이 무거운 추가 되어 민식을 심해의 어두운 곳으로 끌고 들어가는 듯했다.

"당신이 아들이면…… 이래서는 안…… 되잖아."

"으음…… 으으……."

"아무튼 아들로 증명이 안 됐으니…… 맥주랑 비닐은 줄 수가 없다고."

새빨개진 민식의 얼굴에 사내가 따박따박 원투펀치를 날렸다.

"씨발! 필요 없어!!"

민식은 사내에게 침을 뱉듯 외치고 편의점을 뛰쳐나갔다. 자신보다 덩치가 큰 사내가 무서워서는 아니었다. 부끄러워서였다.

한달음에 엄마의 빌라로 온 민식은 비밀번호를 누르고 집으로 들어갔다. 어두컴컴한 실내를 유일하게 밝혀주는 빛은 브라운관에서 나오는 트롯 경연 방송이었고, 엄마는 요란하게 꺾어대는 트롯 가락에도 아랑곳없이 소파에 웅크린 채 잠들어 있었다.

민식은 한숨을 쉰 뒤 마루 불을 켜고 엄마를 깨웠다. 그의 손이 어깨를 흔들자 그녀는 게슴츠레 눈을 뜨고 그를 바라보고는 겨우 상체를 일으켰다.

"어쩐 일이니?"

"엄마 아프다며? 그래서 달려왔지."

"……아픈 것보다 너 걱정에 골치야. 대체 어디서 지내다 기어들어온 거야?"

"에이, 만나자마자 또 잔소리는……. 후배네 있었어. 근데 어디

아픈 거예요?"

"감기몸살이지 뭐."

"아우. 그러니까 독감 주사 맞으랬잖아요. 보건소 가면 노인들 공짜라니까."

"끙."

염 여사는 민식의 말에 더 이상 대꾸 없이 주방으로 가 주전자에 보리차를 끓이기 시작했다. 민식은 어색한 분위기도 풀 겸 그런 엄마의 주변을 맴돌았다.

"어휴, 집이 왜 이렇게 썰렁해. 이러니 감기 걸리지. 보일러 좀 빵빵 틀어요."

"괜찮아. 너 들어오니 덜 춥네. 그래도 사람이라고 온기가 있나 보다."

"뭔 또 말이 그래. 이렇게 독설을 쏟아내는 선생님한테 학생들이 어떻게 배웠을까."

"보리차 주랴?"

"응."

민식이 식탁에 앉아 양말을 벗었다. 염 여사는 끓인 보리차 두 잔을 가져와 아무렇게나 양말을 벗어놓은 아들을 보며 혀를 찬 뒤 자리에 앉았다. 두 사람은 말없이 보리차를 마시며 자정으로 향하는 시간의 고요를 느껴야 했다. 민식은 엄마에게 어디서부터 말을 꺼내야 할지 난감했다. 편의점에서 에일 맥주를 가지고 와 보여주며 사업 설명을 시작해야 했는데, 그 산적 같은 놈이 어깃장을 부리는 바람에 일에 차질이 생긴 것이다. 어디서 굴러먹다 온 개뼈다귀인지 몰라도 짜증이 나는 놈이었고 생각하니 또 열이 오르기 시작했다.

"표정이 왜 그래?"

분이 오른 민식을 염 여사가 응시했다.

"엄마. 방금 내가 편의점에 다녀왔는데, 거기 그 산적 같은 덩어리 뭐야?"

"독고 씨? 야간 알바지."

"그 자식 그거 이상하던데…… 불손하고 아주 건방지더라고."

"편의점 알바가 무슨 백화점 직원도 아니고, 불손할 게 뭐 있다고?"

"일단 접객 자세가 안 되어 있더라고. 내가 사장 아들인 척 안 하고 있다가 계산할 때 그냥 달아두라니까 아들인지 꼭 확인해야 한다잖아."

그러자 염 여사가 코웃음을 터뜨렸고, 민식은 더 열이 받아 앞에 놓인 보리차를 들이켰다.

"독고 씨가 확인을 잘하더라. 철저히 하는 거지."

"그럼 뭐 해요? 아들 마음은 상하는데? 엄마, 그놈 자르면 안 돼요?"

"그럴까?"

"응. 나 그 새끼 마음에 안 들어. 분명 사고 칠 거라고. 나니까 참았지 취객한테 그래 봐. 아주 큰일 난다니까. 깽값 물어줘야 할 수

184

도 있다니까."

"이미 취객들 상대 잘한다고 소문났어. 오전에 동네 할머니들한 테도 싹싹하게 대하고. 그 사람 온 다음 매출이 오르고 있단다."

"손바닥만 한 편의점 매출이 올라봐야 얼마나 올라요! 아 그놈 자르고 말고 할 게 아니라 가게 이제 좀 팝시다."

"안 돼."

"왜?"

"내가 편의점 접으면 오 여사랑 독고 씨는 일을 잃는 거야. 두 사람은 이게 생계라고."

"휴. 엄마가 예수야? 교회 다니면 다 이웃 사랑에 목매야 해?"

"꼭 크리스천이어서가 아니라 그게 세상 염치라는 거다. 사장이면 모름지기 직원들 생계를 생각해야 하는 거라고."

"그깟 편의점 사장이 무슨 사장이에요."

"아들아, 니가 그러니까 사장이 못 되고 늘 잡다한 일만 벌리고 그러는 거야. 알겠니?"

"아, 또 설교는……. 암튼 가게 파는 건 둘째로 치고 그놈이나 잘 라요."

"안 돼."

"또 왜?"

"야간 알바는 귀해. 만약 네가 대신 한다면 자르마."

"엄만 왜 자꾸 아들한테 하찮은 일 시키려 그래? 아들이 편의점 알바나 하면 좋겠어?"

"직업에 귀천이 어딨냐. 요즘 최저시급도 올라서 야간 알바 꾸준히 하면 한 달에 2백 넘게도 받아 간다."

"어휴, 내가 말을 말지. 됐어요."

민식은 다시 보리차를 비웠다. 그럼에도 대화의 씁쓸함 때문인지 화가 가라앉지 않았다. 이대로 그냥 다시 집을 나가야 하나? 그는 벌떡 일어났다. 가게를 팔아 사업 자금을 마련하기는커녕 엄마에게 잔소리나 듣다 또 패잔병처럼 돌아가는 게 너무 싫었다. 시원한 냉수라도 마시고 엄마에게 말이라도 꺼내야겠다고 마음먹은 민식은 냉장고로 가 문을 열었다.

어라? 냉장고에서 찬물을 꺼내려던 민식은 엄마 집에 절대로 존재하지 않을 거라 믿어 의심치 않던 물건을 목도하고야 말았다. 그 물건은 바로 민식이 편의점에서 들고 오려던, 엄마에게 소개해 사업 제안을 유도하려던 바로 그 맥주였다.

'맥주산맥-소백산' 캔을 들고 그가 식탁으로 돌아왔다. 엄마는 그 모습에 흠칫 놀란 듯했지만 금세 표정 관리에 들어갔다. 민식은 캔을 따서 빈 보리차 잔에 맥주를 따랐다. 진한 에일 맥주 향이 그의 코를 간질였고 그는 이 절호의 기회를 이용해 엄마에게 제대로 어필을 해야겠다고 생각했다.

민식은 시원하게 한 잔 들이켰다. 캬아. 저녁에 마신 스티브의 맥주보다는 덜했지만 풍미나 진함은 확실히 기존 맥주와 달랐다.

"아, 맛있다. 이런 맥주를 다 갖다 놓으셨네."

"본사에서 신상이라고 추천해서…… 한번 맛을 봤더니 괜찮더라."

"아니 그럼 맥주 마셨단 말이에요? 엄마 그래도 돼?"

"어디 떠들진 말어. 난 일 때문에 마시는 거야. 상품이 뭔진 알고 팔아야 하잖니."

"아니 그럼 담배도 다 알아야 파나? 엄마 너무 허술하신 거 아뇨? 후후."

민식의 깐족거림에 염 여사가 미간을 찌푸리더니 보리차 남은 걸 마셔버리고 잔을 내려놓았다.

"흰소리 말고 따라봐."

아싸! 민식이 쾌재를 부르며 에일 맥주를 염 여사의 잔에 거품 가득 따랐다.

그로부터 한 시간 동안 민식은 엄마와 맥주를 마셨다. 냉장고에 있던 에일 맥주 네 캔을 모두 마신 것이다. 엄마와 마주 앉아 대작을 한 건 그의 생애 처음 있는 일이었다. 엄마가 술을 마신다는 것도 낯설었고 둘만의 대화가 지속된다는 것도 신기했다. 지난 몇 년간 민식은 엄마에게 늘 무언가를 요구했고, 엄마는 그것이 무엇이든 거부했으며, 대화는 더 이상 지속되지 못했기 때문이다. 그런데 지금 민식은 엄마와 적당히 취해 온갖 이야기를 나누고 있었다. 돌아가신 고집쟁이 아버지에 대한 회상을 하다가 헛웃음을 지었고, 얄미운 누나와 매형 흉보기에 같이 열중했고, 민식도 한때 다녔던 엄마의 교회 사람들 근황을 들었고, 충간소음으로 최근에 경찰을 부른 빌라 이웃들에 관한 이야기까지 두서없이 나누게 되었다. 엄마는 수다가 고팠던 듯 방언 터진 사람처럼 아들에게 털어놓았고, 민식은 또 민식대로 주변 사람들에 대한 엄마의 생각을 듣게 돼서 기분이 새로웠다. 아버지와 누나와 매형에 관해서는 그와 엄마의 생각이 정확히 일치했고, 교회와 이웃 사람들에 대해서는 다른 부분이 많았다.

엄마는 최근에 이혼하고 교회에 다시 나온다는 민식의 교회학교 여자 동기에 대해 이야기했다. 결혼 2년 만에 아이 없이 이혼한 것이 민식과 같다는 것을 강조하고는, 이번 주에 같이 교회에 가 인사라도 하자고 했다. 민식은 교회도 안 갈 거고 여자 동기도 안 만날 거라고 퉁명스럽게 답했다. 그러자 엄마는 입맛을 다시곤 술잔을 비웠다.

"내가 왜 그동안 술을 안 마신 줄 아니?"

"엄마 교회 다니잖아."

"내가 그렇게 꽉 막힌 줄 아니? 예수님이 처음 행한 기적이 잔칫집에서 포도주 모자라니까 물로 포도주를 만든 거였어. 술을 마시는 게 문제가 아니라 술 마시고 실수하는 게 문제인 거지."

"그러니까, 술 먹으면 실수를 하게 되죠. 아무래도."

"엄마는 안 그래. 술이 세거든. 결혼 전에 동료 남선생들이 그렇게 술을 먹이려고 하더라. 근데 난 잘 안 취해. 다만 맛이 없어서 못 먹겠더라고. 소주는 쓰기만 하고 맥주는 닝닝하고 포도주는 너무 달고…… 근데 이 맥주는 아주 좋더라. 향도 좋고 쌉싸래하면서 고소한 게 아주 괜찮아."

염 여사가 그렇게 말하곤 김 안주를 와작 씹었다. 순간 민식의 눈빛이 번뜩였다. 타이밍이다! 상대를 꼬실 수 있는 적절한 타이밍. 그는 숙련된 타이밍 감각으로 지금이 바로 엄마에게 양조장 사업에 대해 털어놔야 할 때라 느꼈다. 엄마가 이 맥주를 아주 좋아하고 있다. 게다가 본인은 안 취한다고 하지만 지금 적잖이 취기가 올라 보이는 게 사실이다. 이때 한잔 더 권하며 꼬드기면, 가게를 팔고 그 자금을 양조장에 투자하자는 민식의 계획에 엄마를 동참시킬 수 있을지도 모른다.

그런데 술이 없다. 민식은 우그러뜨린 빈 캔들을 보다가 편의점에 다시 다녀오기로 마음을 먹었다. 그는 휴대폰을 들고 엄마 옆으로 가 앉았다.

편의점에 득달같이 달려온 민식은 냉장고로 향했다. 에일 맥주 네 캔을 꺼내 들고 카운터로 가니 독곤지 독건지 하는 야간 알바가 보이지 않았다. 이놈은 또 어딜 간 거야? 정말이지 불편해 죽겠네. 민식은 카운터에서 비닐봉지를 챙겨 맥주를 담았다. 그때 컵라면을 얼굴까지 쌓아 올린 채 창고에서 놈이 나왔다. 민식은 짐짓 짜증을 내며 돌아봤다. 기척을 느낀 놈이 컵라면을 창가 테이블에 내려놓고 자신을 향해 다가왔다. 민식은 휴대폰을 꺼냈다. 자신을 사기꾼 보듯 살피며 다가오는 놈을 향해 민식이 휴대폰 속 사진을 들이밀었다.

"증명했지? 됐냐?"

5분 전 엄마와 함께 찍은 사진이었다. 적당히 취한 엄마와 민식이 얼굴을 맞댄 채 손가락 하트를 만들고 있는 사진을 놈은 한동안 바라보더니 고개를 주억거렸다. 회심의 미소를 짓고 나가던 민식이 순간 걸음을 멈추고는 물었다.

"이거 오늘 얼마나 나갔지?"

"오늘…… 처음이야. 사장님한테…… 발주 그만 넣으시라……
하려고."

"무슨 소리! 당신 이거 안 먹어봐서 그래. 사장님이 지금 맛있다고 더 가져오라고 했거든."

"장사는…… 내가 좋아하는 거…… 파는 게 아니야. 남이 좋아하는 거…… 파는 거지."

"남들도 좋아한다니까?"

"매출은…… 거짓말을 안 해."

"흥. 두고 보시지."

민식은 콧김을 뿜고는 편의점 문을 세게 밀고 나갔다.

집에 돌아와 보니 엄마는 식탁에 발그레한 얼굴을 묻고는 낮게 코를 골며 잠들어 있었다. 한동안 민식은 잠든 엄마의 모습을, 검은 머리보다 흰머리가 더 많은 조그마한 여인을 말없이 내려다보았다. 그러다 엄마를 들어 안방으로 향했다. 엄마의 몸은 가벼웠고 아들의 마음은 무거웠다.

민식은 엄마를 침대에 누인 뒤 식탁에 와 맥주를 땄다. 자신이 만들어 팔려는 이런 맥주, 엄마와 함께 먹은 첫 술, 자신을 재기하게 만들어줄 황금빛 술을 벌컥벌컥 마셨다. 온갖 상념과 회한을 맥주와 함께 털어버렸다.

좋은 밤이었다. 오늘은 엄마와 건배를 하고 이야기를 나누고 사진도 같이 찍었다. 오랜만에 느낀 가족의 온기였고 그걸로 충분했다. 편의점 처분과 투자 건은 내일 말하면 된다. 엄마도 좋아하는 맥주니 가능할 것이다. 엄마가 걱정하는 오 여사나 독곤지 독건지 하는 놈의 생계는 알아서 하라지. 오 여사는 겁을 주면 뒤로 물러설 것이다. 독곤지 독건지 하는 놈은 정체를 알 수 없으니 조사가 필요하다. 무엇보다 매출은 거짓말을 안 한다며 에일 맥주에 부정적인 놈을 그냥 둘 수는 없다. 발주니 뭐니 쓸데없는 말을 떠들어댔다가는 엄마를 설득하기가 더욱 힘들어질 것이다. 그러니 서둘러야 한다.

민식은 놈에 대해 조사하기로 했다. 어떻게 놈을 채용했는지 물어도 엄마는 웃기만 할 뿐 제대로 말해주지 않았고, 그래서 더욱 미심쩍었다. 수상한 놈이자 방해물이 분명하기에 치워버려야 한다. 그러려면 놈의 뒷조사부터 해야 한다. 뒤를 캐 일러바치면 윤리 의식이 강한 엄마는 틀림없이 놈을 내보낼 것이다. 민식은 용산에서 일할 때 친분을 쌓은 흥신소 곽 씨에게 날이 밝는 대로 연락을 취해야겠다고 마음먹었다.

남은 맥주를 마저 비우며 엄마 생각도 마저 했다. 다시 엄마와 잘 지낼 수 있을 것 같았다. 민식은 휴대폰을 꺼내 아까 엄마와 찍은 사진을 바탕화면에 띄워놓았다.

모자의 어설픈 손가락 하트가 사랑스러워 보였다.

폐기 상품이지만 아직 괜찮아

이럴 거면 차라리 편의점 알바를 하는 게 낫겠네. 편의점을 나와 서울역 방향으로 향하는 타깃의 뒤를 따르며 곽은 혼잣말했다. 하얀 파카를 입고 허우적허우적 걸어가는 타깃은 빙하가 녹아 갈 곳을 잃은 북극곰 같았다. 곽 자신 역시 북극에서 시력을 잃은 채 방황하는 늙은 에스키모가 된 기분이었다. 사흘째 타깃을 쫓고 있었지만 투자 대비 성과는 전혀 없었다. 이 추운 날 끊임없이 거리를 걷고 또 걷는 놈을 미행하자니 차라리 최저임금 8,590원을 받더라도 따뜻한 편의점 안에 콕 박혀 있고 싶어졌다.

곽은 다시 한번 강의 제안을 받아들인 것을 후회함과 동시에 갑갑함을 느끼며 마스크를 살짝 들었다가 내려놓았다. KF94 등급이라는 이 마스크는 황사 때도 안 쓸 정도로 갑갑했는데, 대체 세상이 어찌 되려고 이런 걸 다 쓰고 다니게 하나 당황스러울 따름이었다. 늙은 곽은 한숨을 쉬었으나 그 한숨조차 마스크 안에서 입 냄새로 돌아올 뿐이었다. 곽은 의지를 다지듯 목도리를 고쳐 매며 강과의 약속을 떠올렸다. '타깃의 정체와 구린 과거를 알아내라. 그 즉시 2백을 지급하겠다.' 강은 어느 날 굴러들어온 타깃이 모친의 편의점을 파는 것과 자신의 새 사업에 걸림돌이 된다며 서둘러달라고 했다. 곽은 강에게 착수금 백을 요구했다가 거절당했고 다시 협상을 거쳐 2백의 1할인 2십으로 합의를 보았다. 강은 곧장 ATM으로 가 카드 신용대출로 2십만 원을 뽑아 곽에게 건네며 말했다.

"서두르쇼. 성질나면 그 새끼 정체고 뭐고 동생들 풀어 확 쫓아낼 수도 있거든요."

말은 호기롭게 해도 자신을 고용한 걸 보면 강이 실제 그럴 것 같지는 않았다. 곽은 상당 기간 강을 보아왔기에 그의 허세를 앞에선 맞춰주고 뒤에서 비웃는 데 익숙했다. 사실 이 건 역시 곽에게는 자존심이 상하는 일이었지만, 한때 강이 허세와 운발로 한탕 할 때 떡고물을 얻어먹은 것도 있고 해서 수락한 것이었다. 어쨌거나 놀면 뭐 하나, 곽은 얼마라도 벌어 자금을 모아야 했다. 독립운동 자금도 아니고 범죄 자금도 아닌 노후 자금을. 환갑이 막 지나고 나서야 곽은 노후를 준비하기 시작했다. 이제 독거노인이 된 그로서는 남은 생을 기댈 곳이 지금부터 모아야 할 노후 자금뿐이기 때문이었다.

강으로부터 받은 정보는 타깃이 편의점 야간 알바를 하고 있으며 그저 '독고'라고 불린다는 것이 전부였다. 독고라니…… 제길.

독거노인인 자신을 놀리는 듯해 곽은 울화가 치밀었다. 아무튼 독고가 이름인지 성인지 알아내는 것부터가 그의 일이었는데, 저런 곰같이 둔한 놈 뒤를 캐는 것은 30년간 이 일로 배때기를 채우며 살아온 그에겐 누워서 떡 먹기일 줄 알았다. 그런데 타깃은 계속 걷기만 했다. 편의점을 나와 서부역을 지나 만리동 고개로 해서 애오개와 충정로를 거쳐 동자동 쪽방으로 돌아가기도 하고, 또는 후암동으로 가 용산고를 지나 해방촌과 보광동을 거쳐 이촌동과 용산역을 훑고 동자동 쪽방으로 돌아가거나……. 아무튼 서울역과 남산을 중심으로 무슨 지치지 않는다는 건전지 광고의 인형처럼 걷고 또 걸었다. 가뜩이나 몹쓸 전염병 때문에 마스크를 써야 해서 답답한데, 기나긴 산책 아닌 산책을 하자니 곽은 제풀에 지쳐버렸다. 그래서 지난 사흘간 반나절 정도만 쫓다 포기하고 원효로 원룸으로 돌아올 수밖에 없었다.

하지만 이제 더 미룰 수가 없다. 아침을 든든히 먹은 뒤 곽은 작정하고 오늘은 끝까지 타깃을 추적하기로 했다. 그는 노인 특유의 엉거주춤한 자세로 타깃과 자신 사이에 두 명의 행인을 두고 천천히 미행했다. 벌써 나흘째 쫓고 있지만 타깃은 전혀 곽의 존재를 알아차리지 못한 채 얼빠진 사람처럼 어슬렁어슬렁 걸을 뿐이었고, 그것이 다시 곽의 기운을 빠지게 만들었다. 오늘도 공치는 건가, 한숨지을 즈음 타깃이 방향을 틀어 서울역으로 들어갔다. 곽은 잰걸음으로 거리를 좁혀 놈이 올라탄 에스컬레이터의 끝자락에 몸을 실었다.

서울역에 들어서자마자 곽은 하얀 파카를 찾아 빠르게 시선을 돌렸다. 하지만 오늘따라 봄비는 역사는 두툼한 파카와 코트를 걸친 남녀로 가득했고 타깃의 큰 몸뚱어리조차 쉽게 찾을 수가 없었다. 목적 없이 거리를 헤매던 놈이 이렇게 건물 안에 들어온 건 특별한 이유가 있어서다. 벌써 나갔을 리 없다. 분명 내부에 있다. 곽은 역사 내부를 둘러보며 놈이 갈 만한 곳을 찾아 돌아다녔다. 프랜차이즈 햄버거 집과 편의점 안을 살피고 공중화장실에도 들어가 보았지만 놈을 발견하지 못한 곽은, 혹시 기차를 이용하려 티켓을 끊는 게 아닌가 하는 생각에 티켓 부스로 향했다.

그때 역사 중앙에 자리한 TV에서 대구 지역에 코로나19 집단감염이 발생했다는 속보가 들려왔다. 곽은 자기도 모르게 멈춰 설 수밖에 없었다. 잠시 기승을 부리다 사라질 줄 알았던 이 전염병이 걷잡을 수 없이 확산되어 마스크 사재기가 벌어지고 있다는 뉴스에 곽은 남은 마스크가 몇 개인지 떠올리며 몸서리를 쳤다. 면역에 약한 당뇨병 환자인 그로서는 노인들과 기저 질환자들에게 치명적이라는 신종 전염병의 소식이 당장의 임무 못지않게 중요하지 않을 수 없었다.

한창 뉴스에 몰입해 있던 곽은 어느 순간 TV 뒤에 앉아 웅성이는 노숙자들 사이에 하얀 파카를 깔고 앉은 타깃을 발견했다. 옳거니! 곽은 자신의 구형 폰을 꺼내 전화를 거는 척하며 노숙자들 사이에서 활발히 떠들고 있는 타깃을 촬영했다. 구형 폰은 '찰칵' 소리 없이 조용히 놈을 담았고, 놈의 정체를 증명할 증거 중 하나로 강에게 보내질 터였다. 아울러 서울역을 좀처럼 떠나지 않고 주변을 배회하는 것에서 놈이 노숙인 출신이 아닐까 예상했던 자신의 추리가 맞았다는 것에 고무되었다.

곽은 TV 뒤에 모여 있는 타깃과 노숙자들을 향해 천천히 발걸음을 옮겼다. 슬쩍 살펴보니 노숙자들은 편의점 도시락을 먹으며 타깃과 함께 이야기를 나누고 있었다. 거지 소굴 같은 광경이었지만 왠지 정감이 가는 모습에 곽은 자기도 모르게 빠져들어갔다. 그때였다. 타깃이 일어나 하얀 파카를 다시 입고 노숙자들에게 손을 흔든 뒤 발걸음을 내디뎠다. 서울역 광장 쪽으로 나가려나 보다. 곽은 서둘러 노숙자들을 향해 몸을 숙이고 다가가 자리에 앉았다. 노숙자들은 다시 도시락에 집중하려다 접근해 온 그에게 경계의 눈빛을 내비쳤다. 곽은 과거 형사 시절 취재원들을 갈굴 때의 표정과 눈빛을 재현하며 가짜 경찰 공무원증을 내보였다.

"떠들지 말고 묻는 말에만 답해. 알겠어?"

마스크를 파고드는, 그들에게서 풍기는 고약한 냄새를 참으며 곽이 윽박질렀다. 그들은 겁을 먹은 건지 원래 그런 건지 모를 표정으로 곽을 응시하며 손으로는 젓가락질을 해댔다.

"방금 저 하얀 파카 입은 사람 누구야? 니들 친구야?"

"치…… 친구 아냐."

첫 번째 노숙자가 말했다.

"그럼 누구야?"

"……동료……다."

두 번째 노숙자가 말했다.

"쟨 지금 노숙자 아니잖아? 과거에 노숙자였다는 거야?"

"몰라. 그냥 와…… 밥 사줬어."

세 번째 노숙자가 말했다.

"모르는 사람이라고? 근데 왜 니네 밥 사줘?"

"나쁜 놈이네."

세 번째 노숙자가 말했다.

"뭐라고? 니들 밥 사준 놈 나쁜 놈이라고?"

"아니…… 당신……."

두 번째 노숙자가 말했다.

"이 자식들이 보자 보자 하니까 야, 이 새끼야!"

낮게 으르렁거리자 두 번째 노숙자가 움찔했다.

"도시락…… 맛있다."

첫 번째 노숙자가 젓가락으로 밥을 뜨며 말했다. 젠장. 이들과의 대화는 확실히 무리였다. 서둘러야 했다. 곽은 수사가 실패로 돌아간 것을 받아들이고 자리에서 일어났다. 그때 세 번째 노숙자가 입술을 씰룩이며 무언가를 땄다. 소주가 아닌 음료수였다. 그러자 첫 번째 노숙자와 두 번째 노숙자도 음료수를 땄다. 눈여겨보니 옥수수수염차였다. 노숙자 셋이 건배를 하더니 옥수수수염차를 병나발 불었다. 뭐지? 기이한 광경을 뒤로하고 곽은 서둘러 타깃을 뒤쫓아 갔다.

역사를 빠르게 가로질러 서울역 광장으로 향하는 에스컬레이터에 몸을 실은 곽은 마침 지하도로 들어서는 하얀 파카를 발견했다. 곽이 계단으로 달려 내려가는 사이, 놈은 티켓 자동판매기에서 표를 끊은 뒤 지하철 1호선으로 진입했다. 곽도 서둘러 뒤를 따랐다.

청량리 방면 1호선에 탄 타깃은 문 옆에 선 채 창밖으로 보이는 검은 어둠만을 응시했다. 곽은 맞은편 좌석에 앉아 언제든 따라 내릴 준비를 한 채 놈을 지켜보았다. 한산한 내부는 1호선 특유의 쿰쿰한 냄새만 빼면 괜찮았고, 따뜻한 히터 바람이 사람을 노곤하게 만들어주고 있었다. 대다수 승객들은 마스크를 쓴 채 낮은 숨을 내쉬고 있었고, 마스크를 쓰지 않은 사람들 역시 입을 다문 채 고개를 숙이고 있었다. 곽은 객실이 병동 같다고 느꼈고, 씁쓸한 한숨을 내쉬다 다시 한번 자기 입 냄새만 맡아야 했다.

지하철이 시청역에 멈췄을 때 50대 중반의 두툼한 코트를 입은 사내가 마스크 없이 맨 입으로 통화를 하며 들어왔다. 그는 붉은 혈색과 코트 사이로 튀어나온 똥배를 자랑하며 곽의 맞은편에 앉아 한바탕 수다를 떨기 시작했다.

"그러니까 남양주에 5천 넣고 횡성에는 남은 거 쪼개 하나하나 넣고…… 아니 이 사람아 잘 들어 남양주에 5천이라니까, 그리고 횡성은 내가 어제 보낸 그 주소마다 가서 직접 확인하고…… 그렇지. 거기가 물건이 좋다니까…… 응응……."

사내는 대형견이 짖듯 큰 목청으로 통화하며 지하철 안을 자신의 사무실로 만드는 재주가 있었다. 오죽하면 곽이 횡성의 그 물건이 뭔지 알아보고 싶을 정도였다. 아무튼 객실 안 모두가 사내의 우렁찬 목소리에 불편한 표정이 될 즈음 통화가 종료되었다. 그런데 그는 다시 버튼을 누르더니 어딘가로 또 전화를 거는 것이 아닌가? 사내는 콧노랜지 콧방귀인지를 내뿜다가 통화가 연결되자 다시 걸걸한 목소리를 터뜨리기 시작했다.

"어. 오 상무. 어때? ……그래그래……. 이번 주말 필드 가는 거지? 레이크 파크? 에이 뉴 컨트리 가자. 뉴 컨트리 내 거기 꼭 가야 할 이유가 있어……. 그래……. 그니까 레이크 파크는 봄에 가자고, 봄에. 이번엔 뉴 컨트리로 오케이? ……좋아 내가 밥도 사고 그것도 사고 응……. 크흐……."

사내의 수다는 끊이지 않았고 곽 역시 들을 수밖에 없는 통화 소음에 신경이 다 곤두섰다. 곽은 사내를 흘기던 시선을 타깃에게로 돌렸다. 그런데 타깃도 앉아 있는 사내의 정수리를 내려다보고 있는 것이 아닌가?

사내가 껄껄대며 통화를 마친 뒤 다시 또 어딘가로 전화를 걸려는 찰나, 놀랍게도 타깃이 사내 옆 빈자리에 털썩 앉았다. 사내가 기척을 느끼고 돌아보자 타깃은 작은 눈을 더 가늘게 뜬 채 그를 똑바로 바라보았다.

"그래서…… 어디 가기로 했어요?"

황당하다는 듯 사내는 눈을 똥그랗게 뜨고 타깃을 쳐다보았다.

"뭐? 뭐요?"

"레이크 파크…… 갈 거예요? 뉴 컨트리 갈…… 거예요?"

타깃이 이번엔 골프 스윙하는 시늉을 하며 사내에게 물었다.

"뭐야? 당신 뭔데? 그런 걸 왜 물어?"

사내는 타깃의 뚱딴지같은 질문을 날리려는 듯 큰 목청에 힘을 더했다.

"왜 남의 통화는 듣고 쓸데없는 질문을 하는 거야? 너 미친놈이야?"

"들리니까."

타깃이 무 자르듯 말했고 그 단호함에 잠시 사내가 멍하니 그를 바라보았다. 어느새 곽은 물론 객실 내 모두가 둘을 주목했다. 진공 상태가 된 듯 사위가 조용해졌다. 타깃은 광대뼈를 씰룩이고는 사내를 쏘아보며 말을 이어나갔다.

"당신이 이번 주말…… 어느 골프장 가는지 관심…… 없었는데 너무 크게 떠드니까…… 궁금해지잖아. 나는…… 음…… 레이크파크가 봄에는…… 더 좋아. 봄에 거기 가도록 해. 그리고…… 맞아, 횡성에 반반 넣으라는 데는…… 어디야? 거기 평창올림픽 때 길 뚫려…… 많이 올랐다며? 당신이…… 아까 그랬잖아. 맞지?"

타깃은 듣기평가 숙제를 해 온 학생처럼 말을 끊어가며 조곤조곤 물었다. 사내는 얼굴이 붉어진 채 손을 오므리며 어찌할 바를 몰랐다. 큰 덩치의 타깃이 자꾸 들이대자 놈은 부담이 되는지 난감한 표정으로 주위를 살피며 도움을 구했다. 하지만 주위 사람들은 물론 곽 역시 쌤통이라는 표정만 지을 뿐이었다. 사내는 우군이 없다는 것을 깨달았는지 난처해하며 혀를 찼다. 그때 종로3가에 정차한다는 안내 방송이 나왔다.

"거, 오랜만에 지하철 탔더니 미친놈을 다 만나네."

사내는 툭 던지듯 말하곤 일어나 출입문으로 향했다. 그때였다. 타깃도 일어나 그의 옆으로 다가갔다.

"뭐, 뭐야?"

사내가 진절머리를 냈다.

"나도…… 내려. 그니까 그 횡성 땅 좀 가면서…… 알려주지. 당신이 궁금하게 해서…… 잠이 안 올 거…… 같다니까."

"아우 진짜……."

"웅. 진짜…… 같이 내린다니까."

"아이 씨! 내리든 말든!"

"근데 왜…… 마스크 안 해? 입 냄새 나서…… 못 하는 거야?"

순간 지하철 안 사람들의 웃음소리가 마스크 밖으로 터져 나왔다. 사내는 얼굴이 붉어진 채 코트 주머니에서 구겨진 마스크를 꺼내며 원망스럽다는 듯 주위를 돌아봤다.

"씨발! 떠들어 미안하다! 됐어?"

사내는 그렇게 일갈하고 문이 열리자마자 튀어 나갔는데, 곧 타깃 역시 그를 뒤따라 나갔다. 곽도 자리에서 일어나 출입문으로 향했다. 사람들이 킥킥대는 소리를 뒤로하고 지하철에서 내린 곽은 타깃의 등을 보며 천천히 걸었다. 타깃의 앞에는 걷다가 뒤돌아 타깃을 확인한 후 질겁해 달려가는 사내가 보였다. 그 모습을 보자니 통쾌했다. 고얀 놈 누가 지 사생활을 듣고 싶다고 공공장소에서 그리 떠들어대나. 나이와 덩치만 믿고 까불더니 더 무지막지한 놈이 나타나니까 줄행랑을 치는구나.

사내가 출구 계단으로 올라가버리자 타깃은 그를 쫓기를 멈추고 환승 구간으로 몸을 돌렸다. 3호선으로 갈아타려는 듯했다. 곽은 타깃이 지나가길 기다린 뒤 다시 미행을 하며 상황을 정리했다. 사내는 타깃에게 미친놈이라고 했지만 곽이 보기엔 아주 경우가 밝고 요즘 사람 같지 않게 의협심이 있는 것으로 보였다. 또한 골프장에 대한 정보를 가지고 있으며 부동산에도 관심이 있었다. 물론 골프장 정보와 횡성 땅에 대한 관심은 사내에게 따져 묻기 위해 지어낸 걸 수도 있다. 하지만 곽의 촉에 의하면 타깃의 말투와 행동은 충분히 골프장을 애용하고 부동산 투자에도 익숙한 것으로 보였다. 지금은 비록 노숙인의 친구이고 편의점 야간 알바에 불과하지만 과거 한때 돈 좀 쓰던 시절이 있었다는 추론이 가능했다. 게다가 3호선은 강남으로 가는 노선이 아닌가……. 타깃이 내리는 역에 도착하면 그의 정체가 한 꺼풀 더 벗겨질 것이었다. 곽은 긴장을 놓지 않은 채 타깃의 뒤를 따라 3호선 환승 플랫폼 오금행 방면에 섰다.

타깃은 압구정역에서 내렸다. 현대고등학교 쪽으로 나와 걷기 시작한 그를 보는데 갑자기 불어온 차가운 바람에 곽은 얼른 목도리를 움켜잡았다. 이러다 감기라도 걸려 골병들면 남는 거나 있을는지……. 자신도 모르게 푸념을 하는데 이에 반응하듯 타깃이 멈춰 섰다. 녀석이 고개를 들어 한 건물을 살피곤 생각에 잠긴 듯 미동이 없었다. 그러다 불쑥 곽을 향해 고개를 돌렸다. 곽은 잽싸게 몸을 숙여 신발 끈을 매는 척했다. 고개를 숙인 채 잠시 눈치를 보다가 살피니 건물로 들어가는 녀석의 하얀 파카 끝자락이 꼬리처럼 시야에 들어왔다.

곽은 잰걸음으로 다가가 건물 앞에 섰다. 세련된 노출 콘크리트로 된 5층 건물은 전체가 병원이었다. 사람들의 눈 코 입 턱 등을 재배치해 돈을 번다는 성형외과였다. 곽은 쾌재를 불렀다. 타깃이 성형을 위해 이곳을 찾았을 리는 없다. 고로 이 병원을 캐면 타깃의 어떠한 과거 혹은 현재의 목적을 알 수 있을 것이다. 형사 시절부터 좋았던 촉이 발동하자 곽은 짜릿한 기분을 느낄 수 있었다. 최소한 타깃은 이곳에서 일했거나 이곳에서 일하는 누군가를 찾고 있을 것이고 이제 필요한 것은 하나다. 곽은 건물 옆 프랜차이즈 커피숍 창가에 자리를 잡은 뒤 형사 시절 자신의 또 다른 장점이었던 잠복을 개시했다.

따뜻한 아메리카노 한 잔을 다 마시기도 전에 타깃이 건물에서 나왔다. 잠복 실력을 발휘하기도 전에 놈은 무표정한 얼굴로 다시 지하철역을 향해 걸었고, 곽은 잠시 고민한 뒤 남은 커피를 비우고 자리에서 일어났다. 오늘 타깃을 쫓는 건 이걸로 족하다. 그는 커피숍을 나와 타깃이 이십여 분간 머문 성형외과로 향했다.

곽의 청년 시절엔 면허 없이 운전을 하는 경우가 많았다. 가짜 면허증을 가지고 다니던 친구 녀석도 생각난다. 이유는 간단하다. 운전을 잘하면 사고를 안 내고 그럼 걸릴 위험도 적기 때문이다. 즉 면허가 없어도 그 면허에 준하는 실력과 풍모가 있다면 어느 정도는 먹어준다는 것. 곽은 그동안 자신의 가짜 경찰 신분증을 그렇게 활용했다. 불미스러운 일로 옷을 벗어야 했지만 곽은 지금도 뼛속까지 스스로를 경찰이라 여겼다. 그런 그에게 성형외과 데스크 직원을 속이는 건 그리 어려운 일이 아니었다.

예상보다 더 화려하고 깔끔한 로비에 살짝 긴장했지만 곧 곽은 데스크에 경찰 신분증을 보인 뒤 방금 왔다 간 사내가 사건 참고인이기에 행적을 조사해야 한다며 이것저것 물었다. 하지만 데스크 직원은 아무것도 모른다는 말만 반복하며 주름 하나 없는 얼굴로 맞섰다. 생각보다 뻣뻣한 그녀에게 곽은 심각한 표정으로 영장을 발부해 다시 올 수도 있다고 힘주어 말했다. 그러자 그녀가 미간을 찌푸리더니 그 사람은 원장님을 만나고 갔을 뿐이고 자신은 아무것도 알지 못한다는 말만 반복했다. 곽이 원장까지 만나야 하나 잠시 고민하는데 50대 초반의 사내가 코트 차림으로 나오다가 그를 매섭게 훑는 것이 아닌가? 곧바로 데스크 직원은 선생님에게 고자질하듯 그에게 경찰이 왔다고 말하며 곽을 가리켰다. 키도 크고 머리도 큰 원장이 오른쪽 광대를 실룩이며 다가왔다. 원장은 곽을 위아래로 기분 나쁘게 살피고는 대뜸 따라오라며 몸을 돌려 원장실로 향했다. 좋아. 이렇게 된 거 제대로 알아내자는 마음으로 곽은 그를 뒤따라갔다.

응접 테이블 앞에 앉아 먼지 하나 없이 깔끔하고 세련된 원장실을 살피자니 긴장이 돌았다. 원장은 일부러 곽을 기다리게 하다가 직원이 음료를 내오자 그때서야 테이블을 사이에 두고 마주 앉아 가늠하듯 곽을 바라봤다.

"어디 소속이시라고요?"

"용산서 지능범죄팀입니다."

곽이 신분증을 슥 꺼내 보였는데 원장은 그걸 쳐다보지도 않고 어딘가로 전화를 걸었다. 곽은 자기도 모르게 침을 꿀꺽 삼켰다. 곧 원장은 누군가와 통화를 하더니 곽의 이름을 다시 물었다. 어라, 이게 아닌데……. 어쩔 수 없이 신분증의 가명을 다시 발음하고 나자 이마에서 식은땀이 나는 게 느껴졌다. 원장은 찢어진 뱀눈으로 곽을 바라보며 휴대폰 너머 사람에게 곽의 가짜 이름을 댔다.

잠시 후 원장이 휴대폰을 내려놓고는 미소를 머금었다.

"용산서 지능범죄팀엔 그런 사람 없다는데요?"

"그럴 리가요. 다시—."

"지능범죄는 그쪽이 저지르고 계신 거 아닌가?"

원장이 상체를 뒤로 젖히곤 느긋한 포즈로 곽을 응시했다. 조사를 하려다 순식간에 주도권을 빼앗기고 오히려 조사를 당하고 있다. 보통이 아닌 놈을 만나 망신을 당할 판이다. 어쩌지? 이제는 알아서 기라는 듯 내리깔아 보는 원장의 모습에 곽은 가까스로 기운을 냈다. 자신의 나이 정도 되면 자연스레 장착하게 되는 뻔뻔함을 발휘하기로 한 것이다.

"전직 경찰입니다. 내 간절한 일이 있어 거짓부렁을 좀 했는데 이해 바랍니다."

"얼마나 간절한지 모르겠지만 당신 지금 경찰 사칭하다 걸린 거야. 어쨌거나 간절하게 한번 해명을 해보시지."

"방금 원장 당신이 만난 남자 말이요. 그 남자는…… 내 조캅니다. 한동안 실종됐던 녀석을 찾다가 이제 만났는데…… 녀석이 내게 지난 일들을 통 함구하는 바람에, 어떡하든 알아내려다 보니 이리 됐군요."

원장은 거짓말탐지기라도 탑재한 듯 고개를 까딱이며 곽의 말을 저울질했다. 그러다가 입맛을 다시고 곽을 노려보았다.

"상담 환자들이 말을 번복하는 경우가 있어서 말이야, 이 방은 모든 게 녹음되고 녹화되고 있어. 당신이 경찰 사칭한 증거는 이미 확보됐다는 거지. 그러니까 거짓말 꼬리 그만 물고 정직하게 말하지 그래. 마지막 기회야."

원장은 곽의 정체와 거짓말이 탄로 나자마자 반말을 지껄이며 잡아먹을 듯 굴었다. 고약하고 집요한 놈이었다. 뱀 앞의 개구리 꼴이 된 곽은 빠른 투항만이 답이라는 걸 깨달았고, 그래서 자신은 흥신소를 운영하고 있으며 의뢰를 받아 아까 그 사내에 대해 조사 중이라는 사실을 밝혔다. 텅 빈 정수리가 다 보이게 깊이 고개를 숙이고 죄송하다는 말까지 덧붙이면서.

어느 지점에서 받아들여졌는지 모르겠지만 원장의 표정이 평온해졌다. 그는 관대함이 넘치는 법관이라도 되는 듯 송구한 표정을 짓고 있는 곽을 향해 말했다.

"흥신소가 아직도 있군. 어르신, 그래서 알아낸 게 뭐야?"

"그건…… 아직 별로 없습니다. 서울역에서 노숙자들과 친분을 나눴다는 것 정도와 이 병원에 찾아온 게 전붑니다."

"당신은 무능하군. 그럼 쓸모가 없어질 텐데…… 나한테 쓸모가 있어야 봐줄 텐데. 쯧."

원장이 자신을 쥐어짠다는 걸 알았지만 곽은 저항할 수 없었다.

"아, 지금 타깃은 편의점에서 일하고 있습니다. 청파동의 한 편의점에서 밤새 야간 알바 일을 하고 낮에는 서울역과 용산 일대를 그저 배회할 따름입니다. 한마디로 넋이 좀 나간 사람입니다."

"편의점에서 밤새 야간 알바라…… 으흐흐 으히히히히."

원장이 진짜로 웃었다. 얼굴이고 말이고 모든 게 갑옷으로 두른 것 같은 놈이 처음으로 날것 그대로의 모습을 드러내고 있음에 곽은 주목했다. 그 틈새를 파고들면 오늘의 망신을 모면하고 반격의 기회도 노릴 수 있을 것 같았다. 바람 새는 웃음을 내뱉던 원장이 갑자기 웃음을 멈추고 곽을 응시했다.

"편의점이라 웃기긴 한데…… 처리하긴 불편하네. 아, 혹시 당신네 흥신소는 사람 처리도 하나?"

"처리라니 무슨 말씀이신지……."

"못하나 보군. 그럼 놈이 어디 사는지 알아봐. 주로 가는 곳과 혼자 있는 곳도. 알아내면 내 사례하지."

"사례라면 어떤 사례를 말씀하시는지……."

"당신 죄를 안 묻는 거지."

"고, 고맙습니다."

원장은 고개를 끄덕이고 곽에게 대뜸 전화기를 달라고 했다. 곽이 구형 폰을 건네자 원장은 폴더를 열고 어딘가로 전화를 걸었다. 잠시 뒤 책상 서랍 어딘가에서 진동 소리가 들렸고, 원장이 대포 폰으로 보이는 휴대폰을 꺼내 들어 보였다.

"사흘 안에 전화해. 잠수 타면 곤란할 거야. 그 자식 처리할 때 당신도 가만 안 둘 수 있어."

곽은 떨리는 입술로 알겠다고 대답한 뒤 일어나 인사를 하고 돌아섰다. 한시라도 빨리 이곳을 뜨고 싶었다. 사자 굴인지도 모르고 허세를 떤 자신의 어리석음에 치가 떨렸다.

문으로 향하는데 "잠깐"이라는 목소리가 그의 덜미를 잡아 세웠다. 곽은 표정 관리를 하며 돌아섰다.

"당신한테 그 자식 정체 파악하라고 의뢰한 자는 누구지?"

"그건…… 의뢰인에 대해 밝히는 건 직업상 기밀이라…… 어렵겠네요."

곽은 애써 숨을 고르며 직업 정신을 발휘했다. 그의 마지막 남은 자존심이었다. 원장은 다시 한번 바람 새는 웃음을 터뜨리며 조롱기 담긴 눈으로 곽을 바라보았다.

"의뢰인이 누군진 몰라도 그 자식 없어지는 걸 바란다면 곧 이뤄질 테니 걱정 말라 그래. 그러니 당신은 굿이나 보고 떡이나 먹어. 얼마 뒤 그 친구가 사라지면 당신이 처리했다고 하고 의뢰인에게 잔금이나 요구하라고."

병원을 나와 정신없이 걷다 보니 동호대교 밑이었다. 곽은 계단을 지나 다리 위를 걸었다. 칼바람이 그의 얼굴을 세차게 때렸고 강의 남쪽에서 북쪽까지는 한없이 멀어 보였다. 곽은 잠시 멈춰 선 채 강을 내려다보았다. 검푸른 강물은 거역할 수 없는 시간의 흐름처럼 서서히 움직이고 있었다. 곽은 문득 그 흐름에 합류하고 싶다는 생각이 들었다. 뛰어내릴까? 자기 하나 사라져도 변할 것 없는 세상이다. 무능력하고 쓸모없어진 자신이 앞으로 당할 멸시와 천대를 방금 전 병원에서 영화 예고편 보듯 경험했다. 치욕스러웠다. 곽은 지갑에서 신분증을 꺼냈다. 가짜 신분증은 40대 전성기 경찰 시절 그의 얼굴을 담고 있었지만 이제는 구차하고 억지스러운 거짓부렁에 지나지 않았다.

그는 자신의 몸뚱어리 대신 신분증을 한강으로 추락시키고 나서야 발걸음을 뗄 수 있었다.

강북으로 올라온 곽은 종로의 한 대형 서점에서 몸을 녹이다 저녁 시간에 맞춰 약속 장소로 나갔다. 낙원상가 부근의 갈매기집에서 오랜 친구인 황을 만난 곽은 묵묵히 소주를 마셨다. 하루 일하고 하루 쉬는 아파트 경비원으로 일하는 황은 침울한 곽에게 흥신소 일 따위 그만두고 경비원이라도 하라고 말했다. 가끔 갑질을 당해 기분이 잡칠 때도 있지만 늙어가며 할 만한 일로 이것만 한 게 없다고 했다.

설득당할 뻔했다.

하지만 소주가 세 병을 넘어가자 그때부터 취기 어린 황의 푸념이 고기 맛까지 달아나게 만들었다.

"씨발. 나 곧 들어가야 해. 자고 새벽 별 보며 출근해야 하거든…… 요새는 술이 안 깨서…… 씨발…… 나, 일찍 자야 한다고…… 격일제 근무, 이거 노인네가 할 게 못 돼."

"힘들면 좀 쉬지 그래."

"……이거라도 나가야 달에 백오십이라도 가져가지…… 내가 돈도 못 벌면 마누라가 밥이나 해주겠나. 젊어 빠릿빠릿하게 돈 벌 땐 잘해주더니…… 이제 이 모양 되니 키우는 개만도 못한가 봐. 차라리 자네처럼 황혼 이혼이라도 시원하게 하는 게 낫지 원."

"그래서 내가 행복해 보이나? 혼자 있으니?"

"그으럼. 그럼…… 친구야. 우리가 늙었다고 이런 취급을 당하면 쓰겠나? 나라를 일구고 살림을 일으킨 게 우린데…… 왜 이제는 찬밥 신센 거냐고? 자식 놈들은 전화 한 통 없고 세상은 우릴 폐기물 보듯 하고 웅?"

"그럴 리가."

"야. 너 경비원이 하는 일이 뭔지 알아? 우리 하는 일 중 하나가 쓰레기 분리수거야. 온갖 음식물 쓰레기에 코가 다 썩는데…… 그 쓰레기통을 또 내가 물청소해야 해. 아주 더럽다고. 그게 다가 아냐. 너 재활용품이랑 폐기물이랑 어떻게 다른지 알아? 모르지? 근데 폐기물을 재활용품이라 우기며 갖다 두는 놈들이 있어. 폐기물 스티커 붙여서 내놓으라 하면 어디 경비가 따지냐며 날 폐기물 보듯 한다고. 그럴 땐 그냥 놈을 쓰레기통에 확 처넣고 싶은데 말이야, 쌍."

황의 주정 데시벨이 올라갔고 옆자리 손님들의 시선이 느껴졌다. 황의 삐걱대는 소리는 스스로가 폐기물임을 증명하는 듯했다. 곽은 기름칠이라도 하듯 그에게 소주를 따라주었다. 잔을 비우고 황이 다시 가족과 세상에 대해 떠들어대기 시작했다. 거참, 목소리는 또 왜 이리 큰지.

더 이상 참기 힘들어진 곽은 황의 어깨에 손을 올리고 세게 눌렀다. 황이 떠들기를 멈추고 곽을 올려다보았다.

"가족들이 널 싫어한다고 그랬지?"

"그렇다니까…… 왕따야…….."

"안타깝네. 근데 내가 니 자식이라도 그럴 것 같아. 너처럼 떠들어대면 누가 좋아하겠니?"

"이 자식 보게, 이거. 내가 내 입으로 떠들지도 못하냐?"

눈을 치뜨고 따지는 황을 보며 곽은 짧은 한숨을 내뱉고 되받아쳤다.

"뭘 떠드는데? 뭘 알고 떠들어? 니가 요즘 애들처럼 공부를 많이 했어? 아니면 책을 많이 읽었어?"

"야! 내가 산전수전 겪으며 살아온 게 있는데, 그 따위 공부가 뭐 대단하다고! 진짜 너 왜 젊은것들 편만 들어? 자식들이 뭐라던? 너 대체 누구 편이야?"

"나? 입 닥치고 조용한 쪽 편이다. 잘 들어. 이놈아, 우리같이 돈도 힘도 없는 노인들은 발언권이 없는 거야. 성공이 왜 좋은 줄 아나? 발언권을 가지는 거라고. 성공한 노인들 봐. 일흔이 넘어도 정치하고, 경영하고, 웅! 떠들어도 밑에 젊은 놈들이 경청한다고. 걔들 자식들도 충성하고. 근데 우린 아냐. 우린 망했잖아. 그런데 떠들긴 뭘 떠들어!"

"씨발. 그래. 인정. 망했지, 못났고…… 그럼 못난 놈들끼리 모여서 떠들면 되잖아! 광화문 나가서 다 함께 말이야! 야 이 자식아, 너 이혼했다고 너무 의기소침할 거 없어! 나랑 같이 이번 주말에 광화문 나가서 신나게 소리나 한판 질러보자! 어때?"

곽은 부끄러웠다. 친구가 부끄러웠고 별다를 바 없는 자신도 부끄러웠다. 그는 자리에서 일어나 옆에 놓인 황의 마스크를 들어 자신을 올려다보는 황의 입에 다짜고짜 씌웠다. 입 닥치라고. 광화문 가서 코로나나 걸리지 말라고.

계산을 하고 자리를 뜨는 곽의 뒤로 황의 악담이 들려왔다. 얼마 안 남은 친구가 그렇게 하나 줄어들고 있었다.

황과의 질 나쁜 술자리 때문이었을까, 아니면 낮에 성형외과 원장에게 당한 치욕 때문일까, 곽은 좀처럼 집으로 향할 수가 없었다. 집이라고 해봐야 차가운 냉골 원룸에 어둠뿐인 공간이다. 창밖으로 불빛이 비치고 온기와 수다가 보기만 해도 느껴지는 그런 집이 아닌, 독신의 거처이자 예비 관짝과 다를 바 없는 그곳으로 돌아가기가 싫었다. 그렇다고 이 추위에 딱히 갈 곳도 없다. 곽은 어디서부터 자신의 인생이 망가졌는지 돌아보며 차가운 거리를 걷고 또 걸었다.

운동을 하는 딸에 이어 아들까지 예술고에 가겠다고 하자 목돈이 필요했다. 때마침 들어온 유혹은 적절해 보였다. 그는 사례금으로 치장된 무마 대금을 받아들였고 그것으로 아들의 악기를 사주고 레슨비를 감당했다. 대가는 참혹했다. 가족을 위한 뇌물 수수였지만 결국 직업을 잃었고 불명예스러운 삶을 맞이하게 되었다. 흥신소를 차리고 불법과 합법의 경계를 오가며 일하게 되자 아내는 물론 아이들까지도 아빠를 불편해하고 거리를 두는 게 느껴졌다. 젠장. 누군 하고 싶어서 이 일을 하나? 돈을 벌어야 했기에 감당했을 따름이다. 그래도 거친 일을 하며 수모를 겪으면서도 수완을 발휘해 생계를 꾸렸고 자식들을 대학까지 졸업시키고야 말았다.

하지만 이제 그의 능력은 퇴화되었다. 진짜 탐정이라 불리는 민간 조사원들을 따라갈 재간이 없었다. 돈을 벌어오지 못하자 가장의 권위는 땅에 떨어졌다. 결국 아내는 이혼을 요구했다. 아이들은 사회인이 되자마자 기다렸다는 듯 독립을 했고, 잊을 만할 때 전화나 한 통 하는 게 다였다.

억울할 건 없다. 당시엔 전혀 이해하지 못했지만 이제는 어느 정도 납득하게 되었다. 지난 2년간 가족과 분리되어 혼자 살게 되자 스스로의 뒷모습을 거울 없이도 볼 수 있게 되었기 때문이다. 혼자 살아보니 곽은 할 줄 아는 게 없었다. 돈만 벌어다 줄 줄 알았지 요리라곤 라면밖에 못 끓였고 세탁기도 돌릴 줄 몰랐다. 자식들과 대화하는 것도 너무나 어색하고 힘이 들었다. 아내야 말할 것도 없었다. 손찌검만 안 했지 수시로 고함을 치고 윽박지르기 일쑤였다. 아이들 역시 그것을 보고 자라지 않았겠는가? 결국 고립은 스스로 만든 것이었다.

대화를 나눌 가족이 사라졌고 그것이 스스로의 탓임을 깨닫게 된 곽은, 그제야 자신의 입을 가리고 있는 마스크가 편하게 느껴졌다. 진즉에 봉했어야 했다. 가족들에게 무심코 던졌던 폭력적인 말들이 고스란히 자신의 뒤통수에서 울릴 때마다 자업자득이란 말을 되새김질할 수밖에 없었다.

늦겨울 찬 바람에 술이 다 깨는 기분으로 시청과 남대문을 지나 서울역에 다다른 곽의 시야에 노숙자 몇이 들어왔다. 그러자 마치 자동 반사처럼 발걸음이 청파동을 향하기 시작했다. 서울역에서 버스를 타고 원효로로 돌아가려 했으나 가는 길에 청파동에 들르기로 마음을 정한 것이다. 오늘의 먼 길을 시작한 그곳으로 가 말 없는 곰 인형처럼 서 있을 타깃을 만나 무어라도 말하고 싶어졌다. 마스크를 벗고 없는 발언권이라도 발휘하고 싶어졌다. 당신을 따라다니다 이 겨울 이렇게 방황하고 있다고, 당신도 나 같은 이유로 방황하고 있냐고, 대체 당신의 정체는 무엇이냐고 묻고 싶었다.

편의점 앞에 다다른 곽은 잠시 머뭇거렸다. 계산대에서 타깃과 한 할머니가 대화를 나누고 있었기 때문이다. 계산하는 물건이 없는 것으로 보아 그냥 손님은 아니었다. 할머니가 무언가를 가리키자 타깃이 그쪽으로 가 물건을 재배치하는 것을 보고서야 곽은 그녀가 이 편의점의 사장임을 파악했다. 자신에게 일을 준 강의 어머니가 바로 저 할머니란 것을 깨닫자 들어가기가 더욱 주저되었다.

그냥 갈까, 고민하는 사이, 딸랑 소리와 함께 할머니가 문을 열고 나왔다. 웃으며 타깃에게 손을 흔들고 자기 갈 길을 가는 할머니는 자신과 나이 차이도 얼마 안 나 보였다. 하지만 강의 어머니라면 일흔이 넘었을 것이다. 저 선한 인상의 어르신이 아들 때문에 고민이 많겠구나, 생각하며 곽은 편의점으로 다가가 문을 열었다.

"……어서 오세요."

한 박자 늦게 인사하는 타깃과 눈을 마주치지 않은 채 곽은 냉장고로 향했다. 겨울이지만 목이 타는 건 왜일까? 쓸데없는 잡념이 많아서다. 시원하게 잡념도 비우고 갈증도 해소하고 싶은 마음에 그는 500ml 맥주를 아무거나 몇 개 집어 들고 계산대로 향했다.

"손님. 이거…… 하나를 빼고 이거를…… 하나 더 가져오시면…… 네 캔 만 원 되세요."

"그래요?"

"예. 지금은 만 삼천 칠백 원인데…… 이거를 이걸로 바꾸시면 만 원이니…… 삼천 칠백 원 절약이 되는 겁니다."

"음…… 그렇군요."

곽은 순순히 타깃이 말한 대로 맥주 한 캔을 바꾼 뒤 비닐봉지가 필요하냐는 말에 됐다고 하고 계산을 마쳤다. 네 캔의 맥주 중 두 개는 파카 주머니에, 나머지 두 개는 양손에 들고 편의점을 나온 그는 텅 빈 야외 테이블에 앉아 맥주를 땄다. 녹색 캔의 차가운 촉감을 느끼며 한 모금 마시자 속이 아주 시원해졌고, 예상치 못한 트림이 불쑥 터져 나왔다.

그때 편의점 문이 열리고 타깃이 무언가를 들고 나오더니 곽의 옆에 내려놓고 전원을 틀었다. 놀랍게도 온풍기였다. 온기가 금세 퍼져 옆에 사람이라도 앉아 있는 기분이 들었다. 곽은 눈인사라도 하려고 타깃을 돌아보았는데, 어느새 그는 편의점 안으로 들어가고 없었다. 뭐지, 이런 시스템은?

친절했다. 곽의 정체를 모르는 타깃은 평소 손님들에게 하듯 친절한 응대를 했다. 손님의 돈을 절약시켜주고 추운 밖에서 청승맞게 술을 마시는 그를 배려했다. 예상치 못한 환대에 타깃에게 헛소리라도 늘어놓으려던 마음이 싹 사라졌다. 곽은 홀로 겨울 맥주를 만끽했다. 금세 두 캔을 비우니 온풍기가 데워준 옆구리는 물론 배속조차 따뜻해졌다.

그때 다시 딸랑 문이 열리고 타깃이 다가와 곽의 앞자리에 앉았다. 양손에 동그란 핫도그 같은 걸 두 개 들고 온 그는, 의아해하는 곽을 향해 하나를 내밀었다.

"어르신. 이게…… 핫바라고 아주 맛있는…… 거거든요. 레인지에 데웠는데 같이…… 하나씩 드실까요?"

곽은 짐짓 태연함을 유지한 채 핫바라는 걸 바라보았다. 자세히 보니 좀 큰 소시지였는데 방금 전자레인지에 데워서인지 모락모락 김이 올라오는 게 군침이 돌았다. 그럼에도 왜 자신에게 이걸 주는지, 혹시 정체를 알고 떠보려는 건지 의구심이 들었다.

"이걸 왜 나한테 주는데?"

"안주 없이 술 드심…… 안 좋아요. 날도 춥고…… 뜨거운 핫바 드심 좋잖아요. 그리고 이거…… 판매 기한 막 지난 거거든요. 폐기 상품이라고……. 아직 상태 괜찮아요. 그러니 부담 없이 드세요."

타깃이 더듬더듬 말하며 다시 쭉 손을 뻗었다. 폐기 상품인데 아직 괜찮다는 말에 곽의 표정이 풀어졌다. 그는 그것을 받아 한 입 씹었다. 따끈한 육고기가 미각을 자극했다. 그는 우물거리며 말없이 타깃을 살폈다. 타깃 역시 핫바를 씹으며 흐뭇해하고 있었다.

"괜찮죠?"

타깃이 음식과 함께 씹힌 발음으로 물었다.

괜찮냐고? 곽은 고개를 끄덕인 후 정신없이 핫바를 씹어 삼켰다. 그리고 새 맥주를 따 한 모금 크게 들이켠 뒤…… 울음을 터뜨렸다. 자기도 모르게 터진 울음이 그를 그렁거리게 만들었고 어느덧 어깨까지 들썩이게 했다. 타깃이 옆에 와 그의 어깨에 손을 얹고 이번엔 정확한 발음으로 괜찮은지를 물었다. 곽은 팔소매로 눈물을 닦고는 타깃을 돌아봤다.

"난 괜찮아. 자네나 조심해. 누군가 자네 노리고 있으니까."

곽이 암호명을 대는 첩자처럼 신중하게 말했다. 하지만 타깃은 무슨 말을 하는지 모르겠다는 듯 고개만 갸우뚱할 뿐이었다.

"자네 오늘 압구정동에 있는 성형외과 다녀왔지?"

그러자 타깃의 표정이 변했다. 작은 눈 속 동공이 커졌다. 타깃은 변한 눈빛으로 똑바로 곽을 바라보며 어떻게 그걸 알았냐고 물었다. 서늘했다. 경찰 시절 표독스러운 검사의 수사 지휘를 받는 기분이었다. 곽은 이렇게 된 거 모두 털어놓았다. 이 편의점 사장 아들의 의뢰를 받고 당신을 나흘째 미행 중이었고, 오늘 서울역에서 노숙자들을 만난 것과 성형외과에 간 것, 그리고 성형외과 원장이 당신을 죽이려 한다는 것까지 모두.

"나한테 자네 거처를 물었어. 사실 난 자네가 사는 쪽방을 알고 있지만 그것까진 말하지 않았지. 아무튼 자네와 그 인간 사이에 무슨 악연이 있는진 모르겠지만 그가 자넬 없애려는 건 분명해 보였다고."

묵묵히 곽의 이야기를 듣던 타깃이 갑자기 광대를 실룩이기 시작했다. 실룩임은 곧 크하, 크하하, 하하하하, 너털웃음으로 이어졌다. 타깃이 하도 웃어대 자신을 놀리는 건가 기분이 불쾌해질 즈음, 그가 웃음을 멈추고 곽을 응시했다.

"어르신. 말씀…… 감사합니다만…… 걱정…… 마세요."

타깃은 걱정 없다는 듯 히죽 웃고는 핫바를 우적우적 씹어 삼켰다. 이야기를 다 털어놓자 오히려 허탈해진 곽은 남은 맥주를 비웠다.

"그런데 사장님 아들은 왜…… 저를 조사하라…… 했답니까?"

"그게 말이야, 자네가 오고 매출이 올라 가게를 팔아치울 수가 없다고, 가게가 잘 안 돼야 사장인 엄마가 마음을 접을 거라고 하더라고."

"훗."

"왜 그러나?"

"이거 보세요. 지금 30분째 손님…… 하나 없잖아요. 어차피…… 장사는 잘 안 되고, 그래도 사장님은 가게 안…… 파세요. 그거 제가…… 보장해요. 저 나가고 말고 문제…… 아니라고요."

"그건 왜지?"

"사장님은 돈…… 많이 벌려고 이거 운영하시는 거 아니에요. 본인은 교사…… 연금으로 충분히 생활…… 가능하시거든요. 직원들…… 시, 시급만 나오면 된다고 생각하세요."

"그래도…… 아들이 돈 욕심이 있으니 아무래도……."

곽은 자기도 모르게 말꼬리를 흐리게 되었다. 아까 본 강의 어머니의 기품 있는 모습이나 지금 눈앞의 타깃의 단호함에서 흔들리지 않는 진실이 느껴졌기 때문이다. 40년 넘게 경찰과 흥신소 일을 하며 거짓부렁을 늘어놓는 경우를 수없이 보아왔기에, 어떤 진실된 면모는 접하자마자 알 수 있다는 걸 그는 알고 있었다.

"아들에게 그렇게…… 전하세요. 사장님 절대 가게 안…… 팔 거라고. 아, 그리고 어르신은 제 정체를…… 파악해 절 내쫓는 데…… 기여하면 잔금…… 챙기시는 건가요? 그럼 저를 혼내 쫓아냈다 하시고 잔금…… 챙기세요."

"그게 음, 무슨 말인가?"

"안 그래도…… 그만두니까요."

타깃이 입꼬리를 올리며 손가락으로 편의점 출입문을 가리켰다. 통유리 출입문에는 편의점 양식으로 만들어진 '아르바이트 모집' 공고가 붙어 있었다. 이런 제길, 명색이 눈썰미로 먹고산다는 놈이 바로 눈앞에 있는 단서도 발견을 못 하다니! 곽은 정말로 은퇴할 때가 됐다는 걸 실감하고야 말았다.

자리에서 일어난 곽은 출입문으로 가 공고를 읽어보았다. 저녁 열 시부터 다음 날 아침 여덟 시까지 총 열 시간이었고, 시급은 9,000원으로 최저시급보다 500원 정도 후한 조건이었다. '야간이어서일까? 괜찮네'라는 생각을 하며 자리에 돌아와 앉은 곽은 타깃을 마주 보았다. 타깃은 태연한 표정으로 무언가를 마시고 있었다. 옥수수염차였다. 뜨악해하는 곽의 표정을 읽은 그가 입술을 훔치며 말했다.

"아, 제가 술을 끊어서…… 이거 구수하고 좋아요."

"그런데…… 그만두면 어디서 지내려고 그러나? 지난 며칠 자네를 지켜보니 갈 곳은 쪽방촌과 여기뿐이던데."

"어르신. 역시 베, 베테랑이시군요. 제 동선을…… 다 파악하셨네요."

"파악하고 말고 할 게 있나. 덕분에 찬 바람 맞으며 많이 걸었네."

"음…… 제가 요 며칠 산책을 좀…… 많이 하긴 했어요. 생각이 많을 땐…… 산책이 최고거든요. 저 이제 서울…… 떠나기로 했습니다. 오랫동안 고민한 거였는데…… 용기가 났어요. 저 대신 가게 일…… 할 사람만 구해지면…… 갈 겁니다. 대답이 됐나요?"

곽은 말없이 고개를 끄덕이고는 옅게 미소를 머금었다. 무언가 이상한 상황이었다. 절대 접촉해서는 안 될 타깃과 대화를 나누고 있었고, 오히려 그로부터 일감 해결의 팁을 얻었다. 자기도 모르게 타깃의 앞날을 신경 쓰게 됐고, 답을 듣고는 되레 안도감을 느끼고 있었다. 뭐지? 무엇보다 이곳의 따뜻한 온기가 좋았다. 옆구리를 간질이는 온풍기의 열기도, 앞에 마주 앉아 바람을 막아주는 큰 덩치의 사내도, 직원들 생계를 위해 돈 안 되는 가게를 접지 않는다는 사장이 있는 편의점도.

"그럼 어르신은 탐정 뭐…… 그런 건가요?"

타깃이 흥미진진한 눈빛으로 물었다.

"뭐 그렇다고 할 수 있겠지만, 그냥 흥신소 곽이라고 불리네."

"그렇다면…… 제 의뢰도 받아주시나요? 사람 좀…… 찾아주실 수 있나요?"

이건 또 뭔가? 오늘따라 예상치 못한 데서 일감이 들어오는 게 편치만은 않았다. 곽이 주저하는 모습을 보이자 타깃이 신뢰감 있는 눈빛을 보이며 덧붙였다.

"당연히 보수는…… 드립니다. 의뢰 비용이…… 어떻게 되세요?"

"자네는, 싸게 해줄게. 그런데 누굴 찾겠다는 거지? 이름과 주민번호를 알면 그냥도 찾아줄 수 있네."

"예. 알고…… 있습니다."

타깃이 담담하게 말했고 곽은 수락의 뜻으로 고개를 끄덕였다.

"다만…… 죽은 사람입니다. 가능하시겠어요?"

"물론이네."

타깃이 아이처럼 환한 미소를 지으며 고개를 끄덕였다. 곽은 잠시 숨을 고른 뒤 그에게 질문했다.

"저기 아르바이트 말일세, 나 같은 노인도 지원이 가능한가?"

타깃이 눈빛을 빛내며 상체를 곽의 앞으로 쭉 뻗었다.

"물론이죠."

"그럼 하나만 더 물어보겠네. 나 같은 무뚝뚝한 사람 그러니까 서비스 업종을 안 해본 사람도 이런 일을 할 수 있겠나?"

"어르신. 흥신소…… 하신다면서요? 그거 서비스계의…… 3D 업종 아닌가요? 뭐 험상궂은 사람들이나 지저분한 사람들…… 상대하며 맞춰가며…… 일하셨을 거 아니에요? 여기는 이빨 시리다고…… 먹던 아이스크림 환불해 달라는…… 제이에스 할머니 한 분 빼고는…… 다들 순한 양 같은 손님들뿐이에요."

"제이에스 할머니가 뭔가?"

"제이에스…… 진상이요. 암튼…… 충분히 잘하실 수 있습니다."

타깃은 사람이 구해져야 자기가 빨리 그만둘 수 있어 그러는지, 매우 적극적으로 곽이 일할 수 있다는 걸 강조했다. 곽은 진지했다. 그는 캔을 들어 맥주를 비운 뒤 타깃을 똑바로 응시하며 말했다.

"자네 건을 마지막으로 흥신소 일을 접고 편의점 업계에 투신하겠네. 사장님께 내가 일하고 싶다고 말해줄 수 있겠나?"

"말씀드리죠. 이력서랑…… 자기소개서 준비하시면 돼요. 서둘러……주세요."

곽이 고개를 끄덕인 뒤 남은 한 캔의 맥주를 땄다. 타깃이 보조를 맞추듯 옥수수수염차를 들었다. 두 사람이 건배를 마치자마자 세 명의 청년이 편의점으로 들어갔다. 타깃이 눈인사를 건네며 마스크를 쓰고 편의점으로 향했다.

곽은 맥주를 비운 뒤 다시 마스크를 쓰기 전에 차가운 겨울 공기를 한껏 들이마셨다.

ALWAYS

하루 24시간씩 일주일 아니, 언제나 한 가지 생각에만 빠져 있다면? 그 한 가지 생각이 고통으로 점철된 기억이라면? 고통에 흠뻑 잠긴 뇌는 점점 무거워지는데 떨쳐버리지 못한 채 그대로 망망대해에 빠지게 된다면, 뇌는 커다란 추가 되어 거대한 심연 속으로 당신을 끌고 들어갈 것이다. 그리고 머지않아 당신은 다른 방식으로 숨 쉬고 있는 자신을 발견하고야 만다. 코도 입도 아가미도 아닌 것으로 숨을 쉬며 사람이라고 우기지만 사람 아닌 존재로 살 뿐이다. 고통의 기억을 잊으려 허기조차 잊고 술로 뇌를 씻어보려 하지만 그러다 보니 대부분의 기억을 휘발시켜버리고 이제 내가 누구라고조차 말할 수 없는 지경이 되어버린다.

노인을 만난 건 그즈음이었다. 마지막 안간힘으로 서울역에 왔지만 서울역 밖으로 한 발짝도 떼지 못하고 두려움에 떨며 주저앉은 그때, 한 노인이 날 보살펴주었다. 이름을 물어도 답하지 못하고 기억을 물으면 두통을 일으키며 괴로워하던 내게, 쓰레기통과 역 앞 급식소만을 오가던 내게, 노인은 종로의 무료 급식소와 을지로 지하도의 아지트를 알려주었고 노숙인 보호시설을 치고 빠지며 이용하는 법도 가르쳐주었다.

노숙자 선배 노인의 도움이 없었다면 나는 이미 죽었을 것이다. 뇌의 기억만 없을 뿐 신체 장기는 과거의 나를 기억하는지 각종 심혈관계 질병들이 치고 올라왔고, 노인의 주선으로 의료봉사 시설에 가서 급한 치료와 약을 제공받지 않았으면 지금의 나는 또 다른 세계에 존재하고 있겠지. 물론 그 약을 소주와 함께 털어 넣곤 해 여전히 몸이 나아지긴 글렀지만, 적어도 더 느리게 죽어갈 수 있게 되었다.

노인과 함께 술을 많이 마셨다. 나보다 더한 중독자인 그는 생의 유일한 방비가 취권이어서 술을 안 마시곤 도저히 자신을 보호할 수 없다는 듯 늘 알코올에 젖어 있었다. 노숙인은 구걸을 해선 안 된다면서도 술이 떨어지면 어떻게든 돈을 빌어 소주를 샀다. 그리고 그 귀한 술을 나와 나눠 먹으면서도 아까워하지 않았다. 서울역의 주된 노숙 무리에서 밀려나 구박을 받던 노인은 어쩌면 덩치 큰 보디가드가 필요했는지도 모른다. 아니면 소문처럼 IMF 때 망한 대기업 전무 출신이라 비서가 필요했는지도.

노인은 늘 취해 있었고 하루의 대부분을 나와 이야기하며 시간을 죽였다. 우리는 주로 서울 역사 내 TV를 보며 정치 사회 경제 역사 연예 스포츠를 논했다. 24시간 뉴스 채널에 나오는 온갖 사건 사고에 댓글을 달듯 허튼소리를 주거니 받거니 했다. 그와 그렇게 1년 남짓 세상사를 떠들다 보니 많은 것을 배울 수 있었다. 그 배움은 이전에 내가 알던 것과는 다른 종류의 것이었는데, 대부분 잡다하고 너저분한 사람들의 사연과 감정이었고 나는 어느새 그것에 대해 실감할 수 있게 되었다. 노인과 내가 유일하게 나누지 못한 것은 서로의 과거 이야기. 그것은 알지도 못하고 알아도 나눌 수 없는 불문율처럼 그와 나 사이에 봉인된 채 놓여 있었다.

서울역에 자리한 지 2년쯤, 노인을 안 지는 1년 6개월 되던 어느 날, 그는 내 옆에 웅크린 채 죽어갔다. 나는 그의 죽음 옆에서 아무것도 할 수 없었다. 인공호흡을 할 것인가? 구급차를 부를 것인가? 그날의 새벽, 나는 그가 죽어가는 것을 느끼면서도 등을 기대 누운 채 내 몸의 온기를 나눠줄 뿐이었다. 전날 그의 유언 같은 한마디만을 되뇌며.

독고. 노인은 자신을 독고라고 밝히며 기억해 달라고 했다. 젠장. 그는 독고가 이름인지 성인지 덧붙일 기력이 없었고 나 역시 물어볼 의욕이 없었다. 다음 날 아침, 독고는 죽었고 나는 그를 기억하기 위해 독고가 되었다.

그 후 2년간 서울역을 벗어나지 않았다. 종로도 을지로도 노숙인 보호시설도 가지 않았다. 서울역과 광장 주변에서 모든 것을 해치울 수 있게 되자 진정한 노숙자로 우뚝 선 기분이었다. 나는 독고라는 이름을 얻은 값을 하려는 듯 혼자 다녔고 외로움을 베개 삼았으며 두 명까진 힘껏 패주고 다녔다. 세 명 이상에게 다구리를 당할 때는 흠씬 맞고 치료소를 찾아가는 수밖에 없었고, 종종 심장이 불규칙하게 뛰고 오줌이 나오지 않았으며, 얼굴이 호빵처럼 부었지만 죽어가는 과정이라 생각하니 딱히 고통스럽지 않았다. 처음 얼마간은 과거의 기억을 되찾아보려 애썼는데 그것도 곧 부질없어졌고 혼자 하루를 보내다 보니 말하는 것도 잊으면서 자연스레 말을 더듬게 되고야 말았다. 그런데 그게 동정심을 유발하긴 더 쉬웠는지 술 사 먹을 돈을 벌기에 한층 유리했다. 나는 떨리는 목소리에 힘을 주어가며 "배……고파요……. 많이…… 고파요……"를 타령처럼 읊을 수 있게 되었다.

그날은 얍체 두 놈을 노리고 있었다. 며칠 전 내가 마시던 술을 빼앗아 간 서부역 1층 무리 중 그놈 둘을 본보기로 패주려 했다. 그렇지 않으면 또 빼앗긴다. 이곳에선 딱히 빼앗길 것이 없어도 빼앗기지 않을 준비를 해야 한다. 그런데 내가 등 뒤 두 발짝까지 다가갔을 때 갑자기 놈들이 자리를 뜨는 것이 아닌가? 쾌재를 부르며 어기적어기적 사라지는 놈들 중 한 녀석의 손에는 분홍색 파우치가 들려 있었다. 오호라. 1석 2조네. 나는 달렸다.

한바탕 놈들을 패주고 파우치를 챙겼다. 두 가지 목적을 모두 달성한 나는 나만의 아지트에 자리 잡았고, 뿌듯함을 느끼며 파우치를 열었다. 그런데 그 안에는 장지갑과 동전지갑은 물론 통장과 신분증에 수첩과 OTP 기기까지…… 중요한 것들이 가득 들어차 있었고, 자칫 잘못하면 경찰서에 불려 가는 일이 벌어질 수도 있겠다는 위기감이 들었다. 골치가 아파진 나는 그냥 파우치를 베고 잠을 청했다. 배가 고팠지만 식욕보다 수면욕이 더 중요해진 지 한참이었다.

오래 잠들진 못했다. 파우치를 잃어버린 사람의 얼굴이 떠올랐기 때문이다. 주민증 사진과 나이로 보니 할머니였는데, 선한 인상의 그 얼굴이 자꾸 생각나 뒤척일 수밖에 없었다. 나는 다시 파우치를 열고 수첩을 살펴보았다. 수첩 맨 뒷장에 개인정보와 휴대폰 번호가 적혀 있었고 '이 수첩을 습득하신 분은 꼭 연락 주시기 바랍니다. 사례하겠습니다'라는 글귀가 또박또박 적혀 있었다. 습득하신 '분'이라니…… 잠시 사람이 된 기분이 들었고, 나도 모르게 몸을 일으키게 되었다. 공중전화로 간 나는 파우치 속 동전지갑에서 꺼낸 동전으로 전화를 걸었다. 잠시 뒤 나이 든 여성의 상기된 목소리가 들려왔다. 그녀는 서둘러 서울역으로 돌아오겠다고 했다.

그게 사장님과의 첫 만남이었다.

청파동 골목의 작은 편의점 ALWAYS. 이곳에서 밤을 보낸 지도 꽤 됐다. 어떻게 여기에 자리 잡게 됐는지 나조차 실감이 나지 않는다. 분명한 장점은 겨울밤의 추위를 잊을 수 있다는 것과 공복의 허기를 느끼지 못한다는 것이다. 단점은 술을 마실 수 없게 된 것이었으나 붕게 침이네고 있다 사장님의 제안을 수락한 뒤 술을 끊고 편의점 일을 시작한 것은, 아마 내 안의 마지막 생존 본능 때문이었던 것 같다. 임신한 길고양이가 불쑥 사람의 집에 들어와 새끼를 낳듯이, 나 역시 살아 있어야 할 최후의 이유가 있어 알코올중독마저 잠재우고 이 피난처를 찾은 건지 모르겠다.

술을 끊고 음식을 많이 먹고 따뜻한 잠을 자게 되자 몸 상태는 한결 나아졌다. 쪽방에서 긴장을 내려놓고 한낮 늘어지게 누워 있으면 그곳이 바로 치료 병동인 듯했고, 야간 알바를 하기 위해 일어날 때면 지병마저 달아난 듯 개운했다. 삶과 죽음의 평균대에서 늘 죽음 쪽에 매달려 있었는데 이제 점점 평균대 위로 올라와 살며시 팔을 벌리고 균형을 잡고 있었다. 그러자 놀랍게도 머릿속에도 피가 돌기 시작했다. 동료의 질문에 답하며 생각의 속도가 빨라졌고, 손님을 응대하며 더듬거리던 말투도 점차 나아지기 시작했다.

한마디로 사람 구실을 하게 됐고 냉동인간의 뇌처럼 얼어 있던 그곳에 열선이 깔리는 게 느껴졌다. 기억과 현실 사이에 놓인 빙벽이 녹아내리고 있었고, 서서히 빙하 속 매머드 같은 덩어리들이 목격되기 시작했다. 내 기억의 시체들, 그것들이 좀비처럼 일어나 나를 덮치고 있었다. 나는 좀비들에게 뜯기면서도 그들의 얼굴을 알아보려 애썼고, 그건 그것대로 견딜 만한 일이었다.

편의점 일에 숙달될수록 기억은 더욱 활성화되었다. 이른 아침 한 여성이 어린 딸아이와 함께 편의점에 들어왔는데, 순간 공기부터 달라지는 기분이 들었다. 그녀와 딸아이는 진열대가 무슨 갤러리라도 되는 듯 이것저것 살피며 서로의 취향을 나눴다. 딸아이의 과자 취향을 물어보는 어머니와 그런 어머니에게 또박또박 자기 욕심을 밝히는 딸아이의 목소리가 정겨웠다. 정겹고 익숙했고 기억을 두드려댔다. 모녀가 만족스럽게 합의해 들고 온 과자가 계산대에 놓이는 순간 나는 고개를 들 수가 없었다. 그들과 눈을 맞추는 순간 다리의 힘줄 다발들이 모조리 끊어질 것만 같았기 때문이다.

계산을 마치고 나서야 나는 편의점을 나서는 모녀의 뒷모습을 겨우 바라볼 수 있었고, 내게 아내와 딸이 있다는 것을 깨닫게 되었다. 그때 외쳤던가? 딸의 이름을? 동시에 어머니와 딸이 고개를 돌려 나를 바라보았고, 그들의 얼굴이 보이자 더 이상 기억의 복도로 진입할 엄두가 나지 않았다.

나는 다시 침잠했다. 묵묵히 편의점에서 밤을 새우고 낮에는 관짝 같은 쪽방에서 커튼으로 완성된 어둠에 잠겼다. 배고픔이 해결되자 스멀스멀 올라오는 알코올중독의 기운은 옥수수염차를 마시며 내리눌렀다. 왜 옥수수염차냐고? 술 대신 마실 음료를 찾아야 했을 때 그것이 원 플러스 원 메뉴였기 때문이다. 플라세보 효과인지 몰라도 옥수수염차를 마시면 한결 갈증이 풀렸고 음주 욕구를 조금이라도 눌러놓을 수 있었다.

일을 시작한 지 한 달이 되자 사장님이 가불해준 100만 원을 공제하고도 80만 원 정도를 남길 수 있었다. 편의점 야간 알바 월급이 지난 몇 년간 구걸과 습득으로 번 돈을 능가했고, 딱히 쓸 곳이 없는 나는 80만 원을 현찰 그대로 접어 파카 안주머니에 넣은 채

잊었다. 사장님은 어서 말소된 주민등록증을 재발급받고 통장과 카드도 만들라고 했지만 그것만큼은 내키지 않아 미루게 되었다. 처음 이곳에 오게 됐을 때 편의점에서 사장님을 공격한 양아치들을 막느라 어쩔 수 없이 경찰서에 갔고, 본명과 주민번호를 알게 되었다. 다행히 범죄 전과는 없었다. 나는 경찰서를 나오며 곧바로 본명을 버렸다.

신분증을 다시 만드는 순간 나는 살아야 할 것이고, 제대로 살게 된다면 또다시 고통받을 것이 분명했다. 희미한 기억 속 사건들과 함께 수면 위로 떠오를 내 과거를 목격할 용기가 없었다. 기억의 퓨즈를 끊어놓을 정도의 견딜 수 없는 트라우마를 다시 일깨워봐야 무엇 할 것인가?

그저 겨울만 나자고 생각했다. 노인 독고가 죽은 그 겨울이 생각나자 두려웠는지도 모르겠다. 그 굳은 등짝의 차갑고 서늘한 기운이 떠올라 조금이라도 더 따뜻한 곳을 찾게 되었는지 모르겠다. 무엇보다 편의점이 아닌가. 편의점에서 조금이라도 편히 이 겨울을 보내 마지막 기운을 차리자. 봄이 되면 독고라는 호칭마저 버리고 진짜 무명이 되어 하늘로 날아가자. 힘이 남았을 때 서울역을 떠나 이 도시를 가로지르는 큰 강의 나리 한 곳에서 뛰어내리겠다 마음먹었다. 이 겨울 이곳에서 나는 그 뛰어내릴 힘을 벌어보겠다 다짐을 했다.

하지만 또렷이 기억해낸 아내의 모습은 사라지지 않았다. 경찰서에서 확인했을 때는 까먹은 기억, 그러니까 내게 가정이 있고 아내와 딸이 있다는 사실은 시간이 지날수록 생생해졌다. 이제 아내의 얼굴과 몸짓 하나하나가 기억난다. 키가 작고 머리도 단발인 아내는 차분하다 못해 고요한 편이었다. 아내는 매사에 말을 아꼈고 사려 깊었으며 내 짜증과 잘난 척을 웃으며 받아주곤 했다. 그런 아내가 화를 내던 날의 모습이 떠올랐다. 왜였지? 왜 그렇게 경멸 어린 눈빛으로 나를 바라본 걸까? 분에 겨워 나를 쏘아보면서도 여전히 말을 아꼈기에 나는 더 화가 났고 그런 나를 뿌리치고 짐을 챙기던 아내의 모습마저 떠올랐다.

딸랑 소리에 정신을 차리니 새벽의 편의점 계산대에서 졸고 있었다. 새벽 출근을 하는 손님이 물건을 고르는 동안 나는 옆에 놓인 옥수수염차를 벌컥벌컥 들이켰다. 예전엔 폭음으로 잠재웠던 그 기억의 파편들이 다시 떠오르지 않게 맑은 갈색의 음료를 마시고 또 마셔야 했다.

연말쯤 편의점 선배 시현 씨가 다른 편의점으로 스카우트되어 가게 되었다. 편의점 알바가 스카우트된 것에 놀랐고 그녀가 덕분이라며 내게 면도기를 선물한 것에 또 한 번 놀랐다. 영문도 모르고 면도기를 받아 든 나는 꺼슬꺼슬 새로 자라난 턱수염을 매만졌다. 시현 씨는 수염 잘 깎으며 지내시란 말을 건넸고 나 역시 그녀의 안녕을 빌어주었다.

시현 씨가 편의점을 그만두자 다른 동료인 선숙 씨와 분담해야 할 일이 많아섰나. 그녀는 여전히 날 사람 같지 않게 본다. 노숙 생활에서 얻은 감각이 있다면 사람들의 시선이 의미하는 바를 즉각적으로 이해할 수 있다는 거다. 서울역 시절 나를 바라보는 사람들 대부분은 동정과 경멸의 시선을 3:7 정도로 섞어 보냈다. 개중 진심으로 걱정을 담은 시선을 보내는 사람도 있다. 한편으로 믿기 힘들겠지만 부러워하는 시선을 흘리는 사람도 있다. 비록 자신은 인식하지 못할지라도.

선숙 씨는 정확히 1:9다. 당연히 동정보다는 경멸 쪽이다. 그렇다고 내가 타격받을 건 없다. 실제로도 교대 인수인계를 할 때마다 불편해하고 피곤해하는 건 그쪽이다. 업무 교대를 마치고 나서 주변 청소를 하고 야외 테이블을 닦을 때마다 됐으니까 어서 퇴근하라 재촉하는 것도 그쪽이다. 청소를 하는 건 잘하는 일일진대 그녀는 그냥 눈앞에 내가 얼쩡대는 게 싫은 거다. 그러거나 말거나 나는 나대로 한다. 나를 고용한, 마지막 겨울잠을 편히 잘 수 있게 해준 사장님에게 조금이라도 보답하고 싶기 때문이다.

그런 나를 좋게 본 건 여든도 더 되어 보이는 동네 백발 할머니였다. 구부정한 허리로 구렁이 같은 목도리를 두른 채 동네를 빨빨거리며 돌아다니던 그분은, 어느 날 야외 테이블을 청소하는 내게 사람도 없는 한겨울에 그걸 왜 맨날 청소하냐고 물으셨다. 나는 비둘기 똥을 닦아야 한다고 대답했는데, 백발 할머니는 비둘기와 비둘기 똥 모두를 싫어하시는지 매우 흐뭇한 표정을 지어 보이셨다.

다음 날 백발 할머니는 동네 할머니들을 데리고 마실 나오듯 편의점을 찾으셨다. 할머니들은 편의점만의 할인 상품에 만족해했고 손자 손녀들도 데려와 투 플러스 원 상품도 구매해 가셨다. 어느 날은 고마운 나머지 백발 할머니가 구매한 음료 세트를 대신 집까지 들어다 드렸는데, 그걸 노인정에서 자랑하셨는지 이후로 다른 할머니들도 자기가 산 물건을 들어달라 하셨다. 심지어 집을 알려주고 나서는 이따 가져다 달라고 배달 요청을 하는 분도 생겼다. 어차피 나는 할 일이 없고 몸을 혹사시켜야 쪽방에서 꿀잠을 자니 거절할 이유가 없었다. 게다가 물건을 들고 동행해드리거나 배달을 가기라도 하면, 할머니들은 집에 도착하자마자 떡이며 꽈배기며 과일을 건네시곤 했다.

그들은 내게 할머니이자 어머니이자 고모이며 이모였다. 기억조차 희미한 모성의 기운을 그들을 통해 느끼며 내 몸의 온도가 올라가는 걸 느낄 수 있었다. 애로 사항이 있다면 틀니를 덜컥이면서도 포기하지 않는 온갖 질문들이었다. "총각 결혼은 했어?" "한 번 다녀왔나?" "새장가 알아봐줘?" "나이는 몇인감?" "혹시 우리 조카 만나볼 생각 있는가?" "편의점 하기 전엔 뭔 일을 했능가?" "교회는 다니남?" "자네 우리 시골 과수원에서 일해볼 생각 없나?" 등 그들은 저마다의 공통 질문과 개별 질문을 자유자재로 오가며 물었다. 나는 "아니에요." "없어요." "괜찮아요." "됐습니다"를 교대로 골라가며 답할 수밖에 없었고. 그래도 그렇게 몇 번 응대하면 노인들은 대개 인생에 파도가 많은 놈인가 보군, 하며 더 묻지 않으셨다. 오직 백발 할머니만 빼고. 백발 할머니는 유행가 가사 읊듯 나를 볼 때마다 불으신다.

"자네 뭐 하던 거시기여? 나가 다 늙어 암것도 못 도와줘도 그거하난 알아야 쓰겠구먼. 궁금한 건 아주 못 참아부러. 그니께 이 잘생긴 양반이 뭔 일로 여까지 와서 거시기를 하냔 말이여?"

어르신. 저도 거시기 잘 모르겠습니다만, 알게 되면 말씀드리고 싶습니다. 제게 잘해주신 만큼 궁금증을 풀어드리고 싶네요. 지금 생각해보면 백발 할머니의 거시기 타령에 나도 질문을 계속할 수 있었는지 모르겠다. 대체, 너는, 진짜, 누구냐고.

어쨌거나 선숙 씨는 분주해진 오전의 편의점이 별로인지 할머니들 와서 얼마 팔아준다고 그러냐고 핀잔주기 일쑤였다. 하지만 지금은 확실히 매출이 좋아지고 사장님도 좋아하자 딱히 뭐라 하지 않는다. 그녀 역시 편의점 매출이 줄어 가게가 폐업하기라도 하면 직장을 잃을 것이기 때문이다.

새해를 맞아 선숙 씨가 불쑥 사과를 했다. 작년에는 자신이 오해해 미안하다며 올해는 잘해보자고 내게 말했다. 나 역시 선숙 씨가 튀긴 편의점 닭이 최고라고 말해주었다. 그러자 선숙 씨는 차라리 독고 씨가 우리 집 남자들보다 말이 통한다며 푸념을 시작했다. 그녀는 남편이랑 아들놈이 평생 소통 불가 인간들이라며 한숨을 내쉬었다. 그때 엿보인 그녀의 풀 죽은 모습에서 나는 묘한 동질감을 느꼈다. 소통 불가라는 말의 의미가 나를 먹먹하게 만들었다. 아내였나? 딸이었나? 내게 소통 불가라고 말한 사람이. 한없이 실망한 표정으로, 더 이상 할 말이 없다는 듯한 막막함을 내보이며 사라져버린 그녀는······. 아내이기도 하고 딸이기도 한 것인가? 그것이 누구인지는 여전히, 도저히, 확정할 수가 없었다.

며칠 뒤 선숙 씨가 출근하자마자 눈물을 터뜨렸다. 나는 그녀를 다독인답시고 서둘러 다가갔지만 딱히 할 수 있는 게 없었다. 그저 내가 술을 참을 때마다 마시는 옥수수염차를 건넸는데, 그녀는 한 모금 들이켜고는 진정이 좀 됐는지 잠시 숨을 골랐다. 그러고 나서 마치 기관총 쏘듯 아들에 대한 불만을 내게 털어놓기 시작했다. 그녀와 아들의 관계는 심각할 정도로 단절되어 있었고, 아들은 궤도에서 벗어난 스스로의 삶에 지쳐 있는 듯했다. 하지만 궤도에 재진입하기도 어려운 것이었고, 사실 궤도에서 계속 달린다고 종착지까지 무사히 도착할 수 있는 세상도 아니기에 딱히 할 말이 없었다. 대신 선숙 씨의 말을 가만히 들어주었다. 대체 얼마나 털어놓을 데가 없으면 내게 이 답답한 심정을 풀어놓는 것일까? 나는 그녀를 생각하며 그녀의 말을 들었다.

역지사지. 나 역시 궤도에서 이탈하고 나서야 깨우치게 된 단어다. 내 삶은 대체로 일방통행이었다. 내 말을 경청하는 사람들이 널려 있었고, 남의 감정보다는 내 감정이 우선이었으며, 받아들이지 않는 자는 내치면 그만이었다. 가족도 마찬가지였을 것이다. 생각이 거기에 이르자 비로소 얼마 전 궁금증이 해소되었다. 소통 불가라고 내게 말한 사람은 딸이었다. 딸의 얼굴이 기억나려 한다. 눈물이 나려는 걸 참는다. 소통 불가에 일방통행인 나를 아내는 받아줬다. 오랜 시간. 나는 아내가 내 말에 수긍하는 줄 알았지만 그게 아니라 아내는 나를 견뎌주었을 뿐이었다.

하지만 딸은 달랐다. 딸은 아내와도 달랐지만 나와 더 달랐다. 지금 선숙 씨가 어떻게 내 배에서 나온 아들이 나랑 이렇게 다르냐며 하소연하는 것처럼, 나와 딸도 많은 것이 달랐다. 성별부터 사고방식, 세대 차이는 기본이고 식성과 취향까지 달랐다. 딸은 고기도 먹지 않았고 공부에도 시큰둥했다. 초식동물. 그러니까 정글 같은 대한민국 사회에서 유약한 기질까지 지니고 있었고, 그래서 자주 나의 핀잔을 들어야 했다. 어릴 적엔 혼을 내면 듣는 척이라도 했지만 조금 자라 사춘기가 되고서는 반항하기 시작했다. 나로선 받아들일 수 없는 일이었지만 아내가 딸의 보호막이 되어주었다. 그때는 아내라는 보호막으로 인해 딸과 내가 소통 불가에 빠진 줄 착각했지만 지금은 사실을 알 것 같다. 애당초 보호막을 치게 만든 것도 나였고 나중에 아내가 애써 만든 기회를 발로 찬 것도 나였다. 나는 딸을 제멋대로인 아이 취급했고 딸은 나를 투명인간 취급했다. 그게 시작이었다. 내 가족의 해체, 내 인생의 불행, 아내와 딸을 잃어야 했던 것은 내 무심함과 오만함 때문이었다.

시간이 지나 고통 속에서 기억을 잃고 겨우 세상에 눈을 뜨고 나서야 입장을 바꿔 생각하는 법을 배우게 되었고, 연민의 시선을 가질 수 있었으며, 사람들의 마음에 다가가는 법을 깨우치기 시작했다. 하지만 이제 주위엔 아무도 없었고 소통할 사람을 찾기엔 이미 늦은 듯했다. 그러나 힘을 내야 했다. 지금 내 앞에서 눈물을 훔치는, 내가 빠졌던 구렁텅이에 발이 빠지려는 선숙 씨를 도와야 했다.

그 고통을 실감했고 그 슬픔에 잠겨봤기에 무어라도 해야 했다. 그때 짜몽의 말이 떠올랐다.

나는 그녀에게 삼각김밥을 건넸다. 김밥과 함께 편지도 주라고 조언했다. 그리고 들어주라고 했다. 지금 내가 당신 말을 들어주었듯이 아들 말도 들어주라고 덧붙였다. 그녀가 고개를 끄덕였고 나는 부끄러워졌다. 나는 편지를 쓸 수도 들어줄 수도 없으니 부끄럽고 괴로울 수밖에 없었다.

설 연휴가 지나고 중국에서 시작된 전염병이 더욱 심해졌다. 곳곳에서 집단감염이 폭증했고 마스크와 손소독제가 품절되었다. 사장님은 나와 선숙 씨에게 근무 중에 쓰라며 마스크 여러 장을 건넸다. 폐가 안 좋은 사장님이 미세먼지 심한 날을 위해 이전부터 쟁여둔 것이라고 했다.

야간 근무를 하며 마스크를 썼고 딱히 불편함을 느낄 것 없이 손님을 맞았다. 계산을 마치고 나면 옆에 놓인 손소독제를 잔뜩 짜서 양손으로 비볐다. 익숙지 않은 상황임에도 꽤나 자연스레 행동하고 있는 나 자신을 느낄 수 있었다.

다음 날 사장님은 더욱 안전을 기해야 한다며 얇은 라텍스 장갑을 나눠주었다. 그 장갑을 착용한 순간 머릿속에서 번개가 번쩍했다. 그 촉감을 잊지 않으며 나는 손소독제를 장갑에 짠 뒤 비벼댔다. 얼굴에 가져가 소독내를 음미했다. 손님이 있음에도 빠르게 계산대를 벗어나 매상 끝 기울벼으로 달려갔다. 나는 마스크를 쓴 내 얼굴을 확인했다. 짧게 친 머리 아래 브이 자 눈썹과 작은 눈이 마스크와 한 쌍인 듯 자리 잡고 있었다. 그것은 나의 과거를 보여주고 있었다. 마스크로 가린 얼굴과 손소독제의 알코올 향이, 라텍스 장갑의 익숙한 감촉과 자연스러운 느낌이 과거의 나를 일깨워주고 있었다.

의사였다.

지금이라도 여기에 하얀 가운을 걸치고 메스를 쥐면 어떤 수술이라도 집도할 수 있을 것 같았다. 수술실의 소독내와 비릿한 피 냄새가 코에 스머드는 듯했고 의료기기 소음이 배경음악처럼 내 몸을 감싸는 게 느껴졌다. 나는 수술실을 빠져나가려는 듯 편의점 문을 열고 나섰다. 마스크를 벗고 찬 바람을 들이마셨다. 기억이 오그라들지 않게 펌프질하듯 쉬지 않고 힘껏 숨을 쉬어야 했다.

떠오른 기억을 움켜잡은 채 해체하고 재조립하며 몇 날 며칠을 보냈다. 뇌의 주름을 계속 간질이는 기분이었다. 나를 알아갈수록 고통과 두려움 그리고 알 수 없는 저항감이 스멀스멀 올라왔지만 도무지 멈출 수가 없었다.

어느 날 맥주 네 캔을 산 손님 하나가 자신이 사장 아들이라며 돈을 내지 않으려 했다. 사장님과 닮은 눈매와 콧날은 그가 거짓말을 하는 게 아님을 증명하고 있었지만 나는 그대로 가게 할 수 없었다. 그것이 점원으로서 최선이기도 했고, 편의점 일 한 번 안 도와주면서 이곳을 탐낸다는 녀석에게 특권 따위 없다는 걸 보여주고도 싶었다. 귀가 빨개지도록 씩씩대며 사라진 녀석은 한 시간 뒤 다시 들이닥쳤다. 녀석은 상품 진열을 하는 내게 다가와 술 냄새를 풍기며 휴대폰을 들이밀었다. 액정엔 녀석과 사장님이 함께 웃는 사진이 담겨 있었다. 이제 증명됐냐며 녀석은 맥주 매출에 대해 물었고 나는 사실대로 대답했다. 녀석은 내 말을 애써 부정하며 맥주를 들고 나섰다. 그 순간, 그 한심한 모습이 형과 오버랩되었다.

내게 형이 있었다. 한심하기 짝이 없는 사람. 나도 형도 똑똑한 편이었는데 나는 공부 머리로 그걸 사용했고 형은 온갖 협잡과 술수에 머리를 굴려댔다. 일찌감치 남 속이는 걸로 생계를 유지하더니 의대에 막 진학한 나를 의사 따위 얼마 버냐며 무시하기 시작했다. 그러다 몇 년 사라졌다 다시 연락이 왔는데, 아마 감옥신세를 졌을 것이다.

마지막 만남은 내가 인턴으로 근무하는 병원으로 형이 찾아왔을 때였다. 그는 협박하듯 돈을 요구했고 나는 병원에는 메스와 가위, 독극물 등 여러 종류의 살상 도구가 있다고 말한 뒤 의사는 사람을 살릴 수도 있지만 죽일 수도 있다고, 피를 보는 게 아주 자연스럽다고 말해주었다. 이후 그의 모습도 기억도 사라졌다.

그런데 기억이 회복되는 과정에서 사장님의 아들을 통해 다시 형을 떠올리고 말았다. 형의 얼굴이 떠오르자 곧 고구마 줄기처럼 가족 구성원들의 모습도 따라 나왔다. 형과 내게 똑똑한 머리를 물려준 엄마는 일찌감치 무능력한 아버지와 우리들을 버리고 집을 나갔다. 초등학교에 다니는 아들 둘을 친할머니에게 맡긴 채.

흔히 노가다라고 말하는 공사판 일을 하던 아버지는 좀처럼 말이 없었다. 가끔 때리고 가끔 밥을 사줬을 뿐 그는 자신의 인생조차 처리하지 못해 괴로워하는 사람이었다. 그럼에도 자라면서 내가 공부를 잘하자 기대를 가졌는지 형과는 달리 학원도 보내주고 용돈도 주곤 했다. 하지만 나는 엄마의 피를 물려받았기에 의대에 입학한 뒤로 엄마가 그랬듯 집을 나가 독립했다. 과외로 생활비를 벌었고 악착같이 공부했으며 아버지와 형이 있는 그 집을 잊으려 노력했다.

나는 의사가 되어 다른 공기를 마시며 살고 싶었다. 집안이 좋은 여자를 만나 나만의 가정을 완성하고 싶었다. 그리고 거의 그것을 이루었던 것 같다. 그런 기억들이 악몽처럼 떠올라 나를 괴롭히기 시작했고 나는 속수무책 그 꿈을 꿀 수밖에 없었다.

마스크 대란이 일고 사람들이 줄을 서서 약국에서 마스크를 구입하기 시작했다. 수많은 감염자가 발생한 대구로 전국의 의료진이 투입되었다. 코로나19로 세계가 뒤집어진 지금 나는 마스크를 쓴 채 골몰했다. 무언가 변화하고 있었다. 세계도, 나도. TV에서는 코로나19로 죽어가는 가족의 임종을 지키지 못한 채 보내야 하는 이탈리아 가족의 슬픈 사연이 소개되고 있었다.

내 머릿속에서도 전염병이 돌듯 하나의 생각만이 나를 잠식하고 있었다. 전염병 같은 기억들이 내게 진짜 삶을 선택해야 할 때라고 외치고 있었다. 신기했다. 죽음이 창궐하자 삶이 보였다. 나는 마지막 삶이어도 좋을 그 삶을 찾으러 가야 했다.

　신분을 회복했다. 말소된 주민등록을 살렸고 아이디와 비밀번호를 찾아내 인터넷 속 나의 세계를 열었다. 이런 일을 예상했던 걸까? 클라우드 안에는 나에 관한, 아니 나와 그 사건에 관한 기록들이 정리되어 있었고, 그것이 무얼 의미하는지 알아차리는 건 이미 내 안에 프로그래밍된 자동항법시스템처럼 자연스러웠다. 나는 해야 할 일을 했다.

　사장님과 면담을 했다. 아주 사적인 퇴사 사유를 그녀는 묵묵히 들어주었고, 궁금증이 풀린 것만으로도 나를 이해해주었다. 편의점이란 사람들이 수시로 오가는 곳이고 손님이나 점원이나 예외 없이 머물다 가는 공간이란 걸, 물건이든 돈이든 충전을 하고 떠나는 인간들의 주유소라는 걸, 그녀는 잘 알고 있었다. 이 주유소에서 나는 기름만 넣은 것이 아니라 아예 차를 고쳤다. 고쳤으면 떠나야지. 다시 길을 가야지. 그녀가 그렇게 내게 말하는 듯했다.

　나를 미행하는 사내는 환갑 정도 되어 보였다. 미행을 당하는 것도, 그렇게 어설픈 미행도 처음이었다. 같은 지하철 칸에 타자마자 대각선 맞은편 노약자석에 앉은 그는 내 시선을 피하려 고개를 돌렸다. 나는 그의 옆얼굴을 살폈다. 신기하게도 옆얼굴이 내 아버지와 닮아 있었다. 쓸데없이 큰 덩치와 고집스러운 인상도 아버지를 연상케 했다. 무엇보다 그는 마지막 만났을 때의 아버지와 비슷한 연배로 보였다.

그에게서 아버지를 느끼고 나자 누가 그를 내게 붙였는지 자연스레 알게 되었다. 형과 닮은 그 사내는 왜 이런 쓸데없는 짓을 하는 걸까? 왜 쓸데없이 나의 과거를 들쑤시는 것일까? 그런데 지랄 맞게도 그들이 싫지 않았다. 아버지와 형을 떠올려도 더 이상 짜증이 나지 않았다. 나는 따라오라고 신호하듯 미행하는 사내에게 눈길을 준 뒤 압구정역에서 하차했다.

병원에 들어섰을 때 알아볼 수 있는 얼굴은 많지 않았다. 사람도 의료 소모품처럼 취급하는 원장 때문에 직원들은 오래 붙어 있지 못했다. 익숙했던 일터에 들어서자 나 역시 과거의 기운이 차올라왔다. 나는 용건을 묻는 데스크 직원에게 고압적으로 답한 뒤 원장실로 직행했다.

원장도 여전했다. 4년 만에 찾아온 나를 보고도 눈 하나 깜짝하지 않은 채 다시 일할 생각이 없냐고 했다. 곧 없어질 병원에서 어떻게 일을 하겠냐고 내가 운을 띄우자, 그는 그동안 고생을 많이 한 거 같은데 더 망가지고 싶다면 어리석은 선택을 해도 좋다고 했다.

"알아서 사라져줘 고마웠겠지만…… 이제라도 당신과…… 이 병원의 일들을 알릴 거니…… 그렇게 알도록 해."

"왜? 내부 고발하면 감형이라도 해주겠대?"

"너한텐…… 사람이 물건이고 폐기물이지……. 돈이 되면 물건이고…… 돈이 안 되면 폐기물……."

"니가 그걸 잘했지. 그래서 고용했던 걸로 아는데."

"하지만…… 사람은 그런 게 아냐. 사람은…… 연결돼 있어. 네가 그렇게 따로 떼어내…… 함부로 처리하는 그런 게…… 아니라고."

순간 원장이 비릿한 미소를 짓고는 상체를 내 쪽으로 당겨 앉았다.

"진지하네. 나도 진지하게 말해주지. 사실 잠적한 널 내가 좀 찾았어. 굉장히 그런 거 잘하는 친구들이 있거든. 근데 널 못 찾더라. 그래서 걔들이 그때 잔금을 못 받았네. 이제라도 니가 어슬렁댄다고 알려주려고. 잔금에 이자까지 준다고 하면 걔들이 널 새롭게 포장해 내게 가져올 거야. 그럼 마지막 짐도는 내가 해줄게."

나는 웃었다. 입꼬리를 올리고 웃기 시작해 광대뼈를 들썩이며 크게 웃었다. 원장은 내가 미친 건지 위악을 부리는 건지 눈알을 굴리며 가늠하려 했고, 그 모습이 웃겨 더 크게 웃었다. 역시 악당에게는 웃음이 불편한가 보다. 녀석의 얼굴이 일그러졌다.

"너 죽일 거야. 내가. 아주 발라버릴 거라고."

웃음을 멈춘 나는 무표정하게 그를 바라보았다.

"난 이미 한 번…… 죽었다. 또…… 죽는다고 달라질 건 없어. 그리고 이미 제보……했거든. 요즘 그런 거 찾는 방송…… 많더라. 그러니까 잔금은…… 걔들 주지 말고 변호사 선임비로 돌리는 게…… 나을 거야."

"미친놈. 넌 내게 돈을 원해. 그런데 이미 그 자료를 제보했다고? 너도 같이 들어갈 판인데? 웃기다. 하하."

"말했잖아. 이미 한 번…… 죽었다고."

"허풍 떨고 있네. 말해. 원하는 게 뭐야? 일 줄까? 내가 다시 자리 준다니까. 아님 돈?"

"원하는 건…… 이거야."

나는 왼손을 들어 보였다. 병원에 들어서며 착용한 라텍스 장갑을 낀 손을 펼쳐 보였다. 원장은 뭔 짓을 하는지 궁금한 듯 고개를 빼 나를 살폈다. 나는 왼 주먹을 쥐고는 오른손으로 먹이를 채듯 놈의 멱살을 움켜잡았고, 저항할 틈을 주지 않고 얼굴에 한 방 먹였다. 끅. 원장의 고개가 덜컥댔다. 반동을 주어 다시 한 방 먹였다. 끄윽. 잡은 멱살을 놓자 고개가 돌아간 원장이 의자에 털썩 주저앉았다.

나는 고통스러워하는 놈을 뒤로하고 그곳을 나섰다.

다음 날 아침, 인수인계를 마치고 퇴근하려는 나를 누군가 불러 세웠다. 돌아보니 정 작가가 트렁크를 끌고 성큼성큼 편의점으로 다가오고 있었다. 연극 대본을 쓴다던 정 작가는 맞은편 빌라를 작업실로 쓰고 있었는데, 이제 이 동네를 뜬다고 했다. 대본 초고가 완성되어 다시 대학로로 돌아간다며 그녀가 시원한 미소를 지어 보였다. 나도 따라 웃었다. 나는 그녀에게서 정신 상담을 많이 받았는데, 정신과 의사도 아니면서 그녀는 꽤나 많은 질문과 조언을 해 주었다. 덕분에 뇌가 많이 간질간질했고 기억을 찾는 데 상당 부분 도움을 받았다.

"고생해 쓴 대본…… 멋진 공연 되길 바랄게요."

"코로나가 심해져 어떻게 될지 모르겠어요. 하필이면 필생의 역작을 쓰니까 세상이 뒤집히고 난리지 뭐예요."

정 작가가 마스크 위로 초롱초롱한 눈동자를 빛내며 말했다. 자신의 비극을 웃으며 말하는 그녀의 모습에서 알찬 기운이 느껴졌다. 그건 꿈을 품고 사는 사람이 가진 힘이 아닐까? 새벽의 편의점에서 우리는 이야기했다. 그녀는 내 과거를 캐내기 위해 자신의 과거도 많이 털어놓았다. 나는 자기가 하고자 하는 일에 절대 지치지 않는 그녀의 에너지가 부러웠다. 그래서 물었다. 대체 당신을 지탱하는 힘은 무엇이냐고? 그녀가 말했다. 인생은 원래 문제 해결의 연속이니까요. 그리고 어차피 풀어야 할 문제라면, 그나마 괜찮은 문제를 고르려고 노력할 따름이고요.

"독고 씨, 기억은 좀 돌아왔나요? 내 작품 속 독고 씨 캐릭터는 기억이 돌아왔는데."

"작가님이 그렇게 써줘 그런가…… 많이 돌아왔습니다. 고마워요."

정 작가가 주먹을 들어 보였다. 코로나 시대의 악수법. 나는 그녀의 주먹에 내 주먹을 마주쳤다. 그녀가 쓴 기억과 내 기억을 마주쳐 보진 않았다. 그럴 필요가 없다는 걸 우리 둘 모두 알고 있었다.

세일즈맨이 편의점에 들른 건 밤 열 시가 조금 지나서였다. 옥수수수염차와 참깨라면에 원 플러스 원 초콜릿을 산 그는 나를 보며 빙긋 웃어 보였다. 그의 씩씩한 쌍둥이 딸들이 떠올라 나도 모르게 입가가 올라갔다. 나는 그에게 쪽지 한 장을 건넸다. 극동병원 홍 과장의 번호와 내 본명이었다. 의아해하는 그에게 의료기기 영업을 한다고 하지 않았냐고 되물은 뒤, 홍 과장에게 내 이름을 말하면 도움이 될 거라고 덧붙였다.

빠르게 내 제의를 이해한 사내가 감사하다는 말을 연발한 뒤 잘되면 보답하겠다고 했다. 나는 편의점을 나서는 그의 뒷모습에 눈인사를 건넸다. 대학 동창인 홍 과장은 낮에 이미 통화해두었다. 녀석은 먼저 내 연락에 놀라고 영업 직원을 소개한다니 다시 놀라는 눈치였다. 내게 빚진 것을 기억하는지 내 영향력을 여전히 믿는지 모르겠지만, 소개한 영업 직원을 신경 쓰겠다고 답했다. 아마도 홍 과장은 세일즈맨을 만나 내 근황을 듣게 된다면 또 한 번 놀랄 것이다.

오늘로 인수인계 사흘째인 곽 씨는 엄마와 딸로 보이는 손님의 계산을 더듬더듬 처리하고 있었다. 계산에서 뜸을 들인 게 미안했는지 곽 씨가 큰 소리로 "안녕히 가세요" 인사했다. 그러자 문으로 향하던 소녀가 몸을 돌려 고개를 숙이며 "안녕히 계세요" 답했다. 그 모습에 그가 너털웃음 올 짓나가 내가 자신을 바라본다는 걸 느꼈는지 겸연쩍은 표정을 지어 보였다.

"복합 결제는 여전히 헷갈리는구만. 둔한 노인네라 인수인계가 늘어져 미안하네."

미안하기는. 그가 야간 알바 자리를 채워주었기에 편의점 일을 그만둘 수 있게 되었고, 그가 오늘 건넨 쪽지로 인해 비로소 떠날 수 있게 되었다. 나는 오늘 구입한 스마트폰에서 유튜브를 클릭해 시현 씨의 채널을 찾았다. '편의점 일 편하게—편편채널'에는 그새 새 영상이 업데이트되어 있었다. 나는 〈복합 결제 마스터하기〉를 클릭한 뒤 곽 씨에게 스마트폰을 건넸다. 잠시 뒤 그가 바코드 리더기를 든 채 시현 씨가 설명하는 내용을 열심히 따라 했다. 간간이 들리는 시현 씨의 차분한 목소리가 반갑게 느껴졌다.

"여러분 이 채널 이름이 편편채널이지만 사실 편의점 일은 힘듭니다. 일이니까요. 무엇보다 손님이 편하려면 직원은 불편해야 하고요. 불편하고 힘들어야 서비스 받는 사람은 편하지요. 저는 이걸 깨닫는 데에만 1년이 걸렸어요. 여러분도 짧은 알바 기간일지라도 불편함을 감수하고 손님에게 편의를 제공하세요. 저는 그런 불편한 여러분을 조금이라도 편하게 해드리겠습니다. 이상 오늘의 편편채널이었어요."

새벽에 물건 진열 작업은 살펴만 보려 했는데, 군대 시절 보급대에서 일했다며 자신감을 내보이던 곽 씨는 오늘도 실수를 했고, 나는 진열 순서에 대해 다시 한번 강조해야 했다.

동이 터 올 즈음 나는 그와 매장 끝 바에서 함께 컵라면을 먹었다. 곽 씨는 수다가 고팠는지 이런저런 이야기를 늘어놓았다. 사장님도 참 괜찮은 분 같고 야간 편의점 일이 똑같이 밤새우는 경비원 일보다 나은 것 같다고 했다. 그러면서 어제 사장 아들 강이 자기를 보고 기겁하던 서 익니나며 껄껄 웃었다. 나 역시 젓가락질을 멈추고 한동안 웃지 않을 수 없었다.

사장 아들은 나를 쫓아내기 위해 투입한 곽 씨가 편의점에서 일하는 걸 보더니 마치 귀신이라도 만난 듯 멈춰 섰다. 그는 곽 씨에게 왜 남의 가게에 와 훼방질이냐고 속사포처럼 쏟아부었다. 하지만 곽 씨는 태연하게 대한민국에는 직업 선택의 자유가 있고 자신은 독고 씨가 이곳을 뜨는 데 일조했으니, 요청한 건 해치웠다고 답했다. 사장 아들은 성질을 부리며 다짜고짜 가게를 팔 거라 외쳤다. 이에 곽 씨는 자신이 사장님을 도와 가게를 지켜낼 거라 응수했다. 그러자 사장 아들은 펄쩍펄쩍 뛰며 난동을 피우기 시작했고, 급기야 내가 다가가 말했다. 여기 지구대가 5분 거리라고, 어머니 가게에서 신고당해 경찰서 가기 싫으면 그만 가라고. 결국 그는 곽 씨를 향해 세상에 믿을 놈 하나 없다고 일갈한 뒤 문을 박차고 나갔다.

"세상에 믿을 놈 없다는 거 알았으니 이제 사기는 덜 당하겠네."

곽 씨가 심심한 표정으로 말했다.

"엊그제 사장님…… 저한테 푸념하더군요. 아들이 인수하려던…… 맥주 양조장이 사기였다고요. 편의점 팔아…… 거기 돈 꽂아야 된다고 우겨서, 사장님이 알아보니…… 엉망진창이었답니다."

내가 소식을 전하자 그가 헛웃음을 지었다.

"그래서 나한테 화풀이를 한 거군."

"사장님…… 아들 때문에 고민…… 많으세요. 어르신은 그 녀석과 원래…… 알던 사이니, 살펴봐주세요."

"그래야지. 그 녀석 저래도 한두 달 있다가 아무렇지 않게 저녁 산다고 전화 오고 그래."

곽 씨는 그렇게 말하고 동 트는 창밖을 바라보았다. 멀리 남산타워의 실루엣이 새로운 하루의 시작을 알리고 있었다. 남산타워를 한동안 바라보던 그는 상념에 잠긴 듯 미동이 없었다. 나는 남은 컵라면을 먹어치우고 자리를 정리했다. 그때 그가 나를 돌아보며 물었다.

"자네는 가족이 있나?"

쓸쓸한 눈빛이었다. 나는 고개만 끄덕였다.

"가족들에게 평생 모질게 굴었네. 너무 후회가 돼. 이제 만나더라도 어떻게 대해야 할지 모르겠어."

나는 질문에 대답하려 애썼다. 나 자신에 대한 질문이기도 했기 때문이었는데, 그래서일까 무어라 말이 터지질 않았다. 내가 쓸쓸한 표정으로 아무 말도 못 하자 그는 괜한 말을 했다는 듯 손사래를 치고 컵라면 그릇과 함께 몸을 돌렸다.

"손님한테 하듯…… 하세요."

불쑥 튀어나온 말에 그가 나를 돌아보았다.

"손님한테…… 친절하게 하시던데…… 가족한테도…… 손님한테 하듯 하세요. 그럼…… 될 겁니다."

"손님에게라……. 그렇군. 여기서 접객을 더 배워야겠네."

곽 씨가 고맙다는 말을 덧붙이고는 뒷모습을 보였다. 따지고 보면 가족도 인생이란 니깡에'서 만난 서로의 손님 아닌가? 귀빈이건 불청객이건 손님으로만 대해도 서로 상처 주는 일은 없을 터였다. 불쑥 내뱉은 말이지만 그에게 답이 되었다니 마음이 놓였다. 그런데 내게도 답이 될 수 있을까? 아니 나는 감히 손님이라도 될 수 있을까?

선숙 씨와 곽 씨의 업무 인수인계까지 살핀 후 편의점을 나섰다. 다시 서울역으로 향했다. 한때 거처였던 역사를 통과한 나는 광장을 지나 버스정류장으로 갔다. 그곳에서 출발하는 빨간 광역버스한 대가 오늘의 목적지로 나를 데려갈 것이다. 정류장에 도착한 나는 버스를 기다리며 선숙 씨와 그녀의 아들을 생각했다. 방금 전 그녀는 이제 아들과 카톡하는 사이가 됐다며 웃어 보였다. 그날 나와 이야기를 나눈 뒤 선숙 씨는 삼각김밥과 함께 진심 어린 편지를 아들에게 전했고, 얼마 뒤 아들에게 장문의 카톡을 받았다. 아들은 먼저 미안하다고 했고, 진짜 하고 싶은 일을 준비하려 하니 조금만 이해하고 기다려달라는 부탁을 했다. 선숙 씨는 그것만으로도 아들에 대한 신뢰를 회복할 수 있었다.

선숙 씨는 아들이 사준 이모티콘이라며 카톡 창에서 하트를 날리는 동물 아이콘을 내게 보여주었다. 나는 그 동물이 너구리인지 두더지인지 도무지 알 수 없었지만 그녀가 행복해한다는 건 확실하게 알 수 있었다.

결국 삶은 관계였고 관계는 소통이었다. 행복은 멀리 있지 않고 내 옆의 사람들과 마음을 나누는 데 있음을 이제 깨달았다. 지난가

을과 겨울을 보낸 ALWAYS편의점에서, 아니 그 전 몇 해를 보내야
했던 서울역의 날들에서, 나는 서서히 배우고 조금씩 익혔다. 가족
을 배웅하는 가족들, 연인을 기다리는 연인들, 부모와 동행하던 자
녀들, 친구와 어울려 떠나던 친구들……. 나는 그곳에서 꼼짝없이
주저앉은 채 그들을 보며 혼잣말하며 서성였고 괴로워했으며, 간
신히 무언가를 깨우친 것이다.

광역버스는 꽤나 오래 달려 경기 남부의 한 읍내로 진입하고 있
었다. 국도는 여전히 개발이 진행되는 동네답게 레미콘과 공사 차
량이 수시로 지나다녔다. 국도 위 한 정거장에 나를 내려준 버스
는 먼지를 뿌리며 사라졌고, 나는 내리기 전 봐둔 표지판이 있는 곳
으로 되돌아 걸어갔다. 표지판에 다다라 잠시 그것을 쳐다보았다.
'추모공원 THE HOME'까지 500미터 남았다고 표지판은 말하고
있었고, 나는 언덕으로 치닫는 500여 미터를 걸어가며 추모공원의
명칭을 어떻게 번역해야 할지에 대해 생각했다. 집? 가정? 보금자
리? 네이밍을 한 사람의 심정이 이해가 되었다. 홈은 홈일 뿐이다.
어쨌거나 홈리스인 내가 홈으로 향하고 있자니 기분이 묘했다. 그
곳은 내겐 죽어서도 거할 수 없는 곳이고 살아서도 환영받지 못할
곳이었다. 그러나 이제 다다랐고 직면해야 할 순간이 되었다.

부담스러울 만큼 큰 추모공원 입구의 조형물을 지나며 나는 곽
씨가 어제 건넨 쪽지를 꺼냈다. 'Green A-303'이라 적힌 주소를 확
인한 뒤 마스크를 벗고 숨을 내쉬었다 추모공원은 양지바른 산언

덕을 깎아 만들어 가팔랐고 나는 살아 있음에 가쁜 숨을 헐떡이며 맑은 공기를 들이마셨다. 망자들의 홈에 와서일까, 주위에 사람이 없었다. 마스크를 벗어도 눈총이 느껴지지 않은지라 호주머니에 마스크를 쑤셔 넣고 다시 발걸음을 옮겼다.

상담을 하며 그녀는 걱정을 많이 했다. 수술 시 아픈지, 부작용은 없는지 그리고 주기적으로 다시 손을 대야 하는 것은 아닌지 물었다. 나는 전신마취를 할 것이고 손님이 걱정하는 것은 강북 변두리의 허접한 병원에서나 경험할 수 있는 것이라고 말했다.

"뉴스에 나오는 건 뉴스에 나올 만해서예요. 한마디로 말도 안 되는 일이고 그래서 뉴스에 나오는 거죠. 쓸데없이 걱정이 많으시네. 여기 압구정동이에요. 우리 성형외과 다 살펴보고 오셨을 거 아니에요. 그쵸?"

"그게…… 제가 오래 모은 돈이거든요. 재수술이나 추가 수술 같은 거 받을 수가 없어서…… 좀 초조했나 봐요. 아무래도 처음이기도 하고요."

"잘 오셨어요. 처음이자 마지막으로 잘해드릴 테니 걱정 붙들어 매시고, 병원이랑 의사 말 잘 듣고 따라오시면 됩니다."

"예. 한결 마음이 놓이네요. 고맙습니다."

일주일 뒤 나는 똑같은 말을 그녀가 수술받는 동안 다른 내담자에게 반복하고 있었다. 수술은 치과 쪽 최가 맡아 하고 있었고, 나는 최가 집도하는 것을 살피다 상담을 위해 자리를 비웠던 것이다. 내가 안심시켰던 나의 환자는 그렇게 고스트 닥터에게 수술을 받다 사망하고 말았다.

원장은 발 빠르게 사건을 수습했다. 고스트 닥터는 말 그대로 존재하지 않았고 그녀의 사망은 의료사고의 일부가 되었다. 유가족 측은 죽은 딸의 목숨을 살려내라 외치며 병원을 고소했지만, 원장이 법조계 인맥을 가동하자 기소조차 되지 않았다.

결국 적당한 보상금과 나의 퇴직으로 사건은 무마되었다. 원장은 급한 불 끌 때까지 잠시 쉬라고 했고 이에 나는 오랜만에 휴가를 얻은 듯 집에서 쉴 수 있었다.

도대체 어디서부터 잘못된 것일까?

고스트 닥터에게 대리 수술을 맡긴 것 때문일까? 대리 수술이 당연한 듯 수술실을 비우고 한 명이라도 내담자를 더 상담해 돈을 벌었기 때문일까? 걱정과 기대가 섞인 눈빛을 보내며 내게 수술을 맡긴 그녀를 기만한 것 때문일까? 혹은 대리 수술을 밥 먹듯 지시하며 돈만 밝히는 원장 밑에서 일한 게 잘못일까? 애당초 신분 상승만을 목표로 의사가 된 내 빈곤한 정신 탓일까? 아니면 세상을 원망하며 성공해 떵떵거리겠다 다짐하게 만든 내 10대 시절의 가난과 무능력한 부모를 탓하면 될까?

그때 나는 알 수 없었다. 도저히 알 수 없었다. 이제 알게 되었지만, 이제 되돌릴 수 없음도 알게 되었다. 여기 Green A-303호 앞에 서서 내가 죽인 것과 다름없는, 여전히 앳된 스물두 살 여자의 얼굴 앞에서, 멈추지 않고 흐르는 눈물을 마스크로 훔칠 수밖에 없었다.

취업을 앞두고 면접을 위해 얼굴에 투자를 해야 했다던, 얼굴을 고치기 위해 대학 내내 아르바이트를 했다던 그녀를 똑바로 바라볼 수 없었다. 그녀는 살아남기 위해 세상의 기준에 맞추려 했고, 그것이 그녀를 살아남지 못하게 만들었다. 그녀의 목숨을 앗아간 비정한 칼날이, 그것이 여전히 내 손에 들려 있는 것만 같아 소름이 끼쳤다.

나는 눈물을 참고 파카 속 깊은 곳으로 손을 넣었다. 그곳에서 칼이 아닌 꽃을 꺼냈다. 어제 구입해놓은 붙이는 조화였다. 나는 붉게 빛나는 가짜 꽃을 그녀의 작은 공간에 부착했다. 그리고 어찌할 바를 모른 채 서 있었다. 다시 눈물이 흐르기 시작했다.

누군가 드나드는 소리가 들렸고 나는 젖은 마스크로 입을 가리며 고개를 숙였다. 눈물이 흐르는 눈을 감고는 빌고 또 빌었다. 미안합니다. 정말…… 잘못했습니다. 저를 용서……하지 마세요. 그곳에서…… 평안하세요. 부디…… 평안하시길…… 기원합니다.

광역버스를 타고 서울로 접어들자 어김없이 차가 막히기 시작했다. 나는 잠든 듯 눈을 감은 채 터져 나오는 감정을 참으려 애쓰는 중이었다.

아내는 유급휴가 중이라고 얼버무린 내 말을 믿지 않았다. 무슨 일이냐 전후 사정을 계속 물었다. 나는 그럴 때일수록 뻔뻔하고 대담해져야 한다고 배웠기에, 원장과 갈등이 있어 시간을 갖는 거라 둘러댔다. 그러나 그 노릇도 오래가지 못했다. 죽은 그녀가 활동하던 봉사단체에서 병원으로 몰려와 피켓시위를 벌였다. 곧 뉴스에도 사건이 보도되었고 인터넷에도 빠르게 사건 내용이 퍼져 나갔다.

아내는 내게 진실을 물었다. 나는 회피했다. 진실 따위가 뭐가 중요한가. 나와 가족이 살려면 입을 다무는 게 답이었다. 그러나 아내는 딸 역시 아빠의 사건을 궁금해한다며 따져 물었다. 그러니까 더말을 아껴야 하고 잡아떼야 하는 것이 아닌가? 답답한 나머지 나는아내에게 말했다. 내가 의료사고 낸 거 아니다. 서 과장 쪽에서 벌어진 일이고 우리 업계에서 종종 일어나는 일이 아니냐? 그리고 원장은 이런 일 처리에 능하다. 곧 일상으로 돌아갈 거고 어수선한 병원 분위기에 좀 쉬는 것뿐이다.

아내는 그 말을 믿지 않았고 더 이상 말을 섞지 않았다. 매일 어딘가에 가서 불공을 드리는지 방황을 하는지 밤이 늦어서야 돌아왔다. 딸 역시 분위기를 감지한 듯 슬슬 피하기 시작했다. 그리하여일요일 밤 혼자 집에 누워 배달 음식을 기다리던 나는, 화딱지가 나고 말았다. 아내에게 전화를 했고 연결되자마자 아무 말이나 닥치는 대로 지껄여댔다. 나는 뭐 좋아서 이러고 사는 줄 알아? 그런 병원에 다니는 게 양심의 가책이 없는 줄 알아? 내가 이렇게 험한 곳에서 일하며 당신이랑 딸이랑 먹여 살리는 거야! 안 그럼 어떻게 살아? 세상이 만만해? 살다 보면 낙오자도 있고 피해자도 있고 나는우리 가족을 지키기 위해 골이 빠지게 일했어! 그런데 그러다 지쳐좀 쉰다고 내 편을 안 들어? 대체 어디야? 당장 돌아오지 못해!

그날 밤 늦게 아내와 딸이 들어왔다. 두 사람은 체념한 듯 내 앞에 마주했다 아내는 당분간 시간을 갖자고, 당신 병원의 사건이 규

명되기 전까진 힐난하지 않겠다고 했다. 나는 동의한 뒤 딸을 내려다보며 복종의 눈빛을 요구했다. 딸이 작은 눈을 들어 나를 응시했다. 나와 성격도 기질도 외모도 다 다른 딸이 유일하게 나를 닮은 그 작은 눈이, 나는 유독 마음에 들지 않았다. 다른 것들을 닮고 눈은 엄마를 닮았으면 얼마나 좋았을까? 품고 있던 그 생각이 불쑥 입에서 튀어나왔다.

"아빠 말 잘 들어야지. 그래야 대학 가는 대로 쌍꺼풀 수술해주지."

"왜? 나도 죽이게?"

딸의 입에서 대수롭지 않게 나온 말에 나도 아내도 얼어붙었다. 말문이 막힌 채 내 몸이 떨리기 시작했다. 그럼에도 딸은 경멸의 시선을 거두지 않았다. 순간 나도 모르게 손이 올라갔다. 그때 아내가 딸과 나 사이를 가로막았다. 아내는 부들대는 내 몸을 막아선 동시에 계속 내게 외쳐댔지만 아무것도 들리지 않았다. 딸을 향해 돌진하려는 나를 아내가 필사적으로 밀었다. 나는 반사적으로 아내를 밀쳤다. 그녀는 짧은 비명과 함께 장식장에 몸을 부딪치고 쓰러졌다.

정신을 차려보니 딸이 쓰러진 아내 옆에 앉아 다급히 어딘가로 전화를 걸고 있었다. 나는 그 자리에 털썩 주저앉아 믿기지 않는 눈앞의 광경을 바라보기만 할 뿐이었다.

의사는 타박상을 치료하고 며칠 안정을 취해야 한다며 입원을 권했다. 1인실 침대에 누운 아내는 공허한 눈빛으로 내 시선을 피할 뿐이었다. 내가 잘못을 사죄하고 다시는 이런 일이 없을 거라고 말해도 묵묵부답이었다. 아내는 나를 피해 창가로 돌아누웠다. 나는 보호자 의자에 앉아 마른세수를 했다. 눈물을 삼키며 고개를 떨궜다.

얼마나 시간이 흘렀을까? 아내의 목소리가 들려왔다.

"우리를 지켜주고 있다고 생각했어?"

고개를 들자 병상에 기댄 그녀의 푸석한 얼굴이 눈에 들어왔다.

"우리를 지켜주기 위한 일…… 더 이상 하지 않아도 돼."

"……무슨 말이야?"

그녀가 눈을 감았다. 나는 말없이 숨을 골랐다.

"가족을 지키고 싶었다면, 가족에게 솔직했어야 했어."

그녀는 진실을 묻고 있었다. 여전히 나는 대답할 수 없었다. 내 입으로 내가 저지른 일들을 말하는 순간 그녀가 판결을 내릴 것 같았기 때문이었다. 나는 아무 말도 할 수 없었다.

며칠 뒤 퇴원한 아내는 평소로 돌아온 듯했다. 적당히 체념한 듯 보였고 시간이 흐르면 나아질 거라 여겨졌다. 때마침 병원에서 복귀하라는 연락이 왔고 나는 아무 일 없다는 듯 다시 출근을 했다.

귀가해 보니 아내와 딸은 사라지고 없었다. 그게 끝이었다.

나도 끝이었다. 아내와 딸은 어디론가 사라졌고 연락조차 받지 않았다. 처참했던 내 유년의 집구석과는 다른, 온전한 나만의 가정을 꾸리려 했지만 이제 모든 것이 엉망으로 변해버렸다. 나는 취하지 않으면 잠들 수 없게 되었다.

며칠 출근하지 못하자 원장에게 연락이 왔다. 나는 휴대폰에 대고 지껄였다. 지금 내 가정이 무너졌고 나도 미칠 지경이라고. 원장은 비웃으며 영영 쉬라고 했다. 원장에게는 허튼소리였을 것이다. 대신 나는 원장을 엿 먹이겠다 마음먹었다. 나를 허튼 놈 취급한 원장이라도 같이 지옥으로 끌고 가야 망쳐버린 내 삶을 보상받을 수 있을 것 같았다.

나는 병원 비리에 관한 자료를 모아 클라우드 계정에 옮겨놓았다. 한편으로 아내와 딸을 찾는 일도 멈추지 않았다. 그러는 동안에도 조금씩 망가지고 있었다. 병원의 비리를 파헤치는 것은 내 파렴치함을 목격하는 일이었고, 아내와 딸에 대한 죄책감은 내가 죽인 환자에 대한 죄책감과 맞물려 나를 옥죄어왔다. 괴로웠고 구역질이 났다. 술은 회피책이자 도피처였다. 견딜 수 없어진 나는 내내취해야 했고 어느새 일상생활이 불가능한 상태가 되었다. 그리하여 아내와 딸을 찾는 것보다 나를 먼저 찾아야 하는 지경에 이르고말았다.

아내와 딸이 대구에 있다는 사실을 알아냈을 때 나는 차압 딱지가 덕지덕지 붙은 집에서 죽어가고 있었다. 마지막 힘을 짜낸 나는짐을 챙겨 서울역으로 향했다. 대구행 KTX 티켓을 들고 탑승을 기다리던 그때, 개표구 너머로 아내와 딸의 얼굴을 상상하는 것만으로도 온몸이 벌벌 떨렸다. 한동안 식은땀을 흘리던 나는 티켓을 찢고 뒤로 내달렸다. 화장실에 가 구토를 하고 그대로 쓰러졌다.

깨어나 보니 내게 남아 있는 물건이라곤 바지와 티셔츠뿐이었다. 고급 점퍼와 수제화, 지갑, 가방은 누군가 훔쳐간 지 오래였다.

맨발로 선 채 화장실 거울을 바라보았다. 거울 속에서 다시 아내와 딸의 얼굴이 보였다. 거울 속 아내와 딸이 혼란스러운 내 얼굴로 바뀌자마자 나는 그것을 머리로 받아버렸다.

이후로 나는 서울역을 떠날 수 없게 되었다. 사람들은 나를 노숙자라 불렀고 노숙자 동료들은 나를 독고라 불렀다. 죽은 노인의 이름이었고 새 이름으로 나쁘지 않았다.

서울역에 도착한 나는 회현동으로 향한 뒤 욕조가 있는 모텔에 입실했다. 욕조에 뜨거운 물을 받아 몸을 담갔다. 땀이 송골송골 맺힐 즈음 옥수수염차를 마셨다. 사 가지고 간 네 개의 옥수수염차를 모두 마신 뒤 욕조 안에서 정성껏 몸을 씻었다. 몸 안의 더러운 것들을 다 내보내려는 듯 힘차게 소변도 보았다. 다시 샤워를 하고 이를 닦고 욕실에서 나온 나는 침대에 누워 잠을 청했다.

다음 날 아침. 잠에서 깬 나는 옷을 챙겨 입고 거리로 나섰다. 배가 고팠지만 공복도 나쁘지 않았다. 한 번 비우기 시작하면 며칠도 굶을 자신이 있었고, 그 편이 더 정신을 지키는 데 도움이 될 거라 여겨졌다.

눈앞에 서울역이 들어왔다. 갑자기 심장이 빠르게 뛰기 시작했다. 몇 번의 신호등을 거쳐 역 광장에 다다랐다. 무슨 단체인지 노숙자들에게 마스크를 제공하고 있었다. 마스크를 쓴 노숙자들의 모습은 어색하기 그지없었다. 그들을 위해서일까? 그들이 감염원이 되는 걸 경계해서일까? 둘 다일 것이다. 마스크를 쓰자 사람들이 모두 똑같아 보였다. 누구나 감염될 수 있고 감염원이 될 수 있는, 인간이라는 바이러스일 뿐이었다. 수만 년간 지구를 괴롭혀온 그 바이러스 말이다.

대구행 티켓을 끊고 다시 서자 4년 전 이곳에서 무너져 내린 기억이 떠올랐다. 하지만 이번엔 혼자가 아니다. 도시락이 든 편의점 봉지를 들고 내게 다가오는 사장님이 눈에 들어왔다. 그녀는 됐다고 해도 굳이 배웅을 나오겠다고 했다. 서울역에서 만났으니 서울역에서 이별도 해야 한다는 그 논리는, 그럴듯했다. 설득됐다. 사실은 사장님의 도움이 절실했다. 혹시라도 내가 또 티켓을 찢고 화장실로 달려가 머리를 박고 쓰러지는 걸 그녀가 말려주길 바랐다.

"자네가 좋아하던 것들이네."

사장님이 비닐봉지를 건넸다. 안에는 산해진미 도시락과 옥수수 수염차가 들어 있었다. 나는 한동안 그것을 바라보며 아무런 말도 할 수 없었다.

"대구 가면 자네가 의사라는 거 증명할 수 있는 거지?"

"이미 전화로…… 확인했습니다."

이 나라에선 사람을 죽이거나 성범죄를 저질러도 의사 면허가 취소되지 않는다. '불사조 면허'라고 한다. 왜 그러냐고? 의료 기술자들이 법 기술자들과 친하기 때문이다. 그걸 믿고 우리는 그런 짓들을 저질렀는지 모르겠다. 그런 끔찍한 특권으로 사람들을 죽이고 살리다 보니 스스로를 전지전능한 신으로 착각한 건지 모르겠다. 내가 집도한 환자 하나가 연예인으로 성공한 뒤 사람들은 그녀가 '의느님'의 손을 빌렸다고 했다. 그러나 나는 인간에 불과했다. 그것도 나뿐인 인간, 나쁜 인간, 오직 자기만 아는 이기적인 존재.

"내 자네 놔주기 싫었는데 이 시기에 대구에 봉사를 간다니 어떻게 말리겠나. 자네 마음 씀씀이 보면 거기 가서도 잘할 거야. 몸조심하고."

"……사장님 덕분입니다. 사장님 안…… 만났으면 저 여기 누워 있지…… 대구 갈 수 있겠습니까?"

"그럼 나도 코로나 시국에 힘을 보태는 게 되는 건가?"

"그럼요."

의사가 되고 한 번도 봉사 따위 한 적이 없던 내가 대구에 의료지원을 나간다. 다시 어제 찾아뵌 유골함 속 그녀를 떠올려본다. 대구에 내려가는 게 속죄가 되진 않겠지만 죄를 기억하며 사는 방편은 될 것이다. 앞으로도 이런 방편을 계속 찾아야 할 것이다.

"사람들이 마스크를 쓰니까 조용해졌어."

"그러네요."

"다들 너무 자기 말만 하잖아. 세상이 중학교 교실도 아니고 모두 잘난 척 아는 척 떠들며 살아. 그래서 지구가 인간들 함구하게 하려고 이 역병을 뿌린 거 같아."

"마스크 안 쓰고…… 떠드는 놈도 있어요."

"그런 놈들이야말로 혼쭐이 나야 해."

"아…… 하하."

나두 모르게 광대가 실룩거렸다.

"마스크가 불편하다 코로나에 이거저거 다 불편하다 나 하고 싶은 대로 할 거야 떠들잖아. 근데 세상이 원래 그래. 사는 건 불편한 거야."

"그런 거…… 같아요."

"그거 알아? 동네 사람들이 원래 우리 편의점 불편한 편의점이라고 불렀어."

"알고…… 계셨군요."

"그럼. 진열해놓은 물건 종류도 적고 이벤트도 다른 데 비하면 없는 편이고. 동네 구멍가게처럼 흥정이 되는 것도 아니고, 아무튼 불편했다더라고."

"불편한…… 편의점……."

"자네 오고 그나마 편해졌지. 손님들도, 나도. 근데 이제 다시 불편해질 거 같아."

"왜……죠?"

"왜긴. 대구에서 볼일 마치면 돌아와."

나는 대답 대신 어색한 미소로 사장님께 답했다. 답이 됐는지 그녀가 내 등을 툭 쳤다.

"아니다. 내가 아까 뭐라 그랬이. 사람들 불편해봐야 된다 그랬잖아. 그러니까 우리 편의점은 다시 불편해지는 게 맞아. 자네, 절대 돌아오지 말어."

"……예."

"봉사만 하지 말고. 가족도 꼭 만나보고."

뭐지? 사장님께 아내와 딸이 대구에 있다는 말을 했었나? 다시 기억이 희미해지려나?

사장님이야말로 자신이 믿는 신을 닮은 사람인가 보다. 어떻게 내 마음을 미리 알고 살펴주는 걸까? 이 세계에서 신성을 얻은 자는 의느님이 아니다. 사장님같이 남에 대한 헤아림이 있는 사람이 그러한 자일 것이다.

출발 시간이 다 되어가는데도 나는 발을 못 떼고 있었다. 여전히 보이지 않는 자석이 뒤에서 당기는지 좀처럼 나서질 못했다. 사장님이 내 산소호흡기라도 되는 양 그녀 옆에서 전전긍긍 서 있을 뿐이었다.

"이제 가보게. 나 오래 서 있으니 힘들어."

나는 몸을 돌려 사장님을 바라보았다. 날 두고 사라진 엄마인가? 날 돌봐주시다 돌아가신 친할머니인가? 누구인가? 나는 그녀를 안고 나직이 말했다.

"죽어야 될 놈을…… 살려……주셨어요. 부끄럽지만…… 살아보겠습니다."

대답 대신 그녀는 마주 안은 작은 손으로 내 등을 두드려주었다.

개표구를 지나자마자 뒤돌아보지 않고 쉼 없이 발을 놀려 플랫폼에 다다랐다. 기차에 올라 지정 좌석에 앉자 눈물이 흐르기 시작했다. 어서 출발하길 바랐다. 눈물이 날아가버릴 정도로 빠르게 달려 단숨에 대구에 날 떨궈주길 바랐다. 내 열망을 아는지 기차가 서서히 움직이기 시작했다. 서울역을 벗어나자 차창 밖으로 편의점 가는 길이 보이는 듯했다. 푸른 언덕이라는 청파동과 그곳에 자리 잡은 불편하기 그지없다는 편의점도 보이는 것 같았다.

기차가 한강철교에 올랐다. 오전 햇살이 물의 표면에 반사되어 생동감 넘치게 빛나고 있었다.

노숙자로 자리 잡은 뒤론 서울역과 그 주변을 벗어나지 않았다고 말했지만 사실 딱 한 번 한강에 간 적이 있었다. 다리에 올라 몸을 던지려 했다. 실패했다. 사실 올겨울을 편의점에서 보내고 나면 마포대교 혹은 원효대교에서 뛰어내릴 계획이었다. 하지만 지금은 알 것 같다.

강은 빠지는 곳이 아니라 건너가는 곳임을.

다리는 건너는 곳이지 뛰어내리는 곳이 아님을.

눈물이 멈추지 않았다. 부끄럽지만 살기로 했다. 죄스러움을 지니고 있기로 했다. 도울 것을 돕고 나눌 것을 나누고 내 몫의 욕심을 가지지 않겠다. 나만 살리려던 기술로 남을 살리기 위해 애쓸 것이다. 사죄하기 위해 가족을 찾을 것이다. 만나길 원하지 않는다면 사죄의 마음을 다지며 돌아설 것이다. 삶이란 어떻게든 의미를 지니고 계속된다는 것을 기억하며, 겨우 살아가야겠다.

기차가 강을 건넜다. 눈물이 멈췄다.

감사의 글

작품에 영감을 준 오평석 님, 감수를 맡아준 정유리 님, GS25 문래그랜드점, 아이디어를 제공해준 변용균 님과 유정완 님, 수제 맥주 지식을 나누어준 정현철 님, 이야기를 책으로 엮어준 나무옆의자 이수철 대표님과 하지순 주간님과 임직원 여러분, 표지 일러스트를 그려준 반지수 작가님, 추천사를 써준 정여울 작가님, 집필실을 제공해준 토지문화관 김세희 관장님과 관계자 여러분, 모두에게 깊은 감사를 드립니다.

2021년 봄

김호연

불편한 편의점

초판 1쇄 발행 2021년 4월 20일
초판 146쇄 발행 2024년 5월 27일

지은이 김호연
펴낸이 이수철
편   집 하지순
교   정 구경미
디자인 최효정
마케팅 오세미, 전강산
영상콘텐츠기획 김남규
관   리 전수연

펴낸곳 나무옆의자
출판등록 제396-2013-000037호
주소 (10449) 경기도 고양시 일산동구 호수로 358-39 동문타워1차 703호
전화 02) 790-6630 팩스 02) 718-5752
전자우편 namubench9@naver.com
인스타그램 @namu_bench

ⓒ 김호연, 2021

ISBN 979-11-6157-118-8 03810